핀란드
공부혁명

공부, 날개를 달다! 소설로 풀어쓴 핀란드식 5단계 공부개조 프로젝트!

핀란드 공부혁명

박재원 · 임병희 지음

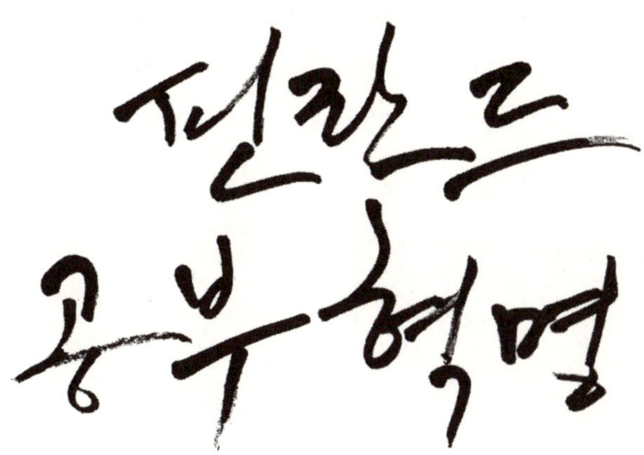

ㅂㅣㅇㅏㅂㅜㄱ
ViaBook Publisher

한국의 공부바이러스와
핀란드의 행복바이러스

한국식 공부바이러스

내가 두뇌과학학습법을 연구한 지 이미 30년이 흘렀다. 하지만 우리의 교육현실이나 공부법은 별로 달라진 게 없어 보인다. 나는 두뇌과학학습법을 연구하며 이 학습법이 한국식 공부바이러스를 치료할 유일한 백신이라는 것을 알게 되었다. 공부는 두뇌가 하는 것이다. 공부를 지배하는 것은 엉덩이와 의지가 아니라 두뇌라는 말이다. 두뇌를 모르면 공부를 잘할 수 없다. 나는 그것을 상담을 통해 다시 확신하게 되었다.

지금까지 나는 10,000명이 넘는 학생과 학부모를 상담했다. 학생과 학부모가 가진 문제는 모두 비슷했다. 잘못된 학습법, 그것이었다. 나는 정말 많은 학생들의 성공과 실패를 지켜봤다. 실패의 그늘에서 벗어나 성공의 길로 나아갈 수 있도록 온갖 노력을 기울여왔다. 학습법 책도 내고 인터넷 강의도 했으며 개별 상담도 정말 많이 했다. 하지만 성공한 학생은 소수에 불과하다. 간절히 성공을 원하지만 실패할 수밖에 없는 이유는 무엇일까? 지난 30년 동안 내 생각을 지배하고 있는 화두는 그 것이다.

30년 동안 가지고 있는 내 화두의 해답이 무엇인지 나는 알고 있다. 나는 대한민국의 공부법이 공부를 못하게 만드는 바이러스라고 생각한다. 그 바이러스는 아주 치명적이다. 학생이 감염되어 있고 부모가 감염되어 있으며 선생님도 감염되어 있다. 모두가 보균자이고 숙주이기 때문에 대한민국에서는 그 바이러스의 심각성을 알지 못한다.

오고 가는 버스 안에서 단어장을 보고 화장실 가는 시간을 아껴가며 공부해도 공부를 못한다. 급기야 정신과를 찾고 우울증 약을 먹고 집중력 약을 먹고 만다. 그게 학생의 현실이다. 부모는 또 어떤가? 아이의 공부 때문에 싸움에 나선다. 부부가 싸우고 아이와 싸우고 좋은 학원, 좋은 학군에 배정 받기 위해 싸운다. 선생님들 또한 별반 다르지 않다. 무엇 때문에 공부를 못하는지 생각해 보기에 앞서 공부를 못한다는 것 그 자체를 더 큰 문제로 삼는다. 정작 탓해야 할 것은 탓하지 않고 정작 고쳐야 할 것은 고치지 않고 그저 자신만을 탓하고 엉뚱한 것에 힘을 쏟고 있는 것이다.

상담을 할 때, 학생도 부모도 내 이야기에 고개를 끄덕인다. 그러나 상담실을 벗어나면 또다시 바이러스에 몸을 맡기고 만다. 공부에 대한 잘못된 관념이 그 깊이를 알 수 없을 정도로 뿌리 깊기 때문이다.

학생들은 장시간의 공부에 스트레스를 받는다. 그 스트레스는 또 게임이나 핸드폰 중독을 일으키는 원인이 된다. 하기 싫은 공부를 강요당하니 공부에 대한 적극성을 잃고 소극적으로 그저 재미있는 인터넷 스타강사의 화려한 개인기에 넋을 잃고 만다. 인터넷이나 유명학원에서 스타강사의 강의를 듣는다고 공부를 잘하게 되는 것이 아니다. 그것을 보며 받은 느낌은 신기루에 불과하다. 있다고 느꼈지만 없는 것, 할 수 있다고 생각했지만 할 수 없는 것, 안다고 여겼지만 아무것도 모르는 것이다.

그것이 다 한국형 공부바이러스, 한국식 공부법이 만든 사회현상이다. 모든 부분에서 최첨단을 외치지만 공부법은 아직도 전근대를 벗어나지 못하고 있다. 과학적이고 효과적인 공부법을 두고도 아직까지 공부는 엉덩이와 의지가 하는 것이라고 말한다. 그것은 마치 포클레인을 옆에 두고 그 사용법을 몰라 삽질을 하는 것과 같다. 확실히 우리는 교육에서만큼은 60~70년대를 벗어나지 못하고 있다. 〈사교육 무한경쟁과 교육생산성〉이라는 논문은 우리 교육이 장시간 노동으로 낮은 노동생산성을 극복했던 60~70년대와 다르지 않다고 이야기한다. 핀란드와 우리 교육을 비교하면 이는 더욱 확실하게 드러난다.

성적은 상위권, 효율성은 하위권

핀란드. 나는 핀란드에서 그 해답을 찾았다. 2003년 PISA(국제학업성취도조사)에 의하면 평일 기준 우리 학생들의 전체 공부시간은 8시간 55분이다. 학업성취도가 비슷한 핀란드는 4시간 22분, 일본은 6시간 22분이다. 대한민국 학생들이 두 배나 더 오랜 시간 공부하는데 성적은 비슷하다는 말이다.

왜, 핀란드 학생들은 우리 아이들의 반만 공부하고 비슷한 성적을 내는가? 우리 아이들과 부모와 선생님은 매일 치열한 싸움을 벌이고 있는

데, 왜 핀란드의 학생과 부모와 선생님은 행복할까? 그건 핀란드 학생들이 우리 아이들보다 똑똑해서가 아니다. 그들과 우리는 똑같다. 다른 점이 있다면 그들은 공부를 즐기고 대한민국 학생들은 공부노동에 시달리고 있다는 것이다. 그 이유는 또 뭐란 말인가?

핀란드에서는 다니는 학원으로, 사는 동네로, 부모의 수입으로 서로를 차별하지 않는다. 고액과외, 스타강사, 대형학원 그런 건 존재하지 않는다. 그런 것 때문에 부모를 원망하지도, 부모가 미안해하지도, 학생이 부끄러워하지도 않는다. 부모의 학력과 소득이 자식에게 대물림되지 않는다는 말이다. 똑같은 출발선에 서서 서로의 인격과 개성을 존중한다. 우리가 대안이라고 생각하는 수준별 수업도 하지 않는다. 그런데 우리는 어떤가? 사회가 만들어낸 차별을 그대로 아이들에게 전가시키고 만다.

핀란드 학생을 보고 얻은 결론은 단 하나다. 우리 아이들이 공부를 못하는 것은 무죄라는 것이다. 공부를 못할 수밖에 없는 환경에서 공부를 잘하는 것이 이상한 것이다. 사회는 공부를 못할 수밖에 없는 환경을 만들어놓고 생존게임을 시키고 있다.

나는 핀란드의 학습법이 내가 지금껏 연구했던 두뇌과학학습법이라는 것을 알게 되었다. 과학적인 두뇌기반학습의 원리를 알기 전까지, 핀란드의 놀라운 교육적 성공에 대해 치밀하게 분석하기 전까지는 정답을 확신하기 어려웠다. 역시 그것이었다. 지금 우리 아이들이 핀란드에서 공부할 수는 없다. 그렇다면 핀란드처럼 공부해서 조금이라도 행복해지는 길을 찾을 수밖에 없다. 결국 모든 해답은 두뇌과학에 있었던 것이다. 그 두뇌과학학습법을 적용해서 핀란드의 학생들은 행복해졌다.

우리에게도 행복할 권리가 있다. 우리도 행복해질 수 있다. 그것이 내가 이 책을 쓰게 된 동기다. 공부를 통해 자신의 잠재력을 계발해야 능력을 갖출 수 있다. 공부는 원래 그런 것이어야 한다. 그러나 살 빼는 약에 현혹되듯 학습법 분야에서도 대중요법이 인기를 끈다. 기숙학원이 그렇고 공부 잘하는 약이 그렇다. 개인의 동경심리를 자극하는 공부 성공수기들도 불티나게 팔린다. 하지만 그것은 소수만을 위한 처방일 뿐이다. 우리 모두가 행복해지는 길은 그곳에 있지 않다.

성공하는 공부를 만드는 다섯 가지 힘

이 책을 소설형식으로 구성한 것은 좀더 많은 사람들이 쉽게 이해하도록 하기 위해서다. 좀더 가까이 다가서고 싶어서다. 핀란드에서 공부할 수 없다면 핀란드처럼 공부하자는 것이다. 이 책에는 천재가 없다. 영웅도 없다. 공부 때문에 고통받는 아이가 두뇌과학학습법으로 행복을 찾아가는 과정이 이 책의 주요 내용이다.

이 책은 5장으로 구성되어 있다. 첫 번째 장은 마음에 대한 내용이다. 마음을 열지 않으면 세상 모든 것과 단절된다. 먼저 공부에 마음을 열어야 한다. 두 번째 장은 어떻게 공부를 실천해야 하는지 보여준다. 세 번째 장에서는 집중하지 못하는 이유를 알려준다. 그리고 네 번째 장이 기억이다. 외우고 또 외우는 공부법을 이제는 그만둘 때가 되었다. 마지막 장은 어떻게 실전에서 자신의 실력을 발휘할지 알려준다.

각 소제목에 있는 경험담은 선배들의 생생한 공부체험기다. 때로는 고민하고 힘들었지만 한 걸음 한 걸음 한국식 공부에서 벗어난 선배들의 이야기를 듣고 여러분들도 용기와 희망을 가졌으면 좋겠다.

　다음의 글은 내게 보낸 한 학생의 편지다. 그 친구는 고맙다며 자신의 성공비결을 편지로 이야기해 주었다. 그 학생의 공부법은 이 책이 이야기하고자 하는 내용과 닮았다. 이 책의 내용과 이 책을 어떻게 읽는 것이 좋은지, 편지를 통해 대신하고자 한다.

올해 재수생입니다.

일단 대단히 감사하다는 말부터. ㅎ

올해 수능 대박 났습니다. 언수외 300에 원점수 총점 489 정도[1] 나왔습니다. 솔직히 믿기지 않습니다. 작년 제 점수가 422점 정도였거든요.

재수 처음 결심했을 때, 우연찮게 선생님 강의를 보게 되었습니다. 그날부터 제 인생은 바뀌었죠. 공부시간은 많으나 효율성이 극악인 공부. 이해 없이 암기만으로, 수업 없이 자습만으로 해결하고 있었던 나.[2] 이런 저에게 선생님의 강의내용은 가히 혁명이라고나 할까요? 전 선생님께서 가르쳐주신 내용들을 하나하나 새겨듣고 실천했습니다. 기억을 만들기 위해서 온갖 수단을 동원했죠.

선생님 강의를 듣고 나서 정말 공부가 재미있어졌습니다. 짜증내면서 하던 수학이 수수께끼 게임으로, 외계어 같던 영어는 새로운 도전으로 다가왔습니다. 일단 흥미가 붙으니 일사천리더군요.[3]

[1] 언어와 외국어(영어) 수리 영역 모두 만점을 받음. 원점수 총점 500점 만점에 489점은 전국 석차 0.5퍼센트 안에 드는 성적이다.

[2] 한국식 공부의 문제점을 깨닫고 난 후의 생각을 잘 정리해서 보여준다.

[3] 마음력을 활용하여 공부에 대한 거부감을 극복하고 즐거운 마음으로 공부에 몰입하게 된 경과를 묘사하고 있다.

재수하면서 수업시간에 단 한 시간도 자지 않았습니다. 아니 잘 수가 없었습니다. 선생님 덕분에 수업시간의 중요성을 알고, 수업이 굉장히 흥미로웠거든요.[4] 그리고 예습 복습만 죽어라 했습니다. 많이 배우려 하지 말고 공부한 거나 까먹지 말자가 제 철칙이 되었죠. ㅎㅎ[5] 생활 태도도 바뀌었습니다. 선생님 말씀대로 공부일기를 쓰고 시간계획을 철저히 짜니 체계적으로 공부할 수 있었고요, 하루의 생활을 반성하는 일기를 따로 씀으로써 제 자신의 마음가짐을 유지할 수 있었습니다.[6]

아, 그리고 선생님이 가르쳐주신 암기법은 정말 많은 도움이 되었습니다. 선생님이 가르쳐주신 방법대로 하니 수학문제를 거의 외우게 되더군요. 물론 이해가 바탕이 되었기 때문에 다시 비슷한 문제가 나왔을 때는 거의 1분 안에 풀 수 있게 될 정도로 실력이 늘었습니다. 또 모든 공부는 사고과정을 중심으로 했습니다. 이 문제를 풀기 위해서는 어떠한 사고를 해야 하는가를 엄청나게 연습했습니다. 시간이 흘러 사고과정이 익숙해질 무렵 점수가 거의 50점 뛰더군요. 그리고 선생님 말씀대로 평가원은 정말 꼼꼼하게 분석했습니다. 수능보기 한 달 전부터 평가원 문제만 보면서 사고과정을 연습한 것이 정말 도움이 되었습니다.[7] 여유를 가지고 공부하라는 말씀. 슬럼프 극복에 정말 많은 도움이 되었습니다. 꾸준히만 가면 성공한다는 말을 직접 느꼈습니다.

요즘 재수 성공비결을 묻는 사람들에게 전 선생님 얘기만 하고 다닙니다. 선생님은 태어나서 부모님 다음으로 제게 큰 가르침을 주신 분입니다. 선생님의 가르침은 이제 생활에 녹아들어, 마치 제가 다른 사람이 되었다고 하는 사람들도 많더라구요.

아쉽지만 전 서울대에 갈 수는 없을 것 같습니다. 내신이 워낙 안 좋아서요. 하지만 원하는 대학과 학과에 충분히 지원할 수 있게 되었습니다. 선생님, 다시 한 번 정말 감사드립니다. 폐인인생 갱생시켜 주시고 좌절인생 환희[8]로 바꿔주신 은혜 절대 잊지 않겠습니다. 언젠가 한번 뵐 수 있는 기회가 있었으면 좋겠습니다. 정말 정말 정말 고맙습니다.

7) 득점력 발휘를 근본적으로 위협하는 요인을 파악하고 반대로 득점력 발휘가 가능한 방법으로 공부한 모습을 보여준다.

8) 한국식 공부에서 벗어나 핀란드식 공부를 통해 얻은 소중한 성과다.

．．．．
재 미 없 다

재 미 없 다

재미없다

．．．．．．．．．

나는 병 속에 갇힌 새

부숴버리고 싶다

하지만 나는 안 돼

의지도 노력도 부족한걸

．．．．．．．．．

어느 날 알아버렸다

나를 가둔 병이

내가 아니라 사회라는 것을

의무의 병

시험의 병

압박의 병

그런데 핀란드에서는

새가 날고 있었다

제1장

사랑하지 않는다면 지금 책장을 덮어라

마음력 강화 프로젝트

우리들의 일그러진 공부

"예전에는 그저 '무조건 해야하니까!'라는
생각으로 공부를 했는데, 이제는 정말 공부가 하고 싶어져서
공부를 하게 되었습니다." -최성희

"자! 지금부터 외우기 시작!"

선생님의 말이 떨어지자 아이들이 좀비처럼 암송을 시작한다. 랩으로 외우는 아이, 민요조로 외우는 아이, 중얼중얼 외우는 아이, 교실 안은 주문으로 가득하다.

"강호江湖에 병이 깁퍼 죽림竹林의 누엇더니,

관동關東 팔백리에 방면方面을 맛디시니,

어와 성은聖恩이야 가디록 망극하다……."

나래는 식은땀을 흘린다. 지옥 같은 외우기 시간이 끝나고 쉬는 시간이 되었다. 나래가 친구들에게 묻는다.

"왜, 지금 쓰지도 않는 고어로 된 〈관동별곡〉을 외워야 하는 거야?"

친구의 대답은 간단했다.

"시험에 나오니까."

나래가 다시 묻는다.

"그럼, 충신연주지사는 무슨 뜻이야? 뜻도 모르고 왜 외워야만 하지?"

다른 친구가 핀잔을 준다.

"정철하면 가사, 〈사미인곡〉, 〈속미인곡〉은 유배가사, 충신연주지사. 이것만 외워. 왜는 무슨 왜야, 시험에 나온다니까."

나래가 한숨을 쉰다. 차라리 노래가사를 외우는 게 훨씬 도움이 될 것 같다.

영어 단어를 외우고 있는 친구를 보았다.

"ambitious, ambitious, ambitious, ambitious……."

나래가 묻는다.

"어떤 문장에 'ambitious'가 나오는데?"

단어를 외우던 친구가 정색을 하며 되묻는다.

"그게 왜 궁금해. 'ambitious' 뜻만 알면 되지. 여기에 나와. 'Boys be ambitious!'"

나래 얼굴이 뾰로통해진다.

"왜 소년만 야망을 가져야 해? 'Girls be ambitious!' 하면 안 되나."

옆에 있던 친구는 숙어를 외우고 있다.

"make up one's mind, make up one's mind, make up one's mind, make up one's mind……."

나래가 그 모습을 보고 친구에게 묻는다.

"Have you made up your mind?"

친구가 눈을 동그랗게 뜬다.

"그게 무슨 말이야?"

"아니 'make up one's mind'를 외우고 있기에 무슨 결정을 했냐고 물어본 거지."

친구가 짜증 섞인 목소리로 말한다.

"'make up one's mind'만 외우면 되지 뭘 복잡하게 생각해."

무안해진 나래가 고개를 돌리며 혼잣말을 한다.

"I make up my mind. 나는 결정했어. 방해하지 않기로."

공포의 과학시간이 돌아왔다.

"자, 오늘은 3일이니까 3번 대답해 봐. 침에 들어 있는 소화효소는?"

3번이 대답한다.

"아밀라아제."

"다음 13번, 위샘에는?"

"펩신과 염산."

나래는 23번이다. 다음 차례는 나래다.

"23번, 이자에는?"

나래의 얼굴이 붉어진다. 생각이 잘 나지 않는다.

"말타아제……. 선생님 책 보고 말하면 안 될까요?"

"하하하하하하."

삽시간에 교실이 웃음바다로 변한다. 선생님이 가슴에 못을 박는다.

"여기가 핀란드인줄 아니. 다음 시간까지 꼭 외워오도록. 다음 33번."

나래가 고개를 푹 숙이며 자리에 앉는다.

공부지옥, 공부천국

"공부가 하고 싶군요! 의지가 불타오르고 왠지
잘할 수 있을 것 같습니다. 마음 하나 바꿨을 뿐인데요." -고영석

매무새를 만져본다. 거울도 다시 한 번 본다. 이윽고 카메라가 돌아
간다. 피디가 시작하라는 사인을 보낸다. 카메라 앞에서 혼자 떠드는
강의가 아무래도 어색하다. 하지만 어쩔 수 없다. 이렇게라도 공부법을
알려야 하는 게 내 사명이라고 생각해 본다. 오늘 강의할 내용은 공부와
친해지는 방법이다. 그것은 공부를 잘하는 첫 번째 길이기도 하다.

한참을 이야기했다. 이마에서 땀이 흐른다. 이제 시간은 5분밖에 남
지 않았다. 마무리를 지어야 할 시간이다. 마무리 멘트를 생각해 본다.
아마도 미소를 지으며 공부는 누구나 잘할 수 있으니 걱정하지 말라고
이야기해야 할 것 같다. 그런데 갑자기 속에서 무언가가 치밀어오른다.
어제 텔레비전 뉴스에서 본 학생의 이야기가 생각난다. 그 학생은 아파
트 옥상에 올라 무슨 생각을 했을까? 아무래도 사고를 칠 것 같다. 우리
의 교육현실에 대해 이야기하지 않고는 배기지 못할 것 같다. 마무리만

남겨둔 녹화에 피디는 마음을 놓고 있는 듯하다.

결국 휴대용 무선마우스로 다른 화면을 열었다. 대본에 없는 화면이 떠오르자 피디가 화들짝 놀란다. 모르겠다. 오늘은 하고 싶은 이야기를 하고 가야겠다.

PISA 순위

	PISA 2000		PISA 2003		PISA 2006	
	한국	핀란드	한국	핀란드	한국	핀란드
읽기	6	1	2	1	1	2
수학	2	4	3	2	4	2
과학	1	3	4	1	8	1

OECD 30개국 중 주요 국가 PISA 점수 및 학습효율화지수 (단위: 점)

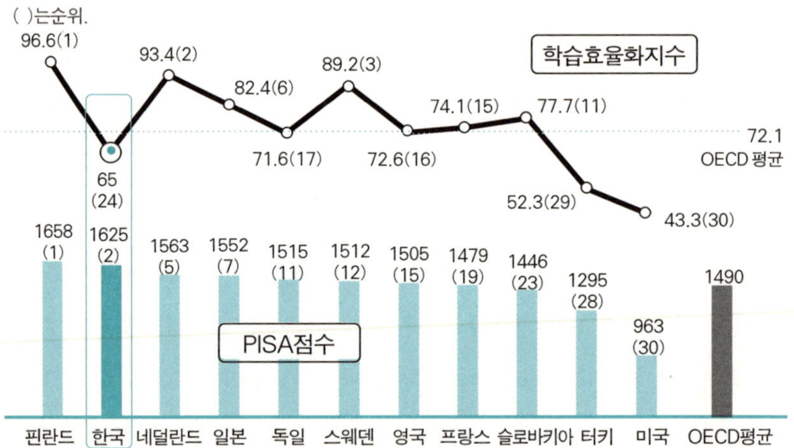

• 출처 : 〈동아일보〉 2008년 10월 31일

이렇게만 보면 한국 학생들이 공부를 꽤 잘하는 것으로 생각됩니다. 하지만 정말 그럴까요? 이 결과가 과연 우리 교육의 현주소를 보여주는 것일까요? 우리 교육이 옳았다는 증거일까요?

어림 반 푼어치도 없는 소리입니다. 왜냐고요? 성적이 좋은데 왜냐고요? 그럼 다음 화면을 보겠습니다.

우리는 효율면에서 완전히 꽝이라는 겁니다. 이 정도 투자하고 공부를 그것밖에 못하는 게 바로 우리의 현실입니다. 학교에서, 학원에서, 집에서, 잠을 줄여가며 공부하고, 엄마 아빠한테 스트레스 받아가며 공부하고, 하고 싶은 일 꾹꾹 참아가며 공부하고……. 그렇게 공부하는 나라가 어디입니까? 대한민국! 그 이름도 찬란한 교육공화국 대한민국입니다. 그렇게 공부한 대한민국 교육 경쟁력은 어떠합니까? 1위! 2위! 3위! 아닙니다. 부끄러워서 그렇게 공부 시킨다고 말도 못할 정도의 초라한 공부 경쟁력! 그것이 공부공화국 대한민국의 현주소입니다. 대한민국은 바로 공부지옥입니다.

국가 공부 경쟁력 1위는 누가 뭐라 해도 핀란드입니다. 그렇다면 핀란드 학생들은 우리 학생들보다 더 많이 공부하고 더 적게 자고 더 많은 스트레스를 받고 있습니까? 아닙니다. 학생들의 파라다이스, 그곳이 바로 핀란드입니다. 핀란드 학생들은 공부 때문에 스트레스를 받지 않습니다. 그들에게 공부는 일종의 놀이입니다. 즐거운 놀이, 하고 싶은 취미생활, 내가 알아야 할 모든 것들을 알려주는 보물창고. 핀란드 학생들에게 공부는 그렇습니다. 그리고 그렇게 공부했기 때문에 핀란드 학생들은 세계 최상의 학력을 자랑하는 것입니다. 나는 알고 있습니다. 그

비밀이 어디 있는지를 말입니다.

핀란드에는 사교육이 없습니다. 자율학습도 없습니다. 우열반도 없습니다. 하지만 그들은 영어를 모국어처럼 이야기하고 어려운 수학 문제를 풀고 문학에 대한 깊은 지식을 가지고 있습니다. 그건 핀란드가 학생들에게 공부를 즐길 수 있도록 해주기 때문입니다. 공부가 즐거우니 공부를 잘할 수밖에 없습니다. 그런 핀란드가 바로 공부의 낙원입니다. 대한민국 학생들이 행복하게 공부하는 모습을 보는 것이 나의 꿈입니다. 좌절했던 학생들이 "공부, 이거 아무것도 아니었구나." 하며 공부하는 모습을 보는 것이 나의 꿈입니다. 하지만 지금 대한민국에서는 핀란드와 같은 교육환경을 만들어줄 수 없습니다. 그건 대통령도 장관도 교장선생님도 할 수 없는 일입니다. 단 하나의 방법이 있다면 그것은 학습법을 바꾸는 것, 공부에 대한 마음을 바꾸는 것, 그래서 학습혁명을 이루는 것, 그것뿐입니다.

녹화는 그렇게 끝이 났다. 나를 바라보는 피디의 표정이 묘했다. 내가 너무 세게 이야기했나 싶은 생각도 있었다. 하지만 최소한 거짓말을 하지는 않았다. 그래도 피디를 보기가 좀 머쓱했다. 급히 가방을 챙겨 인사를 하는 둥 마는 둥 문을 나섰다. 그때 뒤에서 피디의 목소리가 들렸다.

"박소장님! 예정에 없는 내용이긴 했지만 오늘 마무리 인상적이었어요."

다행이다. 안도의 한숨을 내쉬고 걸음을 옮겼다.

나래, 바이러스를 묻다

사무실로 가는 길에 그날의 일을 정리했다. 넘겨야 할 원고, 홈페이지 관리, 두뇌학습법을 효과적으로 알릴 방법. 생각이 꼬리에 꼬리를 물고 이어졌다. 어느덧 저 앞에 사무실이 보였다. 번화가에서 벗어나 있는 사무실은 내 두뇌의 일터이자 쉼터였다. 길가에는 커다란 플라타너스와 조그만 벤치가 있었다. 생각이 풀리지 않을 때면 나는 그 벤치에 앉아 마음을 가다듬었다.

한 여학생이 벤치 앞을 계속 서성거리고 있었다. 인쇄된 종이를 들고 있는 모습을 보니 집을 찾는 듯했다. 그 여학생이 다가왔다.

"저기, 혹시 여기 행복한 공부연구소가 어디 있는지 아세요?"

행복한 공부연구소라면 내 일터가 아닌가? 나는 물끄러미 그 여학생을 쳐다보았다. 여학생은 초조한 모습이었다.

"박재원 소장님을 꼭 만나야 하는데……."

나는 화들짝 놀라서 말했다.

"내가 행복한연구소 박재원인데……."

여학생은 나보다 더 놀란 듯했다. 눈을 동그랗게 뜨더니 갑자기 질문을 퍼부었다.

"정말이요? 찾았구나. 난 못 찾을 줄 알았는데. 그런데 말이죠, 바이러스라는 거 정말인가요? 정말 공부를 못하는 게 바이러스 때문인가요?"

나에게 바이러스를 묻다니. 나는 그때서야 자세히 얼굴을 살폈다. 그리 크지 않은 키에 단발머리, 커다란 눈망울을 가진 귀엽고 하얀 얼굴이었다. 그러나 그저 하얗다고 말하기는 어려웠다. 그건 창백함이었다. 오랜 상담의 경험이 창백함의 정체를 알려주었다. 무언가에 질려 있는 얼굴, 무언가에 쫓기고 있는 듯한 표정은 공부 때문인 경우가 많았다. 학생이 다시 물었다.

"바이러스 말이에요."

나는 그때서야 내가 아직 질문에 대답하지 않았다는 사실을 깨달았다.

"그럼, 물론이지. 공부를 못하는 건, 바이러스 때문이지."

학생은 잠시 고개를 숙였다. 무언가를 생각하는 눈치였다. 그리고 다시 말을 이었다.

"하지만 그 바이러스라는 거, 수술을 하거나 약을 먹어서 없앨 수 있는 게 아니잖아요?"

"그렇지. 그건 그렇게 되는 게 아니지."

학생은 지그시 입술을 깨물더니 나보다 먼저 말을 이었다.

"그럼, 그 바이러스라는 거 치료할 수 없다는 말이잖아요?"

학생은 고개를 푹 숙였다. 이건 마치 비극의 한 장면 아닌가? 불치병에 걸린 사람이 의사를 찾아와 살고 싶다고, 살려달라고 하는 것 같았다. 희망이 있으면 어떤 싸움에도 승산이 있는 법이다.

"약이나 수술로 치료할 수 없다는 거지, 치료 방법이 전혀 없다고는 안 했는데."

금방이라도 눈물을 쏟을 것 같던 학생의 눈이 반짝였다.

"그러니까 치료할 수 있다는 말이죠?"

나는 대답했다.

"물론, 치료할 수 있지."

여학생이 내 말을 잘랐다.

"맞아요. 분명 치료할 수 있다고 했어요. 그래서 온 거예요. 확인해 보고 싶었어요."

이야기가 빨리 끝날 것 같지 않았다. 나는 지금껏 공부 때문에 절망하는 수많은 학생들을 보아왔다. 이 학생도 그런 학생 중 하나일 것이다. 그러나 이렇게 직접 나를 찾아오는 경우는 드물었다. 그만큼 절박하다는 뜻이었다.

"그래, 잠시 앉을까?"

그때서야 나는 내가 엉거주춤 서 있다는 걸 알았다. 벤치에서 대화가 이어졌다.

"그래, 학생 이름은 뭐야?"

학생은 머뭇거리며 말을 하지 않았다. 잠시 고개를 떨어뜨리고 있던 학생이 다시 입을 열었다.

"나래예요. 본명은 김이행성세빛인데 그냥 나래라고 부르세요."

이름에서부터 사연이 절절 묻어나고 있었다.

"아빠와 엄마의 성을 따서 김이, 행복하게 성공하라고 해서 행성, 세상이 빛이 되라고 해서 세빛. 그렇지만 모두들 다 저를 나래라고 불러요. 제가 떡볶이 엄청 사주면서 부탁했거든요."

"그래? 그럼 나도 나래라고 부를까?"

내 말에 나래도 웃음을 지어 보였다. 나는 나래가 공부 때문에 고통받는 학생이라는 것을 알 수 있었다. 공부와 싸우는 사람들은 늘 지쳐 있다. 공부는 적이 되고 압박이 되고 나중에는 자신을 잡아먹는 괴물로 변하고 만다. 그 괴물 앞에서 사람들은 무서움과 공포에 질리게 된다. 하지만 그 괴물이 처음부터 그렇게 무시무시했던 건 아니다. 하지만 그 바이러스가 크면 무시무시한 괴물로 변하고 만다.

"나래는 공부 때문에 스트레스가 많은가봐?"

나래는 그저 고개만 끄덕였다. 처음부터 공부 이야기를 하는 것은 좋지 않다. 나는 다른 이야기부터 풀어나가기로 했다.

"그래, 나래는 어디에 살아? 이 근처인가?"

나래가 고개를 저으며 말했다.

"핀란드요."

갑자기 정신이 멍해졌다. 핀란드라니. 나래는 과대망상에 걸린 것일까? 공부가 너무 힘들어 대한민국에서 탈출하고 싶은 걸까? 나는 조심히 물었다.

"정말 집이 핀란드야?"

"네. 아, 아니요. 지금은 아니에요. 예전에 핀란드에서 살았어요. 아! 그땐 정말 행복했는데! 핀란드로 다시 가고 싶어요. 이 지옥 같은 곳에선 정말 숨도 쉬기 힘들어요. 핀란드에 있을 땐 매일 한국 친구들과 같이 노는 꿈을 꿨는데, 그 꿈이 이젠 악몽이 되었어요."

오늘 녹화 마지막에 했던 말들을 떠올렸다. 핀란드는 내가 꿈꾸는 교육 현장이다. 핀란드에서 공부할 수 없다면 핀란드에서 하는 것처럼 공부하라는 것이 나의 지론이기도 했다. 핀란드에 대해 이야기할 때 나래의 목소리에는 기쁨이 묻어 있었다. 하지만 한국을 이야기할 때는 슬픔이 배어 있었다. 나는 그 이유를 알 수 있었다. 핀란드에서 공부했다면 한국에서 공부하는 것이 누구보다 더 힘들 것이다.

수십만 대군을 거느린 잉카의 황제가 불과 수십 명을 데리고 온 피사로의 기마대에게 사로잡힌 이유가 무엇인가? 잉카제국에는 서양에서 들어온 질병에 대한 면역체계가 없었다. 이미 서양에서 전파된 바이러스에 잉카는 휘청대고 있었다. 2,000만에 달했던 아스텍의 인구는 천연두라는 바이러스 때문에 채 100년도 안 되어 160만 명으로 줄어들고 만다. 또한 그때까지 남미에는 말이 없었으니 기마전은 상상도 못했을 것이다. 말을 타고 달려드는 기마대에 잉카의 8만 대군은 힘도 못 쓰고 넘어졌다.

핀란드에서 공부한 나래에게는 공부바이러스에 대한 어떤 면역체계도 없을 것이다. 대한민국의 공부환경은 나래에게 남미를 집어삼킨 서양의 바이러스와 같다. 잉카의 황제를 향해 뛰어드는 피사로의 기마부대와 같은 것이다. 핀란드에서 충분히 훌륭하게 공부해 왔던 나래는 대한민국에서 바이러스와 기마대에 자신을 잃고 말았다.

문제는 핀란드와 같은 교육환경을 한 번에 만들 수 없다는 것이다. 그건 10년이 걸릴지 100년이 걸릴지 모를 일이다. 그동안 학생들은 계속해서 입시지옥, 야자, 학원, 과외와 함께 살아야 할 것이다. 지금 필요한 건, 고통에 시달리는 학생들을 고통에서 건져내는 것이다. 그리고 그건 학습법, 공부에 대한 생각을 바꾸는 것만으로도 가능한 일이다. 나는 다시 입을 열었다.

"흠. 천국에서 지옥으로 떨어졌구나."

그건 더 가혹한 일이다. 지옥에서만 살면 지옥이 전부라고 생각한다. 하지만 천국을 경험한 사람이 지옥에서 산다는 건 정말 끔직한 일이다. 그래서인지 나래는 눈물을 찔끔 흘리고 있었다. 갑자기 당황스러웠다. 빨리 분위기를 바꿀 필요가 있었다.

"와! 핀란드에 있을 땐 좋았겠네. 그렇지?"

핀란드 이야기가 나오자 나래의 눈이 다시 반짝거렸다.

한국형 공부바이러스

"의지보다는 환경. 실감하지 못하고 나만 원망하고 있었는데,
정말 최근에 공부하면서 다시 한번 느끼네요." -이찬구

나래는 숨도 차지 않는 듯 이야기를 쏟아냈다. 특히 방학 때 호수에 놀러갔던 일을 이야기할 때는 수영을 하듯 팔을 휘젓기도 했고, 친구들과 춤을 추던 이야기를 할 때는 어깨를 으쓱댔다.

핀란드에선 공부를 위한 방학이 존재하지 않는다. 즐겁고 신나게 보내는 방학, 그것이 바로 핀란드식 방학이다. 만약 대한민국 부모들이 이런 말을 듣는다면 거품을 물고 쓰러질 것이다. 대한민국에서 방학이 존재하긴 하는가? 방학이란 단지 공식적으로 학교에 다니지 않는 기간을 의미할 뿐이다. 학교가 방학을 하면 학원의 학기가 시작되고, 학원이 방학을 시작하면 학교의 학기가 시작된다. 하지만 여기에 중요한 아이러니가 숨어 있다. 방학 동안에도 죽어라 공부만 하는 우리보다 핀란드 학생들이 훨씬 공부를 잘한다는 사실이다.

"그래, 나래는 핀란드에서 공부를 잘했겠구나?"

나래가 대답하기도 전에 나는 질문이 잘못됐음을 깨달았다. 나는 "공부가 재미있었겠구나."라고 물어봐야 했다. 물론 내 잘못은 나래의 대답에서 더욱 명백해졌다.

"그런 건 잘 몰라요. 저는 한국에 와서야 왜 시험이 무서운지 알았어요. 1등이 무엇을 의미하는지도 처음 알았어요. 핀란드에서 시험이란 그저 내가 얼마나 알고 있는지를 체크하는 정도예요. 시험 중에 모르는 게 있으면 선생님께 질문도 할 수 있어요. 등수를 매기지 않으니 누가 1등인지도 모르죠. 그저 자기가 하고 싶은 거 열심히 하면 돼요. 공부하고 싶은 부분이 있으면 도서관에서 찾아보면 되죠. 저는 중국영화를 좋아해서, 중국어를 배우게 됐어요. 무술의 고수들이 하늘을 막 날아다니는 거 보면서 대사 따라하고 자막도 베껴 써보고. 그래서 나중에는 중국어 선생님하고 중국어로 대화를 나눌 정도까지 되었다니까요? 그땐 아무도 무엇을 시키지 않았어요."

나는 고개를 끄덕였다. 스스로 하고 싶어서 하는 공부인데, 어떻게 못할 수가 있겠는가? 자신이 즐기는 일인데, 어찌 스트레스가 있을 수 있겠는가? 나래는 계속해서 말을 이어갔다.

"하지만 너무 공부만 하는 건 좋지 않아요. 춤도 배우고 악기도 배우고, 다른 사람들과 같이 어울려야 친구도 더 많이 사귈 수 있어요. 선생님들도 공부는 책으로만 하는 게 아니라고 하세요. 살면서 즐기는 일도 모두 공부라고요. 하지만, 하지만 지금은……."

나래는 말을 잇지 못했다. 아마도 나래의 머릿속에는 대한민국의 교육현실이 떠올랐을 것이다. 나래와 같은 학생들을 만나고 이야기하는 것이 내 일이다. 그리고 그들이 조금이라도 행복하게 공부할 수 있는 방법을 알려주는 것, 공부를 못하게 하는 바이러스를 퇴치하는 일, 그것이 바로 나의 일이다. 나의 도움이 필요한 학생이 내 앞에 있음을 나는 깨달았다. 나래와 나는 바이러스와 싸우는 사람들인 것이다. 나는 슬쩍 나래가 가진 문제를 체크해 보기로 했다.

"나래는 공부가 싫어?"

나래는 조금의 망설임도 없이 대답했다.

"공부가 좋은 사람도 있어요?"

"근데 왜 공부를 하려고 하지?"

잠시 침묵하던 나래가 말을 이었다.

"지금은 포기할까도 생각중이에요. 아무리 해도 안 되는데요, 뭐."

"그럼, 왜 나를 찾아왔지?"

나래가 고개를 들어 하늘을 바라보았다.

"이건 마지막 발악이에요. 포기하더라도 이유는 알아야죠. 핀란드에선 안 그랬는데, 왜 지금 이렇게 공부가 싫고, 성적도 떨어지고. 저는 지금 약까지 먹고 있어요. 너무 스트레스를 받아서 그렇대요. 이젠 책이라는 거 자체가 싫어요. 뭐, 그런 거죠. 이유도 모른다면 너무 억울한 거. 그러다 공부귀신이 되면 어떻게 해요."

나래의 이야기는 내 마음을 무척이나 답답하게 했다. 우리 교육에서 가장 중요한 건 성적이다. 평소에 어떻게 공부하는지는 중요하지 않다. 성적이 모든 것을 말해 줄 뿐이다. 그렇다고 모든 시험이 같은 것도 아니다. 평소 성적이 좋아도 입시에서 실패하면 그 사람은 실패자로 낙인찍히고 만다. 시험을 위해서 하는 공부이니 시험이 끝난 후에는 공부한 내용이 남아 있을 리 없다. 평소에 같이 놀던 친구도 시험에서는 경쟁자가 되고 만다. 이런 상황에서는 사실 공부를 못하는 게 정상이라고 할 수 있다. 스트레스와 압박은 공부를 못하게 하는 가장 큰 적이기 때문이다. 그리고 나래는 지금 공부를 포기하려고 하고 있었다.

"만약에 말이야, 공부를 못하게 하는 바이러스를 퇴치할 수 있다면 다시 한번 시작해 볼 거야?"

내 말에 나래가 순간적으로 코웃음을 쳤다.

"아, 죄송해요. 저도 잘해 보려고 꽤나 노력한 사람이거든요. 공부 성공수기도 찾아서 읽어보고 학습법 책도 몇 번이고 읽어봤어요. 오바이트 참아가면서 문제집 풀어보고. 결국 오바이트는 했지만 말이에요. 결론은, 나는 안 되는구나. 나는 왜 이렇게 의지가 약한가? 나는 의지박약 아인가보다. 거기에 나는 머리도 나쁘구나. 한마디로 이런 된장 우라질 네이션이죠."

그 말을 들으니 가슴이 무겁게 내려앉았다. '나래야, 절대 그렇지 않아. 그런 생각이 너를 그렇게 만드는 거야.' 나는 이렇게 말을 할 뻔했다. 이런 말을 했다면 나래는 분명 나를 꼰대 취급하고 말았을 거다. 나는 다시 이야기를 꺼냈다.

"그럼 뭐가 문제일까?"

나래는 한국에 오던 날을 생각했다.

엄마, 학교, 학원의 악순환

"다른 학습법 무작정 따라하다가 실패했는데
지금은 안개가 걷힌 기분이 듭니다. 수능뿐 아니라
다른 공부에서도 많은 도움이 될 것 같아요." -최혜은

나래는 신이 났다. 이제 다시 한국으로 돌아간다는 사실이 꿈만 같았다. 먹고 싶은 것도 많았고 가고 싶은 곳도 많았다. 어떤 친구들을 만나게 될지, 나래는 한껏 기대에 부풀어 있었다. 한국으로 가는 비행기 안에서 나래는 쉬지 않고 엄마에게 이야기했다.

"와! 드디어 한국에 가는구나. 가면 뭘 하지? 방학 때 동해에 가보고 싶어. 맞아, 산에도 가고 싶어. 등산 가면 친구들과도 쉽게 친해질 수 있겠지."

"얘, 얘가 지금 무슨 말을 하는 거야? 바다에 가고 산에 간다고? 얘가 계속 핀란드에서처럼 살려고 하네. 너 이제 좋은 시절 다 갔어."

나래는 그때까지 엄마가 무슨 말을 하는지 몰랐다.

"공부해야지, 놀러가긴 어디를 놀러간다고 그래. 엄마가 이미 좋은 학원이랑 과외선생님 다 알아놨어. 그러니까 이제부터 그만 놀고 공부

할 생각만 해. 너도 이제 한국에서 사는 법을 배워야지.”

엄마는 나래의 부푼 꿈을 무참히 깨고 있었다. 그래도 나래는 별로 신경 쓰지 않았다.

“에이, 핀란드나 한국이나 다 똑같지 뭐. 한국 간다고 내가 뭐 달라지나.”

때로는 현실이 상상보다 훨씬 가혹한 법이다. 한국에 온 지 일주일 만에 나래는 지옥의 행군을 시작해야 했다. 여행은커녕 방학 내내 학원과 과외에 시달려야 했다. 하지만 방학이 끝나자 상황은 더 나빠졌다. 아침 일찍 일어나 학교에 가야 했고 학교가 끝나면 학원으로, 학원에 가지 않는 날에는 과외수업을 받아야 했다.

특히 성적표가 나오는 날은 정말 끔찍했다. 처음 한국에 온 몇 달은 엄마가 특별히 꾸지람을 하지 않았다. 엄마는 적응이 아직 안 됐거니, 했다. 하지만 몇 달이 지나고 1년이 다 되도록 성적이 오르기는커녕 내려가기만 하자 엄마의 압박은 점점 심해졌다. 학원을 옮기고 과외교사를 바꿨다.

나래 스스로 노력을 하지 않은 것도 아니었다. 그러나 참 이상했다. 핀란드에 있을 땐 누가 시키지 않아도 공부를 했는데, 한국에서는 공부하라고 학원도 보내주고 과외도 시켜주는데, 정말 공부가 하기 싫었다. 그리고 이제 성적은 바닥을 헤매는 신세가 되고 말았다.

나래는 자신이 공부를 못하는 이유가 공부법 때문이 아닐까 생각했다. 그래서 유명하다는 학습법 책을 보고 또 보았지만 해답이 보이지 않았다. 며칠은 학습법이 정해 준 대로 잠도 덜 자고 책상에도 오래 앉아 있고 뭐든 외우고 또 외워봤지만, 그 기간이 나래에게는 지옥처럼 느껴질 뿐이었다. 책에서 말하는 것처럼 공부할 수 있는 사람은 초능력자가 아니면 불가능할 것 같았다.

나래는 점점 지쳐갔다. 그러던 어느 날, 나래는 모든 것이 귀찮았다. 그래서 핀란드에서 즐겨 보던 중국영화를 보기로 했다. 오랜만에 중국영화를 보니 마음이 풀리는 느낌이었다. 영화에 빠져 있어 엄마가 돌아오신 것도 몰랐다. 영화를 보고 있는 나래를 발견한 엄마는 다짜고짜 소리부터 질렀다.

"너! 지금 뭐 하는 거야! 가라는 학원은 안 가고, 지금 팔자 좋게 영화나 보고 있는 거야? 너, 우리가 네 학원비, 과외비 대느라고 얼마나 힘든 줄 알아!"

엄마는 아무것도 묻지 않고 소리부터 질렀다. 엄마의 서슬에 나래는 파랗게 질렸다. 자신이 지금 얼마나 힘든지 엄마는 아무것도 모르는 듯했다. 나래는 울면서 방으로 뛰어 들어갔다. 그때부터 나래는 한동안 엄마와 아무 이야기도 하지 않았다. 그저 묻는 말에만 대답할 뿐.

나래는 외톨이였다. 사실 나래에게는 친구가 없었다. 처음 학교에 갔을 때, 친구들은 나래에게 호기심을 가졌다. 어쩌면 그것은 경계심이었는지도 모른다. 영어시간에 나래가 회화를 유창히 해내자 반 학생들은 놀라워했다. 그때는 나래와 친하게 지내려는 친구들도 몇 있었다. 하지만 첫 시험에서 나래가 받은 영어 성적은 좋지 않았다. 말하고 듣는 것에 문제가 없었는데, 이상하게 시험은 잘 볼 수가 없었다. 나래는 그때 말을 하는 것과 시험을 보는 것은 전혀 다르다는 것을 깨달았다. 물론 다른 과목은 영어보다도 형편없었다.

나래는 수업에도 흥미를 잃어갔다. 한번은 역사시간에 이런 일이 있었다. 선생님은 간다라미술에 대해서 설명하고 있었다. 선생님은 몇 년에 어디에서 또 몇 년에 어디로 전파되었는지, 그것만을 중요하게 이야기하고 있었다. 나래가 손을 들었다.

"선생님, 질문 있어요!"

질문이라는 말에 선생님은 당황한 기색이 역력했다.

"그래, 말해 봐!"

"간다라미술은 왜 생긴 거예요? 그러니까 석가모니는 아리안족이잖아요. 아리안족은 머리가 전지현처럼 펄럭이는데, 간다라미술에 나오는 불상 머리는 곱슬곱슬하잖아요. 그게 왜 그렇죠?"

선생님은 헛기침을 몇 번 했다. 반 아이들은 웅성거리기 시작했다.

"저런 걸 왜 물어봐."

"이상해. 진도 늦겠다."

나래는 난처하게 선생님을 바라보았다. 선생님은 아이들에게 조용히 하라고 주의를 주었다. 하지만 선생님의 대답은 나래를 더욱 실망시켰다.

"그런 질문은 수업이 끝나고 개인적으로 하도록 해. 지금은 진도를 나가야 하니까."

수업이 끝날 무렵 선생님은 외워야 하는 중요한 부분에 다시 밑줄을 긋게 했다. 수업이 끝났지만 나래는 선생님께 질문하러 가지 않았다.

집에서도 학교에서도 나래는 혼자였다. 나래는 이제 엄마와 싸우는 날이 많아졌고, 이런 나래 때문에 엄마와 아빠가 싸우기 시작했다. 나래는 점점 피폐해졌고, 신경이 날카로워졌다. 얼마 전부터 나래는 정신과 진료를 받고 있었다.

그리고 바로 오늘 오후 컴퓨터 실습시간이었다. 듣는 둥 마는 둥 나래는 그저 마우스만 만지작거리고 있었다. 공부 때문에 이렇게 괴로워해야 하는 자신이 너무 처량했다. 자신이 너무 불행하다는 생각이 들었다. 나래가 혼자 중얼거렸다.

"행복하게 공부할 수는 없을까?"

나래는 검색창에 '행복한 공부'를 입력했다. 검색창은 검색어와 관련된 내용을 보여주고 있었다. 그런데 나래의 표정이 변하기 시작했다. 수업이 끝났는데도 나래는 자리를 뜨지 못했다. 선생님의 재촉에 나래는 메모를 하기 시작했다. 그게 나를 찾아온 계기였다.

당신의 공부를
병들게 하는 고정관념

"일단 공부는 시켜서 하는 게 아니라 내가 하고 싶어서,
재미있어서 하는 게 되었어요." -박헌진

생각에 잠겨 있던 나래가 갑자기 입을 열었다.

"내게는 그게 없는 거죠. 강철 같은 의지와 흔들리지 않는 신념, 하루 종일이라도 의자에 앉아 있을 수 있는 끈기, 누구에게도 뒤지지 않는 기억력, 머리가 나빠도 그걸 뛰어넘을 수 있는 악과 깡. 그게 없으니 이 모양인 거죠."

"후유."

나오는 건 한숨뿐이었다. 나래는 바이러스 중에서도 아주 악성 바이러스에 감염된 게 분명했다. 나는 핸드폰을 들었다.

"유진아! 응. 선생님인데 잠깐 여기 사무실 앞 벤치로 나올래?"

"뭐예요, 선생님. 갑자기 말을 돌리시면 어떻게 해요?"

대화 도중 전화를 거는 나를 보고 나래가 조금 삐친 듯했다. 나는 그저 웃었다. 1분도 채 되지 않아 사무실 문이 열리더니 유진이가 모습을

드러냈다. 커다란 차양이 있는 모자를 쓰고 나온 유진이의 모습이 조금은 우습게 느껴졌다. 그리고 요즘 제일 무서운 게 자외선이라던 유진이의 말이 떠올랐다. 나는 손을 흔들며 유진이에게 말했다.

"유진아. 여기 너보다 더 지독한 환자가 나타나셨다."

내 말에 유진이는 반쯤은 알았다는 표정을 지었다.

"선생님, 또 왜 그러세요. 신종 바이러스라도 나타났나보죠."

나는 고개를 끄덕였다.

"그래, 그래. 어쩜 이렇게 점점 강력해지니. 참, 이쪽은 나래 양. 그리고 이쪽은 유진이. 유진이가 아마 고 2 때 처음 나를 찾아왔지. 지금은 대학생인데 아르바이트로 내 일을 도와주고 있어. 바이러스 감염 경험자라 말도 잘 통하고."

갑자기 유진이가 등장하자 나래는 당황한 듯했다. 하지만 유진이는 스스럼없이 나래를 대했다.

"어머, 너 피부가 참 하얗구나. 반가워. 호호호."

"예, 예. 저도요."

역시 유진이의 첫 번째 관심은 피부였다. 유진이는 키도 크고 이목구비도 뚜렷했지만 뒤늦게 나타난 여드름 때문에 요즘 고민이 많았다. 유진이는 처음 보는 나래의 얼굴을 열심히 살폈다. 이러다가는 공부가 아닌 피부 이야기로 빠질 것 같았다. 나는 대뜸 유진이에게 질문을 던졌다.

"유진아! 공부는 누가 하니?"

유진이는 웃으며 대답했다.

"공부는 두뇌가 하죠."

나는 나래에게도 똑같은 질문을 했다. 하지만 나래의 대답은 달랐다.

"제가 학습법은 그래도 많이 꿰고 있거든요. 많은 학습법에서 공통적으로 이야기하는 것은 먼저 의지예요. 의지가 중요하죠. 굳은 의지로 의자에 오랫동안 앉아 공부를 해야 해요. 다음에는 외워질 때까지 무한 반복하는 거죠."

한숨이 나오려고 하는 걸 간신히 참았다.

"그렇다면 말이야, 나래가 핀란드에서 중국어를 공부하고 어려운 춤을 연습한 것도 굳은 의지를 갖고 한 거였어?"

"아니요. 그건 좋아서……."

나는 고개를 끄덕였다.

"그럼, 다시 한번 생각해 보자. 지금은 공부를 하려는 의지가 있는데, 공부를 잘 못해. 하지만 예전엔 의지보다는 좋아서 했는데, 아주 잘했어. 그럼 공부를 하게 하는 건 억지로 해야 한다는 의지일까, 하고 싶다는 우리의 마음일까?"

내 말을 나래는 곰곰이 생각해 보는 눈치였다. 나는 다시 유진이에게 물었다.

"유진아! 공부를 시작할 때, 제일 나쁜 구호가 뭐니?"

"그야 '시간은 더 오래! 양은 더 많이! 진도는 더 빨리!' 아니겠어요. 저도 그것 때문에 엄청 고생했잖아요."

나래는 절대 동의할 수 없다는 눈치였다.

"그 반대 아니에요? 더 오래, 더 많이 공부하고 더 빨리 진도를 나가면 당연히 공부를 잘하게 되는 거 아닌가요?"

대답을 대신 해준 건 유진이였다.

"어머! 나래는 벌써 올림픽에 나가려고 하는 거야? 지금은 안 되지.

좋아하지도 않는 운동하면서 금메달부터 딸 생각하는 건 속도위반이라고."

나래는 유진이가 왠지 얄밉게 느껴진 모양이었다.

"하지만 그게 나쁜 건 아니잖아요. 못해서 그렇지 할 수만 있으면 좋은 거잖아요."

유진이가 잠시 생각을 하는 듯했다. 하긴 유진이도 처음엔 나래와 비슷한 상태였다. 유진이가 다시 입을 열었다.

"나래는 뭔가 오해를 하고 있는 것 같아. 하긴 나도 그랬거든. 한번 생각해 봐. 오랫동안 책상에 앉아 있는데 왜 공부를 못할까? 많은 참고서를 보고 많은 문제집을 푸는데 왜 공부를 못할까? 진도를 빨리 나가고 있는데 왜 공부를 못할까? '더 오래, 더 많이, 더 빨리'는 정답이 아니야. 하지만 나도 그랬고 지금 나래도 그렇고, 많은 사람들이 그것만을 정답이라고 착각하고 있어. 하루 종일 의자에 앉아만 있으면 뭐해. 참고서 많이 보고 문제집만 많이 풀면 뭐해. 진도만 많이 나가면 뭐하냐고. 건성건성 넘어가는 건 누구나 다 할 수 있는 일인데. 옛날에 나는 하루에 4시간만 잔 적도 있어. 그럼 뭐해, 머리에 들어오는 건 하나도 없는데."

"그건 인정해요. 시간대비 효율이 꽝이라는 거."

"브라보! 브라보!"

나는 짝짝 박수를 치며 이야기했다.

"그래, 맞아. 이제야 조금 제자리로 돌아오는 느낌이네. 역시 경험자의 이야기가 생생하다니까."

내 말에 나래는 어리둥절해했고 유진이는 부끄러운 듯 웃음을 지었다.

"자, 이번에는 내 얘기를 들어봐. 인내와 노력이 중요하지 않다는 건 아니야. 근데 이렇게 생각해 보라고. 내가 예를 하나 들어야겠는데, 음, 뭐가 좋을까?"

"석기시대."

유진이가 내게 힌트를 주었다.

"그렇지! 석기시대. 석기시대에 세 사람이 살고 있었어. 먹고 살려니 석기시대 사람들은 사냥을 해야 했단 말이야. 그런데 세 사람의 사냥방법이 달랐어. 한 사람은 돌도끼를 들고 무작정 동물을 쫓아다녔어. 그는 강철 같은 의지를 가진 사람이어서 결코 포기하지 않았지. 토끼, 네가 먼저 지치냐, 내가 먼저 지치냐? 한마디로 무식하게 쫓아다닌 거지. 그 사람은 마침내 작은 동물을 한 마리 잡을 수 있었어. 두 번째 사람도 돌도끼를 들고 동물을 쫓아다녔어. 하지만 몇 시간 후 포기하고 말았어. 첫 번째 사람만큼 무지막지하지 못했거든. 체력도 달렸고. 그 사람은 첫 번째 사람을 보면서 자신의 약한 의지를 탓했어. 세 번째 사람은 동물을 쫓아다니는 대신, 하루 종일 동물의 움직임을 관찰했어. 그리고 다음날 동물이 다니는 길목에 함정을 파고 동물들을 함정 있는 데로 몰았어. 그래서 별로 큰 힘을 들이지 않고도 많은 동물을 잡을 수 있었단다. 근데 웃기는 게 뭔지 알아? 두 번째 사람이 세 번째 사람보다는 첫 번째 사람을 계속 부러워했다는 거야."

나래는 눈을 동그랗게 뜨고 물었다.

"아니, 그런 바보가 어디 있어요. 당연히 세 번째 사람의 방법을 따라야죠. 그리고 그게 공부랑 무슨 상관이 있어요?"

나래의 말을 받은 건 유진이였다.

"왜 없어. 사실 내가 두 번째 유형이었거든. 나도 첫 번째만을 정답이라고 생각한 거야. 의지와 신념을 가지고 하는 공부는 너무 힘이 들더라고. 그래서 포기하려고도 했지. 그때 생각하면 지금도 진저리가 난다. 세 번째 방법을 바로 따랐으면 좋았을 걸 말이야. 이놈의 사회에는 공부에 개성이 없어, 개성이. 내가 개성 있는 공부를 했더라면 지금보다 피부가 훨씬 좋았을 거야. 애, 근데 너 피부 진짜 좋다. 나도 저런 때가 있었는데."

나는 빙긋이 웃으며 말했다.

"내가 다시 설명하지. 첫 번째 사람은 의지와 노력으로 공부해서 성공한 사람이야. 하지만 그렇게 강한 의지를 가진 사람이 세상에 얼마나 되겠어. 백 명에 한 명, 천명에 한 명 있을까 말까야. 우리는 평범한 인간이야. 슈퍼맨이 아니라고. 인간이 슈퍼맨 따라하면 어떻게 되니? 망토 쓰고 쫄바지만 입는다고 슈퍼맨이 되니? 아니잖아. 망토 쓰고 뛰어내리면 다치기만 할 뿐이지. 지금 우리 사회는 모두를 슈퍼맨으로 만들려 하고 있어. 모두 그렇게 해야만 공부를 잘할 수 있다고 생각해. 그렇게 하지 못했기 때문에 두 번째 사람처럼 사냥에 실패했다고 하지. 하지만 우리는 모두 두 번째 사람처럼 평범한 사람들이야. 심장이 터질 것 같은데 어떻게 더 뛸 수가 있겠어. 우리는 마라톤 선수가 아니야. 올림픽에 출전하는 국가대표가 아니라고. 하지만 중요한 건, 정해진 룰은 없다는 거야. 목표점에 도달하기 위해 사람들은 저마다 자신의 방법을 선택할 수 있어. 아까 유진이는 그걸 개성이라고 했잖아. 그래, 사람이라면 누구나 가지고 있는 독특한 성격. 뛰어갈 수도 있고, 자전거를 탈 수도 있고, 차를 타고 갈 수도 있어. 사람에게는 다 다른 특징이 있단 말이지. 그런데 우리 사회는 지금 모든 학생들에게 똑같이 뛰어서 가라고만 한단 말이야. 그러니 달리기를 잘하는 사람만 1등을 할 수밖에 없는 거라고. 하지만 달리기만 할 필요는 없잖아. 아까 말한 것처럼 자전거를 탈 수도 있고 자동차를 탈 수도 있어. 바로 세 번째 사람이 그랬던 것처럼 머리를 쓰는 거지. 공부를 잘할 수 있는 방법을 찾으면 몇 날 며칠 쫓아다니는 것보다 더 많은 동물을 잡을 수 있는 거야. 그리고 그 방법은 바로 우리의 마음을 이용하는 거야."

나래는 조금 충격을 받은 듯했다. 잠시 시간이 흘렀다. 나는 나래에게 생각할 시간을 주어야 한다고 생각했다. 나래는 혼자서 무언가를 중얼거리다 이윽고 말을 이었다.

"마음을 이용해야 한다고요?"

나는 이제 무언가 통하기 시작했다는 생각이 들었다.

"이렇게 해야겠다고 생각하지만 그렇게 하지 못하는 게 사람이야. 그건 생각과 마음이 따로 놀기 때문이야. 공부를 해야겠다고 생각하지만 마음에서는 공부를 하고 싶어하지 않아. 그러면 아무리 오랫동안 의자에 앉아 있어도 공부는 하나도 안 한 거나 마찬가지란다."

'마음'을 이야기했을 때, 나래의 표정에서 작은 변화가 느껴졌다. 나는 나래에게 물었다.

"나래가 지금 제일 좋아하는 건 뭐야?"

"전 춤추는 거 좋아요. 핀란드에 있을 때 춤을 배웠거든요. 춤은 하루 종일이라도 출 수 있을 것 같아요."

나래는 이야기를 하며 몸을 들썩였다. 나는 춤을 통해 설명해야겠다고 생각했다.

"그렇구나. 나래는 재능이 무척이나 많은 학생이네. 춤도 잘 추고 중국어도 잘하고 말이야."

"그게 무슨 소용이에요. 춤이랑 중국어는 성적이랑 상관없다고요."

나래의 머릿속에는 온통 당장의 성적뿐이었다. 유진이가 너스레를 떨며 다시 이야기했다.

"어허, 참 부정적인 학생이시네. 왜 소용이 없어. 지금 그렇게 느껴지는 것뿐이지. 나는 춤 잘 추면 소원이 없겠다. 내가 다른 건 하나도 안 빠지는데, 몸치거든. 그러지 말고 춤추는 것처럼 공부도 재미있는 거라고 생각하면 어때? 중국어도 잘한다면서, 다른 것도 중국어 공부하듯이 하면 되겠네."

나래는 답답한 표정으로 유진이를 바라보았다.

"후유. 그렇게만 할 수 있으면 누가 걱정을 해요?"

유진이가 또다시 말을 이었다.

"그렇게 할 수 있어. 나도 그랬는데, 뭐."

"정말요?"

나래는 정색을 했다.

"그럼. 그 문제는 선생님이 잘 풀어주실걸. 괜히 목소리 깔면서 두뇌는 말이야, 이렇게 말씀하실지는 몰라도 거기에 정답이 있다고. 부탁해요, 선생님!"

나래의 기분을 풀어주려고 했는지, 유진이는 평소보다 과장된 모습을 보였다. 나도 유진이의 장단에 맞춰주기로 했다.

"험. 그렇지. 우리의 머리를 지배하고 있는 건, 사실 생각이 아니라 마음이야. 마음이 공부를 좋아하면 공부를 잘하게 되고 마음이 공부를 싫어하면 공부를 못하게 된단다. 그러니까 지금 나래의 마음은 공부를 싫어하고 있어. 만약 나래의 마음이 공부를 좋아하게 되면 나래는 공부를 잘할 수 있게 되는 거지. 의지와 노력으로 공부를 잘할 수 있다는 생각, 이게 바로 바이러스야. 생각은 마음을 당해내지 못해. 그런데 사람들은 그게 아니라고 생각하는 바이러스를 가지고 있어. 그렇게 공부해야만 공부를 잘할 수 있다는 생각. 그것도 공부를 못하게 하는 바이러스란다. 마음이 싫다고 하는데, 생각이 자꾸 공부하라고 강요하면 어떻게 되겠니? 마음은 점점 더 공부를 싫어하게 될 거야. 계속 그러다 보면 나래처럼 책만 봐도 머리가 아픈 지경에까지 이르게 되지. 핀란드에 있을 때는 공부라는 것이 어렵지 않고 재미있었는데, 여기 와서 시험과 성적에 대해서, 그리고 해야 한다는 스트레스를 받으면서 공부가 싫어진 것과 같지."

나래는 내 이야기를 주의 깊게 듣고 있었다.

"무슨 말씀인지는 알겠어요. 하지만 어떻게 마음이 공부를 좋아하게 만들어요? 내 마음은 이미 공부를 싫어하게 됐는데 말이에요. 핀란드로 돌아가면 그렇게 될지도 모르죠. 하지만 그건 불가능해요."

그렇다. 우리는 핀란드와 전혀 다른 교육환경에서 공부하고 있다. 그 환경의 차이가 공부에 대한 거부감을 만들어내고 있다. 거부감을 줄일 방법은 얼마든지 있다. 조금이라도 행복하게 공부하는 것, 마음으로 공부하는 것. 그것이 내가 지금까지 이야기하고 있는 학습법이었다.

"아니, 가능하단다. 나래는 공부가 뭐라고 생각해?"

나래는 망설임 없이 대답했다.

"시험을 위해서 하는 거. 좋은 대학에 가는 거."

나는 다시 물었다.

"그럼 왜 시험을 잘 봐야 하고 좋은 대학에 가야 하지?"

나래는 대답하지 못했다. 나는 다시 이야기를 시작했다.

"그건 자신의 행복을 위해서야. 시험을 잘 보고 좋은 대학에 가면 내가 하고 싶은 일을 할 수 있는 기회가 그만큼 많아지지. 시험, 대학, 그건 다 자기를 위해서라고."

나래가 입을 삐죽였다.

"그건, 우리 엄마 말이랑 똑같아요. '내가 나 위해서 이러는 줄 아냐? 다 너 잘되라고 그러는 거다.' 우리 엄마는 매일 이래요."

나는 고개를 끄덕였다. 사실은 그 말이 정답이었다. 공부를 포기하면 자기만 손해다.

"맞아. 공부를 포기하면 자기만 손해야. 하고 싶은 일도 못하지. 나중에는 하기 싫은 일만 하면서 살아야 하고, 남들 잘 사는데 혼자 힘들게 살아야 하고. 공부는 잘 살 수 있는 제일 좋은 방법이지."

나래가 한숨을 쉬었다.

"알아요. 우리라고 그걸 모르겠어요. 안 되니까, 힘이 드니까 그러는 거죠."

유진이가 나래에게 다시 물었다.

"그럼 우리 반대로 생각해 보자. 공부가 싫은 걸까, 성적이 안 나와서 공부하기가 싫은 걸까?"

나래는 곰곰이 생각을 시작했다.

"시험을 잘 보고 성적이 좋으면 공부하는 것도 재미있을 거 같아요. 그런데 공부를 해도 성적이 안 나오니까 공부하기도 싫고 나중엔 공부 자체가 싫어진 거죠."

나래의 말에 유진이가 빙긋이 웃었다. 그리곤 속사포처럼 말을 쏟아 내었다.

"시험 잘 보는 거, 좋은 대학 가는 거, 그것만 생각하면 둘 다 놓친다. 그러니까 공부도 못하고 시험도 못 보고 대학도 못 가는 거야. 다시 말하면 대학을 못 간다는 건 시험을 못 봤다는 거고, 시험을 못 봤다는 건 공부를 못했다는 거고, 공부를 못한 건 공부하기가 싫어서잖아. 여기에 아주 중요한 명제가 있어. '공부는 잘하고 싶은데 공부가 하기 싫다.' 그러니까 공부가 좋으면 공부를 잘하게 되고, 공부를 잘하면 시험을 잘 보게 되고, 시험을 잘 보면 좋은 대학에 간단 말이지. 근데 이걸 왜 거꾸로만 생각하느냐고. 휴, 말을 너무 빨리 했네."

나는 유진이가 왜 그런 말을 하는지 알고 있다. 옛날 유진이가 겪은 상처는 어쩌면 지금의 나래보다 더 컸을지도 모른다. 물론 유진이의 명랑한 모습도 그것을 극복해 나가는 과정에서 생긴 결과일 것이다. 나는 다시 말을 이었다.

"그럼 핀란드에서도 시험 잘 보고 좋은 대학에 가기 위해서 공부했니?"

나래는 고개를 가로저었다.

"아니요. 그냥 공부하는 게 재미있었어요."

나는 무릎을 쳤다.

"바로 그거야. 핀란드에서 한 것도 공부이고 한국에서 하는 것도 공부인데, 왜 그때는 재미있고 지금은 재미없을까?"

나래도 나를 따라 무릎을 쳤다.

"제 말이 바로 그거예요. 왜 핀란드에는 없는 바이러스가 한국에는 있냐고요."

나래의 질문은 당연한 것이면서도 정곡을 찌른 것이었다.

"그건 바로 눈앞의 성적에만 매달리기 때문이야. 공부 자체를 즐기면 성적도 자연스럽게 올라가는데, 빨리 무언가를 만들어내려고 하잖아. 그건 성적 위주, 시험 위주의 한국에서는 어쩔 수 없는 일이지. 하지만 그렇다고 해서 내가 거기에 놀아날 필요는 없잖아. 자기 페이스를 유지하면 주위에서 아무리 흔들어대도 괜찮은 거야. 그러니까 무언가에 몰두했을 때를 생각해 봐. 춤을 출 때, 재미있는 영화를 볼 때, 책을 읽을 때, 누가 하지 말라고 해도 하고 싶잖아. 나는 잠깐이라고 생각했지만 시계를 보면 시간이 훌쩍 지나가 있는 때가 있잖아. 마음이 공부를 하고 싶어서 하게 되면 몰입하게 되고 시간 가는 줄 모르게 되지. 그게 다 마음이 하고 싶은 일을 하기 때문이야."

나래는 고개를 끄덕였다.

"맞아요. 그런 경험이 있죠, 핀란드에서. 한국에서도 있긴 있었어요. 역사가 재미있었는데, 지금은 싫어요. 그런데 왜 싫어진 걸까요?"

스스로 인식하지는 못하고 있지만 나래는 이제 답에 가까워지고 있었다.

"그것도 시험에 대한 스트레스가 과도하기 때문이야. 공부가 목적이 아니라 시험이 목적이 된 거지. 중요한 건 시험을 위한 공부가 아닌, 공부 자체를 즐겨야 한다는 거란다. 물론 시험에 대한 걱정을 모두 없앨 수는 없겠지만 그런 생각을 버리고 지금 하고 있는 공부만 생각하면 성적도 저절로 오르게 돼 있어.

"시험에 대한 걱정을 버려라. 시험을 생각하지 말고 공부를 생각해라."

나래가 중얼거리는 소리를 나는 똑똑히 들을 수 있었다.

"바로 그거야. 야구를 좋아하는 사람이 야구할 때 스트레스를 받을까? 그 사람은 시합에서 지더라도 야구를 한 것만으로 충분히 기쁨을 느끼지. 소설을 좋아하는 사람이 소설책을 읽으면서 스트레스를 받겠니? 그 사람에게는 책을 읽는 순간이 가장 행복한 시간이야. 영화가 좋아서 영화감독이 된 사람이 있어. 그 사람은 대학도 나오지 않았어. 그래서 처음에는 아주 궂은일만 했단다. 하지만 그 일을 하면서도 그 사람은 행복했지. 그렇게 자신이 좋아하는 일을 하면서 점차 영화 만드는 방법은 물론 자신이 만들고 싶어하는 영화가 무엇인지 알게 되었어. 그리고 마침내 영화감독이 되었단다. 그 사람은 궂은일을 하면서도 그것을 자신이 배워야 할 것이라고 생각했대. 현재를 즐기며 살아가는 사람은 성공할 수 있어. 천재에도 두 가지 종류가 있는데, 첫 번째는 정말로 타고난 천재. 많이 노력하지 않아도 한 번만 보면 아는 천재. 그런 애들은 그냥 외계인이라고 생각해 버려. 두 번째는 자신의 일을 사랑해서 천재가 되는 경우야. 사랑하는 일을 하니 어찌 즐겁지 않겠니. 사랑하는 것에 대해 어찌 알고 싶지 않겠어. 그러니 자신의 일을 즐기게 되지. 어떠한 일을 스트레스 받지 않고 행복하게 하면 두뇌는 자신의 모든 가능성을 열어줘. 내가 발휘할 수 있는 모든 것을 발휘하는데, 어떻게 성공하지 않을 수 있겠니. 마음을 열면 그것을 사랑하게 되고 그것을 사랑하면 즐기게 되고, 그럼 내 능력을 다 발휘할 수 있게 되지. 공부할 때 마음을 열지 못하는 건, 바로 시험에 대한 스트레스 때문이란다."

나는 내가 다소 흥분해서 말을 많이 하고 있다는 생각이 들었다. 나도 모르게 열변을 토하고 만 것이다. 그런 나를 깨워준 건 유진이였다.

"선생님, 학습법 녹화 때 그렇게 말씀하시면 좀 좋아요. 오늘 보니 선생님, 말씀 진짜 잘하신다. 참, 저는 아직 할 일이 남아서 사무실로 들어가야 할 것 같아요. 그리고 나래 양! 반가웠어. 아무래도 우리는 다시 만날 것만 같아. 선생님, 저 먼저 들어가요.”

사무실 앞에서 유진이는 나래에게 윙크를 보냈다. 그 눈짓에는 걱정 말라는 위로가 담겨 있었다. 유진이를 보며 나래가 한숨을 쉬었다.

“저도 유진이 언니처럼 될 수 있을까요?”

“그럼. 그렇게 되려면 먼저 공부에 대해 즐거움을 느껴야 해. 춤을 추고 중국어를 배운 기억을 떠올려봐. 그런 마음으로 공부를 하면 공부를 잘할 수 있게 되는 거야. 마음은 무언가가 스트레스를 주고 압박하는 걸 아주 싫어한단다. 하고 싶었던 일도 누가 와서 하라고 강요하면 하기 싫어지잖아. 그게 바로 마음이야. 대신 마음은 새로운 것을 아는 걸 좋아해. 궁금증은 사람이 가진 본능이야. 엄마와 함께 가는 아이를 본 적 있니? 아이들은 길가의 간판을 보면서 계속 무언가를 물어봐. 저건 뭐야? 이건 뭐야? 그렇게 말이야. 그런 궁금증을 채워주는 게 바로 공부란다. 그런 의미에서 사람들은 누구나 공부를 잘할 소질을 타고 태어났지.”

나래는 내 이야기에 몰입하고 있는 듯했다.

“맞는 거 같아요. 하지만 이미 멀어진 마음을 어떻게 되돌리죠?”

“그래, 그건 아주 어려운 문제지. 하지만 또 간단하기도 하단다. 옛말에 절이 싫으면 중이 떠나라는 말이 있잖아. 한국에서 공부하기 싫으면 핀란드로 가야 하는데, 우린 그럴 수 없잖아. 그럼 어떻게 해야 할까? 절이 좋아지도록 만드는 거야. 바로 절을 길들여나가는 거지. 공부도 마찬가지야. 공부를 무찔러야 할 적으로 생각하지 마. 공부바이러스는 공부를 미워하게 만들어. 내 삶에 필요한 양식을 제공하는 고마운 존재가 아니라 미운 적으로 만들어버리지. 그런 미움 때문에 공부는 나에게 스트레스가 되는 거야. 그 미움을 없애는 백신은 바로 사랑이고. 공부를 미워하지 않는 것만으로도 일단은 성공이라고 할 수 있어.”

말은 그렇게 했지만 사실 그건 쉽지 않은 일이었다. 어떻게 그리도 미워했던 존재를 한순간에 사랑할 수 있다는 말인가? 나는 다른 예를 들기로 했다.

“나래는《어린왕자》를 읽어보았니?”

나래가 다시 눈을 반짝거렸다.

박재원의 두뇌이야기 공부는 누가 하는가?

그림에서 위는 사람 머리의 이성을 담당하는 부위, 아래는 감성을 담당하는 부위에 해당된다. 실제로는 이성을 담당하는 대내피질이 감정을 담당하는 변연계보다 훨씬 크다. 그런데 왜 그림의 크기는 반대일까? 정서중추(감성)는 두뇌 안에 속해 있는 아주 작은 부분이지만 실제로 두뇌 전체에 미치는 영향이 크기 때문이다. 화살표 개수는

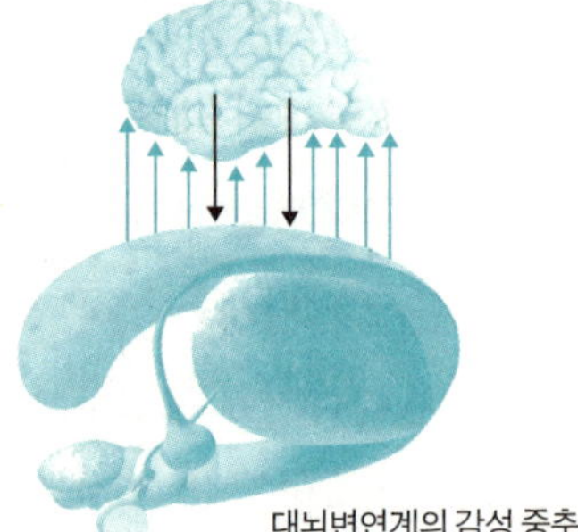

감성과 이성 사이의 신호전달 통로를 계산한 것인데 결국 감성이 9라면 이성은 2밖에 되지 않는다. 감성은 마음이며 이성은 판단과 생각이다. 아무리 공부를 잘해야 한다는 생각을 갖고 있더라도 공부에 대한 감성적인 거부감이 있으면 공부를 하지 못하게 된다는 점을 분명히 알아야 한다. 공부는 의지로 하는 것이 아니라 감성으로 하는 것이라는 사실을 분명히 알아야 한다. 결국 마음이 공부를 하고 싶어하면 두뇌도 공부를 하고 싶어한다. 하지만 마음이 공부하고 싶어하지 않으면 두뇌도 공부하고 싶어하지 않는다. 책상 앞에 아무리 오래 앉아 있어도 마음이 원하지 않는다면 그 공부는 헛것이다. 그러므로 의지만 가지면 공부를 잘한다는 말, 오랜 시간 공부하면 잘한다는 건 거짓이다.

길들이기

"이제는 공부를 재미로써 하고 즐기지 의무로써는 하지 않습니다.
정말 그 즐거움이 무엇인지 알게 되어 불안감도 사라졌습니다." -박강태

별을 떠나온 어린왕자는 사막을 헤매다 장미가 만발한 화원에 도착한다. 거기에서 어린왕자는 크게 실망하게 된다. 자신의 별에 있던 장미와 똑같은 장미가 지천이었다. 어린왕자는 자신의 장미가 전혀 특별하지 않다는 느낌이 들었다. 슬퍼진 어린왕자는 초원에 누워 울음을 터뜨렸다. 그때 한 마리 여우가 어린왕자에게 다가왔다.

어린왕자는 여우와 함께하고 싶었다. 하지만 여우는 어린왕자에게 말한다. 아직 서로에게 길들여지지 않았기 때문에 함께할 수 없다고. 어린왕자는 길들여진다는 게 무엇인지 궁금했다. 여우는 그것이 관계를 맺는 것이라고 말한다.

"넌 지금 나에겐 수많은 소년 중 하나에 지나지 않아. 난 네가 없어도 불편하지 않아. 그건 너도 마찬가지야. 난 너에게 있어 수많은 여우 중 하나에 불과할 테니까. 하지만 네가 나를 길들이면 나는 너에게 오직 하나

밖에 없는 존재가 되는 거야."

여우는 어린왕자에게 길들임의 의미를 설명했다. 어린왕자는 그때, 별에 두고 온 자신의 장미를 생각했다. 여우는 다시 이야기한다. 길들여지면, 여우에게 아무 상관없는 밀밭도 의미를 가질 수 있다고 말이다. 아무 의미 없던 밀밭이지만 그리운 어린왕자의 금빛 머리카락을 떠올리게 할 것이고 밀밭을 스치는 바람마저도 사랑하게 할 것이다. 하지만 길들인다는 것은 참을성이 필요한 일이다. 조심스럽게 차근차근 길들여야 한다. 길들여지면 서로는 행복해진다. 네가 4시에 온다면 나는 3시부터 기쁠 테니.

나는 어린왕자와 여우의 이야기를 나래에게 들려주었다. 나래는 내 이야기에 감동이라도 받은 표정이다. 하지만 다시 고개를 갸웃거렸다.

"그런데, 그게 공부와 무슨 상관이 있죠?"

나는 빙긋 웃었다.

"나는 나래에게 공부를 길들이라고 이야기하고 있는 거란다."

"공부를 길들이라고요?"

나래가 나를 뚫어지게 쳐다보았다.

"그래, 공부를 길들이는 거야. 지금 나래에게 공부는 적이야. 무찔러야 할 적 말이야. 하지만 공부는 원래 나래의 적이 아니었어. 나래가 살아가며 배워야 할 수많은 것들 중의 하나일 뿐이지. 하지만 나래가 공부를 길들이면 공부는 나래에게 하나밖에 없는 소중한 존재로 변할 거야. 지긋지긋하고 시시하고 하찮은 공부가 나래에게는 아주 특별하고 소중하게 바뀌는 거지. 마치 사랑에 빠진 소년이 여자친구를 위해 국어책에 나오는 멋들어진 시를 외운다거나, 팝송을 불러주기 위해서 영어가사를 외우기도 하는 것처럼. 그렇게 하면 시와 영어가사는 아주 특별한 존재로 바뀌게 되지. 지금 해야 하는 공부가 나만의 특별한 것이라는 생각을 하면 공부가 즐거워지지 않겠어?"

"그래요. 그럴 수도 있을 것 같아요. 그렇게만 된다면 얼마나 행복할까요?"

나는 나래의 어깨를 토닥여주었다.

"당연히 그렇게 될 수 있어. 하지만 마음은 한 번에 문을 열지 않는다고. 어린왕자가 여우를 길들였듯이 천천히 다가가야 해. 그때 시험이나 입시 같은 생각을 하면 안 돼. 무슨 목적을 가지고 친구를 사귀는 게 아니잖아. 함께하고 싶다는 마음, 함께해서 즐거운 마음만 가지고 공부를 하는 거야. 당장 시험을 못 보더라도 그런 마음을 유지하는 게 중요해. 내가 진심으로 대하면 상대도 내게 마음을 연단다. 그럼 성적도 저절로 오르게 되어 있는 거야. 생각해 봐. 공부가 원수라면 어떻게 공부를 잘할 수 있어? 우리는 먼저 공부와 화해해야 해. 공부가 고마운 존재라는 걸 인정해야지. 공부는 우리에게 많은 걸 가르쳐주고 있잖아. 그건 시험에서 빛을 발하는 게 아니야. 내 삶의 순간순간에 내가 공부한 내용들이 반짝이는 거지. 국어, 영어, 수학, 사회, 과학, 거기에 담긴 내용들이 나를 살찌우거든."

나래가 안타까운 표정을 지었다.

"분명히 핀란드에서는 그렇게 느꼈어요. 음악시간에 배운 내용들이 역사가 되고 친구들과 그 역사 이야기를 하면서 다른 나라와의 관계를 배웠죠. 하지만 한국에서는 그렇지 않아요. 모든 게 다 따로 떨어져 있어요. 마치 칸막이가 쳐 있는 것처럼 말이에요. 음악은 음악시간에만, 역사는 역사시간에만, 국어는 국어시간에만 관계가 있어요. 영어회화를 배우지만 그 시간이 지나면 그걸로 끝이에요. 모든 관심은 그게 시험에 나올까 안 나올까 하는 것뿐이거든요.”

나는 고개를 끄덕였다.

“맞아. 그렇지. 하지만 그렇다고 방법이 없는 건 아니야. 그런 관계와 연결고리를 스스로 만들어볼 수도 있지. 선생님이 말하지 않더라도, 교과서에서 이야기하지 않더라도, 나 혼자 만들어보는 거야. 이것이 나와 어떤 관계가 있지, 이 과목과 저 과목은 어떤 관계가 있지, 하고 말이야. 처음부터 교과서 본문을 외우려 하지 말고 학습목표부터 한번 읽어보렴. 학습목표에는 왜 이것을 배워야 하는지가 분명히 씌어 있어. 그걸 읽으면서 공부하는 내용과 나와의 관계를 만들어보는 거야. 그럼 교과서가 훨씬 친근하게 느껴질 거야. 마치 나와 교과서가 서로를 길들이는 느낌이 들지도 몰라.”

나래는 혼자만의 생각에 빠졌다. 나는 그런 나래를 가만히 바라보았다. 이윽고 나래가 입을 열었다.

“음, 무슨 말씀이신지 알았어요.”

날은 이미 저물고 있었다. 주위를 둘러보던 나래가 일어섰다.

“저기요……”

“응. 그래, 이야기하렴.”

잠시 머뭇거리던 나래가 다시 말을 이었다.

“저, 혹시, 다음에 다시 와도 될까요? 선생님만 괜찮으시다면 다시 뵙고 싶어요.”

나는 미소를 지었다.

"그럼. 내가 학습법 강의를 하는 것도, 책을 쓰는 것도 공부 때문에 힘들어하는 사람을 위해서인데. 언제든 찾아오렴."

"오늘, 감사했어요."

나래는 꾸벅 인사를 했다. 그리고는 몸을 돌려 머리를 찰랑거리며 뛰어갔다.

지금 핀란드에서는?

핀란드 학생들에게 공부를 왜 하냐고 물어보면 어떻게 답을 할까? 뭐 그런 쓸 데 없는 질문을 하냐는 식으로 반응한다. 공부를 대부분 좋아하기 때문이다. 하기 싫은 공부를 억지로, 그것도 시험을 봐서 좋은 성적을 얻어야 하기 때문에 공부 한다는 반응은 찾아보기 힘들다. 우리나라 학생들이 공부를 끔찍하게 싫어한다 면 핀란드 학생들은 공부를 정말 사랑한다. 미래의 성공을 위해 현재의 행복을 희생하면서 고생스럽게 참고 이겨내면서 하는 공부가 한국식이라면 핀란드 학 생들은 미래의 성공은 물론 지금의 행복을 위해서도 공부를 열심히 해야 한다고 생각한다. 공부를 대하는 마음에 큰 차이를 보이는 것이다. 핀란드 학생들에게 공부는 바로 재미와 의미 그리고 성취감이라는 정말 강한 만족감을 주는 일이다. 그렇게 공부 자체를 사랑하는 핀란드 학생들의 공부는 그래서 강력하다. 똑같은 문제를 푸는 PISA에서 학교 수업 외의 공부시간은 3분의 1 정도에 지나지 않지 만 우리나라 학생들보다 훨씬 좋은 성적을 보이는 이유는 바로 공부를 사랑하는 핀란드 학생들의 마음에서 비롯되는 것이다.

원수가 아니라
사랑할 수 있는 거다

"요 며칠간 공부하면서 하루하루 나아지는
저 자신과 공부의 재미를 느끼고 있습니다.
긍정적인 생각에 삶이 활기로 가득차게 되었습니다." –백광현

싫어하는 사람과 밥 한 끼 먹는 게 어디 쉬운 일인가? 우연히 엘리베이터에 함께 있게 된 그 짧은 시간에도 미칠 것만 같은데. 그런데 원수를 사랑하라고? 차라리 원수가 없는 세상으로 떠나버리고 말리라. 그렇다면 학생들의 원수는 누구인가? 바로 공부다. 그런데 그 원수와 하루 종일 함께 있으라고 우리는 이야기한다. 그러니 학생들은 공부를 못한다.

나는 묻는다. 공부가 원수냐고, 처음부터 공부가 원수였냐고. 아니다. 공부를 원수로 만들어버린 건 학생들이 아니다. 바로 우리 사회, 우리의 교육현실이 공부를 원수로 만들어버린 거다. 지금 우리에게 공부는 삶의 양식, 무언가를 알아가는 과정이 아니라 시험을 위한 수단에 불과하다. 사람들은 공부하는 과정이 아니라 대학입시, 입사시험만을 생각한다. 빨리 그것을 이루고 싶은데, 그러기 위해서 하기 싫은 것을 해

야만 한다고 생각하니 공부는 당연히 잘될 리 없다.

또 다른 원수가 있다. 바로 공부를 못하게 만드는 바이러스, 그런 바이러스를 조장하는 잘못된 공부법, 그것이 바로 원수다. 공부를 잘하기 위해 강조되는 의지, 노력, 시간은 사실 껍데기에 불과하다. 마음을 강요해서는 아무것도 얻을 수 없다. 물론 그렇게 의지를 가지고 공부해서 성공한 사람이 없는 것은 아니다. 하지만 그렇게 공부하는 것이 행복한가? 절대 그렇지 않다. 다른 사람들은 공부 잘한다고 부러워하지만 그 사람은 하기 싫은 공부를 억지로 하느라 불행한 날들을 보내고 있을 것이다. 원수 같은 공부와 함께하는데 어찌 행복할 수 있겠는가?

수많은 평범한 학생들이 공부 때문에 고민하고 힘들어한다. 동시에 수많은 평범한 학생들은 모두 1등 후보다. 1등은 정해져 있는 것이 아니다. 가장 평범해 보이는 내가 바로 1등 후보라는 것을 학생들은 알지 못한다. 대신 열등감에 빠져 점점 더 자신을 수렁으로 몰고 만다. 하지만 평범한 학생이 공부를 좋아하게 되는 순간, 그는 남들이 부러워하는 역전의 주인공이 될 것이다.

중요한 것은 사랑이다. 공부와 화해하고 공부를 사랑하게 되면 공부는 어렵지 않은 것이 된다. 어린왕자와 여우의 관계, 어린왕자와 장미의 관계가 바로 사랑인 것이다.

도대체 목적이 뭐야?

목적이 다르면 결과도 다르다. 나는 한국식으로 공부하며 거부감에 허덕이고 있을까? 아니면 핀란드식으로 공부하며 즐거워하고 있을까? 아직도 핀란드식이라는 말에 거부감을 느낀다면 그건 아직도 엉터리 공부를 하고 있다는 말이다. 자, 다음을 체크하며 자신을 알아보자.

- ☐ 시험기간에는 압박감을 느끼다가 시험이 끝나고 나면 해방감을 느낀다.
- ☐ 시험기간과 평소 공부하는 시간의 차이가 크다.
- ☐ 평소에 공부를 마치고 나서 뿌듯하다는 느낌이 별로 들지 않는다.
- ☐ 공부를 하려고 책상에 앉아도 바로 공부를 시작하지 못하고 자꾸 다른 일을 하게 된다.
- ☐ 시험은 어떻게 해서라도 좋은 결과(성적)만 얻으면 된다고 생각하는 편이다.

- **4개 이상** 공부 바이러스에 중증 감염된 상태. 핀란드식 공부를 시도하지 않으면 공부를 중간에 포기할 확률이 높다.
- **2~3개** 공부 바이러스를 스스로 퇴치할 수 있는 상태. 공부 거부감 유발요인을 잘 찾아서 해결해야 성공 가능성을 높일 수 있다.
- **1개** 이미 핀란드식 공부를 하고 있는 상태. 주변의 훈수를 잘 물리치면 대부분 성공한다.

마음력 활용하기

Step 1 깨달음의 장

공부뿐만 아니라 아무것도 열심히 하지 못했다면 당신은 진정한 의지박약아! 하지만 열심히 하지 못한 것이 공부뿐이라면 그건 한국식 공부에 대한 거부감 때문이다. 다음 질문에 답하면서 정말 의지가 약해서 열심히 못한 것인지, 아니면 한국에서 태어난 죄로 지겨운 공부를 강요당했기 때문인지를 알아보자.

Q 1: 공부가 재미있었다면?

☐ 열심히 했을까?　　　　☐ 어영부영했을까?

Q 2: 공부에 재미를 느끼려고 노력했다면?

☐ 지금처럼 정말 공부하기가 싫었을까?

☐ 공부라는 것이 할 만하다고 생각했을까?

바이러스의 유혹

공부에서 재미를 느낀다고? 정말 어처구니없다. 이건 공부를 시키려는 음모야. 공부보다 더 재미있는 게 많잖아. 그냥 고고씽! 공부가 재미있을 거란 생각조차 하지 마.

천사의 충고

공부하기 싫은 건 네 잘못이 아니야. 그건 엉터리 한국식 공부 때문이라고. 열심히 공부하고 싶은 마음이 있잖아. 시험에 대한 압박에서 벗어나기만 하면 공부가 재미있어진다고.

- **Before** 공부를 열심히 하기 위해서는 의지와 노력이 중요하며 자신과의 싸움에서 이겨야 한다고 생각한다.
- **After** 자신이 지금까지 경험한 공부는 재미없는 공부(한국식 공부)이며 새로운 공부(핀란드식 공부)를 하게 되면 공부에서 재미를 느낄 수 있을 것이라고 생각한다.

Step 2 경험의 장

공부가 재미있을 수 있다는 깨달음만으로는 부족하다. 깨달음의 차원을 넘어 직접 공부에서 재미를 느껴보는 경험을 해야 한다. 새로운 경험을 하려면 정말 열심히 노력해야 한다. 미지의 세계를 모험하는 것처럼 위험을 감수해야 한다. 공부에 대한 거부감을 던져버리고 어린 아이처럼 순수한 마음으로 다음과 같이 해보자.

Q 1: 공부 말고 평소에 궁금했던 것들을 정리해 본다. 차분히 자신이 궁금했던 내용에 관한 정보를 충분히 모아서 정확하게 이해하기 위해 노력한다. 그리고 그 과정에서의 느낌을 체크한다.

☐ 지겹다. ☐ 재미있다.

Q 2: 평소에 알고 싶어서 호기심을 가졌던 내용을 이해하는 과정과 공부와의 차이점은 무엇이라고 생각하는가? '시험만을 위해 공부한다.'와 '그렇지 않다.'의 차이가 맞는가?

☐ 그렇다. ☐ 아니다.

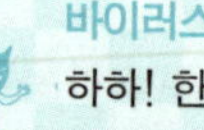

바이러스의 유혹

하하! 한가하게 공부에 재미나 느끼라고? 그럴 필요 없지. 어차피 학교 다닐 때만 하고 나면 그만인데. 변화 필요 없어. 그냥 그렇게 살아. 공부가 재미있는 건 외계인뿐이지.

천사의 충고

공부가 재미없는 건, 네 두뇌가 오염됐기 때문이야. 네가 지금까지 한 공부는 공부가 아니야. 네가 세상에 태어나 궁금한 걸 하나하나 알아가던 행복한 경험을 떠올려보렴.

- **Before** 공부가 재미있다고 말하는 사람은 외계인이다. 타고난 머리가 매우 좋거나 살짝 정신이 이상한 사람이라고 생각한다.
- **After** 누구나 시험과 성적에 대한 압박에서 벗어나 재미를 찾기 위해 노력하면 정말 재미를 경험할 수 있다고 믿는다. 평범한 학생들도 얼마든지 공부에서 재미를 느낄 수 있다.

Step 3 실천의 장

깨닫고 경험했다고 당장 바뀌지는 않는다. 당장 해야 하는 공부에 여전히 거부감을 느낄 것이다. 재미를 느끼는 공부를 실천하기 위해 노력하는 동안 다른 친구들이 한국식 공부를 해서 추월하면 어떻게 할까? 불안할 것이다. 그럼 어떻게 해야 할까? 함께 답을 찾아보자.

1. 자신이 현재까지 경험했던 공부에서 조금이라도 재미를 느꼈던 경험을 정리해 보자. 가장 자신 있는 과목을 정해서 그 속에 재미를 느낄 수 있는 공부의 조건을 6하 원칙에 맞게 정리해 보자.

Q : 언제?

☐ 시험에 대한 부담을 느낄 때　☐ 평소에 여유가 있을 때

Q : 왜?

☐ 시험을 잘 봐야 하기 때문에　☐ 궁금한 것을 제대로 알기 위해서

Q : 무엇을?

☐ 시험에 필요한 교재

☐ 재미있는 동영상 강의나 내 마음에 드는 교재

Q : 어떻게?

☐ 가급적 빨리 외우거나 문제풀이 요령 기억하기

☐ 하나하나 제대로 이해하고 제대로 연습하기

Q : 누가?

□ 성적에 대한 압박에 시달리는 나　　　□ 뭔가를 배워서 성공하고 싶은 나

Q : 어디서?

□ 감시감독을 받는 곳에서

□ 공부하고 싶은 의욕을 느낄 수 있는 곳에서

2. 공부에서도 재미를 느낄 수 있는 6하 원칙을 다른 과목에도 하나하나 적용해 본다. 다음과 같이 재미 느끼기를 방해하는 요소를 찾아 재미 느끼기가 쉬운 조건으로 바꾸고 실천한다.

	지금까지	앞으로	적용
언제	시험 부담을 느끼기 시작하는 때	진도를 나가면서 궁금했던 점을 까먹기 전에 그때그때	
왜	시험을 잘 보기 위해	공부에서 재미를 느낌으로써 하루하루 행복해지기 위해	
무엇을	시험에 나올 것만을 골라서	마음에 드는 선생님(인강 포함)을 찾아서, 서점에 가서 자신의 마음에 드는 교재를 잘 찾아서	
어떻게	가급적 빨리 외우고, 문제 많이 풀기	자신에게 부족한 것을 찾아서 하나하나 제대로 이해하고 활용하면서 조금씩 실력을 쌓아가기	
누가	하고 싶은 것은 못하고 공부 때문에 괴로운 나	즐겁게 공부하기 위해 노력하는 나	
어디서	혼자 고립된 공간	모두 열심히 공부하는 모습을 볼 수 있는 공공도서관 같은 곳	

바이러스의 유혹

정말 범생이들처럼 따분한 인생을 살고 싶은 거야? 인생은 한 방, 공부도 한 방. 짜릿한 걸 찾아야지. 주위를 돌아봐. 때려치우고 게임이나 하러 가자고.

천사의 충고

지금까지 불행했다면 정말 유감이야. 하지만 게임이나 인터넷보다 공부가 즐거워진다면 정말 '불행 끝, 행복시작!' 아니겠니. 너도 핀란드 학생처럼 행복할 수 있어. 믿을 수 없겠지만 공부를 즐길 수 있다면 게임이나 인터넷도 마음 편하게 할 수 있다고.

Step 3 통과 자가진단

- **Before** 시험과 성적을 의식할 때마다 공부가 하기 싫다는 생각에 사로잡혀서, 공부를 해야 한다는 부담감은 크지만 정말 공부를 열심히 하는 시간은 별로 없다.

- **After** 공부를 하는 과정에서 거부감이 아니라 만족감을 느낌으로써 별다른 의지나 각오 없이 스스로 공부하게 된다. 자연스럽게 열심히 공부하고 있다는 느낌이 강하게 든다.

■ 한국식 재미를 죽이는 공부: 무작정 공부를 시작한다.
□ 핀란드식 재미를 살리는 공부: 두뇌가 재미를 느낄 수 있는 준비를 먼저 한다.

핀란드식 공부 원칙

1. 무슨 말인지 이해가 되지 않는 것들을 골라 밑줄을 친다. 무엇을 더 알아야 이해할 수 있는지, 시험이 아니라 정확한 이해를 위해 필요한 것들을 찾아 하나하나 내용을 파악해서 자신의 이해도를 깊고 넓게 만드는 방식으로 공부한다.
2. 풀어보고 싶은 문제를 먼저 고른다. 문제를 풀고 스스로 해설을 만들어 본 다음에 답지의 해설과 비교해 본다.
3. 우선 진도를 살펴보면서 궁금한 것을 찾아 질문을 만들고 답을 정리하는 공부를 한다.

국어(언어영역)

▶재미를 느낄 수 있는 책을 골라서 짬짬이 읽는다.
▶글 읽기의 즐거움을 최대한 경험한 상태에서 공부한다.
▶글의 내용과 주제에 대한 이해를 기본으로 하면 재미있지만 단편적인 지식을 중심으로 공부하거나 문제풀이 위주로 가면 재미를 느끼기 어렵다.

수학(수리영역)

▶개념에 있어서는, 누가 왜 그런 개념을 만들었는지 충분한 정보를 얻어낸다.

▶연산과 논리는 쉬운 문제를 충분히 많이 풀어본다.

▶개념에 대한 풍부한 이해와 문제해결 과정의 논리성을 경험하면 재미를 느낄 수 있다. 하지만 개념을 그냥 외우거나 정답 찾기에 초점이 맞춰지면 재미를 느낄 수 없다.

영어(외국어 영역)

▶내용 이해를 목적으로 하면 쉽게 재미를 느낄 수 있다. 하지만 단어와 어법을 중심으로 공부하면 재미를 경험하기 어렵다.

▶시험을 지나치게 의식하면 재미를 느낄 수 없다. 원하는 정보를 얻고 의사소통 능력을 기르기 위한 공부를 하려고 노력하면 재미를 느낄 수 있다.

불안을 떨치는 2:8 법칙

당장 해야 하는 공부의 목적은 먼저 재미를 느끼는 것이다.

20%: 전체 범위를 살펴보면서 우선 궁금한 것들을 찾아 정확하게 이해한다.

80%: 재미있었던 20%의 느낌을 나머지 공부로 연결한다.

슈

퍼

맨

은

지구를 지킨다

모든 영웅은 위대하다

그들은 나와 다르다

왜?

나는 의지박약아니까

생각만 하고 실천하지 못하니까

그럼 대부분의 학생은 의지박약아인가?

그런데 왜 핀란드에는 영웅만 사는 걸까?

이제야 알았다

슈퍼맨은 외계인

헐크는 방사선

나를 한번에 영웅으로 만들 기회는 존재하지 않는다

나는 영화 속에서 살았던 거다

영화는 영화다

제 2 장

시작이 창대하면
끝이 미약하리라

실천력 강화 프로젝트

스텝 1은 사랑, 그럼 스텝 2는?

"선생님 강의를 통해서 공부의 기쁨을 느꼈습니다.
제 머리 속에서 공부는 재밌는 것이라는 변화가 일어났습니다." -이수연

2009.08.10 월 23:35
여름과 가을 사이

이게 맞는 것일까? 아니면 또 어때. 이젠 더 이상 잃을 것도 없는데…….

공부를 사랑하려고 마음먹은 지 이틀.

이게 마음만 먹는다고 되는 일일까?

마음이라도 먹어봐야지. 이젠 할 수 있는 것도 별로 없는데…….

그래도 조금 달라지고 있잖아.

원수 같던 책들을 스스로 펴보고 있잖아.

공부를 못하게 하는 바이러스는 미움이야.

미워하니까 공부를 못하고 공부를 못하니 시험을 못 보고 시험을 못 보니

대학에 못 가게 돼.

잘못된 첫 단추가 뭔지도 모르고 살았어.

이젠 제대로 첫 단추를 채워야지. 그럼 다음 단추도 잘 채울 수 있을 거야.

공부를 사랑하자. 공부를 사랑하자. 공부를 사랑하자.

사.

랑.

하.

자.

오혜연 웩! 공부를 사랑하느니 나는 원수를 사랑하겠다. 당신을 구세주로 임명합니다.
(2009.08.11 1:25)
박아름 공부를 사랑하는 당신은 외계인! ㅋㅋ (2009.08.11 2:00)
쓰리고 나래야! 너 스트레스 정말 많이 받는구나. 어떡해! (2009.08.12 19:27)
조물주 나는 인간이 절대 공부를 사랑할 수 없도록 만들었다. (2009.08.12 20:53)

"이게 뭐야. 순 악플이잖아."

풀이 죽은 채, 나래는 모니터를 보고 있었다. 나래의 미니홈피 다이어리에 달린 댓글은 모두 부정적이었다.

"아니야. 나는 분명히 어제랑 또 달라졌다고. 보기만 해도 토 나오던 교과서를 오늘도 봤단 말이야. 근데 뭔가 이상해. 여기에서 뭔가를 더 해야 할 것 같아. 조금 좋아졌다고 해서 나머지까지 저절로 다 되는 건 아닐 테니 말이야."

나래는 그만 컴퓨터를 끄려고 했다. 댓글을 더 읽다가는 이제 막 공부에 대해 생긴 좋은 마음까지 없어질 것 같았다. 그런데 그때, 나래는 글 하나를 발견했다.

"맞아! 바로 이거야."

나래가 갑자기 책상서랍을 뒤지기 시작했다. 작년 겨울에 사놓고는 그동안 사용하지 않았던 다이어리를 꺼내들었다.

다음날 아침 나래는 평소보다 일찍 등교했다. 하지만 전과 다른 점이 있었으니, 나래의 눈이 토끼처럼 벌겋게 충혈되어 있었다. 나래는 자리에 앉아 먼저 호흡을 골랐다. 그때 휴대전화에 문자메시지가 들어왔다.

홈피 봤삼. 김이행성세빛 진짜 외계인인감. 뭥미.

역시 문제는 일기를 올린 미니홈피에 있었다. 같은 반 친구들과 친해지고 싶은 마음에 미니홈피를 개설해 놓고는 그동안 관리하지 않았었다. 그런데 갑자기 새 글이 올라왔다고 하니 친구들이 호기심에 들어와 나래의 글을 읽은 것이었다. 이번엔 아름이가 직접 나래에게 다가왔다.

"나래! 내가 미안하다. 같은 반이면서도 너를 돌봐주지 못해 이런 일이 생겼구나. 이거 나 먹는 비타민인데 너도 한 알 먹고 정신 차려라."

아름이는 나래에게 비타민 한 알과 음료캔을 내밀었다. 힘없이 고개를 폭 숙이고 있던 나래가 갑자기 아름이의 손목을 꽉 쥐었다.

"아름아! 하나만 물어보자."

벌겋게 충혈된 나래의 눈이 흐트러진 머리카락 사이에서 번득였다.

"엄마야! 귀신처럼 쳐다보고 그래. 깜짝 놀랐잖아."

나래가 머리를 쓸어올리며 다시 물었다.

"아름아! 나 좀 살려주라."

"그래, 알았으니까 물어봐. 그렇게 무섭게 하지 말고."

나래가 고개를 끄덕이며 다시 물었다.

"아름아! 우리 반에서 계획 제일 잘 세우는 애가 누구니?"

그 말에 아름이의 얼굴이 금세 환해졌다.

"그게 누구냐고? 당연히 나지. 계획의 여왕, 김아름."

아름이는 그 말을 하면서 자신이 마치 여왕이라도 된 것처럼 도도한 자세를 취했다. 아름이의 말에 나래 얼굴에는 실낱같은 미소가 떠올랐다.

"바로 네가 구세주였구나. 나 좀 도와줘."

그날 나래와 아름이는 수첩을 들고 작전에 들어갔다.

우물가에서 숭늉 찾기

토요일 오후, 촬영을 마치고 또다시 그 길을 걷고 있었다. 나의 일상은 예고된 변화와 같다. 강의를 하고 학생, 학부모와 상담을 하고 사무실에 돌아와 글을 쓴다. 이미 하늘은 더워질 만큼 더워져 있었다. 처음 나래를 만나고 벌써 2주가 지났다.

나는 길을 걸으며 생각하기를 좋아한다. 무언가 생각이 떠오를 때면 가던 길을 멈추고 길가 벤치에라도 앉아 생각을 계속한다. 오늘도 내 머릿속에는 수많은 생각이 이어지고 있다. 지금은 조급증에 대해 생각한다.

공부는 한순간에 잘해지지 않는다. 공부를 시작할 때 무엇보다 중요한 것은 조급해하지 않는 것이다. 조급증은 모든 것을 무너뜨린다. 조급해지면 멀리 보지 못하고 눈앞의 성과에 급급하게 된다. 공부를 다시 시작했지만 성적이 빨리 좋아지지 않으면 곧 공부에 대한 흥미를 잃게 된다. 그럼 다시 공부가 싫어지고 자신을 원망하게 된다. 그리고 모든 잘못을 자신의 탓으로 돌리고 만다. 의지가 약해서, 끈질기지 못해서, 악과 깡이 없어서 공부를 못한다고 생각하고는 다시 절망의 나락에 스스로를 빠뜨리고 만다. 이런 일은 끊임없이 반복되는 악순환의 고리다.

우물가에서 숭늉 찾는다. 우리나라의 공부법이 이렇다. 공부법만 그런 게 아니라 환경도 그렇다. 자! 생각해 보라. 시험이 일주일 앞으로 다가온다. 공부를 해보겠다고 큰마음을 먹는다. 굳은 결의를 가지고 머리에 '필승'이라고 쓰인 수건을 두른다. 집에서도 기특하다고 칭찬을 해 준다. 그러나 성적은 별로 달라진 게 없다. 아이는 실망하고 부모는 야단을 친다. 아이는 '내 의지가 약해서'라고 자학하고 부모는 '의지가 부족하다'고 타박한다. 문제는 바로 그런 생각이다. 3일 벼락치기하고 성적이 오를 것이라는 생각 자체가 문제인 것이다. 성적 좋은 아이들은 꾸준히 자신의 실력을 키워왔다. 그런데 그걸 단 일주일, 3일에 만회하려는 생각 자체가 잘못된 것이다. 그건 겨우 3일, 일주일 스케이트를 배운 아이를 대회에 내보내고는 메달을 따지 못했다고 화를 내는 것과 같다.

중요한 것은 처음에는 넘어지지 않고 중심을 잡을 수 있도록 하는 것, 그리고 조금씩 기술을 가르치는 것이다. 차근차근 실력을 쌓다 보면 실력은 자연히 늘게 돼 있다. 그런데 학생도 부모도 모두 영웅 따라하기, 천재 따라하기에 몰두한다. 그게 바로 미친 짓이다. 그리고 그 미친 짓을 만드는 게 '조급증바이러스'다. 그렇다면 조급증바이러스를 퇴치할 수 있는 백신은 무엇일까?

나는 다시 걸음을 떼기 시작했고, 어느덧 사무실로 오르는 고개에 이르렀다. 더운 날 고개를 오르려니 숨이 찼다.

'운동이라도 해야지. 꽃중년이 판치는 세상에 이 정도 가지고 호흡이 가빠서야. 이건 완전히 저질체력이로군.'

절로 쓴웃음이 흘러나왔다. 스스로를 저질체력이라고 생각하다니. 그때 번개같이 머릿속을 파고드는 단어가 있었다. 그것은 '저질체력'과 '호흡'. 조급증을 버리기 위해 길러야 할 첫 번째는 체력, 두 번째는 몸과 마음이 함께 호흡하는 것이었다.

결심을 해도 지켜지지 않는 것은 몸이 마음을 따라주지 못하기 때문이다. 마음과 생각이 따로 놀고 있는데 공부가 잘될 리 없다. 공부를 함에 있어 중요한 것은 몸과 마음이 서로 호흡하는 것, 그리고 몸이 마음을 따라갈 수 있도록 체력을 기르는 것이었다. 몸과 마음의 호흡, 마음과 생각의 호흡에 맞추어 공부를 한다면 누구나 공부로 성공할 수 있다.

하지만 공부를 다시 시작하고자 하는 사람에게 이 모든 것을 한꺼번에 처방해서는 안 된다. 환자는 증상에 맞는 약을 먹어야 한다. 좋은 약이라고 해서 무턱대고 많이 먹기만 한다면 치료는커녕 병세가 악화될 것이 뻔하다. 공부바이러스를 치료하는 것도 다르지 않다. 하나씩 차근차근 자신을 바꾸어나가야 한다. 눈앞의 성적에 연연하며 진도와 시간에 마음을 빼앗기게 되면 공부와 자신과의 거리는 점점 멀어진다. 호흡을 맞추어 나가는 것, 그것이 바로 공부바이러스를 치료하는 또 하나의 방법이었다.

그러고 보니 나도 그런 시행착오를 겪은 일이 있다. 운동을 다시 시작했을 때의 일이다. 처음에는 내 몸에 맞추어 페이스를 조절하려고 했는데 옆에서 나보다 빠른 속도로 더 오래 뛰는 사람을 보니 갑자기 욕심이 나기 시작했다. 그리고 나도 모르게 속도를 내고 말았다. 결과는 뻔했다. 다음날 나는 하루 종일 집에 누워 있었다. 마음과 몸이 따로 논 것이다. 내 상태는 생각도 안하고 욕심과 조급증에 사로잡혀 오버페이스를 하고 만 것이었다. 아마 내 몸 상태를 파악하고 몸의 상태에 따라 운동량과 강도를 조절했다면 지금 나는 이렇게 힘겹게 고개를 넘고 있지는 않을 것이다.

생각은 점점 선명해졌다. 이제 사무실 앞 벤치에서 잠시 생각을 가다듬을 차례였다. 머리가 조금 여유로워지니 주위 사물들이 보이기 시작했다. 이제 그늘이 있는 벤치에 앉아서 여유롭게 생각을 정리하는 일만 남았다.

그러나 나의 계획은 보기 좋게 일그러졌다. 이미 누군가가 벤치에 앉아 있었던 것이다. 괜스레 짜증이 나려 했지만 이건 누구를 탓할 일이 아니었다. 어디 그 벤치가 나만의 것인가? 거기엔 누구나 앉을 수 있는데도 앉는 사람이 없을 거라고 나 혼자 단정했던 것이다. 변수를 고려하지 않고 무작정 계획을 세워 기대를 걸고 있었던 것이다. 괜히 무안한 마음이 들어 벤치 쪽은 쳐다보지도 않고 사무실로 향했다.

"선생님, 제가 부담스러우신 거예요?"

나는 흠칫 놀랐다. 이건 막장 드라마의 시초를 알리는 소리인데. 내게 그런 일이 생길 리는 없고, 나는 잘못 들은 거라 생각했다.

"정말 제가 귀찮으신 거구나."

이 목소리의 주인공은 누구란 말인가? 내 두뇌의 기억회로들이 빠르게 움직이기 시작했다. 아! 그랬다.

"너, 너는 나래구나."

벤치에는 바로 나래가 앉아 있었다. 나래가 빙긋 웃으며 말했다.

"그런데, 저 반갑지 않으세요?"

"어, 어, 물론 반갑지. 벌써 2주일이 지났네. 그래, 어떻게 지냈어?"

나래가 자리를 옆으로 옮기며 내게 앉으라는 표시를 했다. 나래를 보고 내가 나 혼자의 생각에 빠져 있었다는 걸 깨달았다. 무언가 판단하고 실행하는 데는 정밀한 상황 판단이 필요하다. 하지만 나는 그저 혼자 생각으로 벤치가 비어 있을 거라 생각했고 잘못 들었거니 생각했다. 사람이 범하는 많은 오류 가운데 하나가 바로 이런 것이다. 자신의 생각이 옳을 것이라는 것, 자신의 계획은 완벽하다는 것. 하지만 찬찬히 돌아보면 그것 역시 오류투성이다.

마음 따로 몸 따로

"계획도 제가 할 수 있는 양만큼을 세우고
인강, 문제집도 조금이라도 접한 후 선택하니 공부를 하면서도
거부감이 안 들었어요." -박순영

벤치에 앉아 있는 나래의 모습은 쓸쓸해 보였다. 분명 나에게 무언가를 묻고 싶어하는 눈치인데, 쉽게 입을 떼지 않았다. 나는 잠시 기다려보기로 했다. 그리고 나래가 무엇 때문에 고민할지에 대해 생각해 보았다.

공부를 다시 시작하는 사람들의 고민, 나래의 고민도 그것과 연결되어 있을 것이었다. 공부를 다시 시작했다. 전과는 다른 마음으로 책을 보기 시작했다. 공부에 대한 거부감은 많이 줄었다. 그래서 다시 힘을 내보고 있다. 그런데 어떤 방법으로 다시 시작해야 하는지를 모르겠다. 그때 드는 느낌이란, 그래, 바로 그거였다.

"답답하지?"

나래는 놀란 토끼처럼 눈을 둥그렇게 뜨며 물었다.

"아니, 그걸 어떻게 아셨어요? 혹시 선생님 부업으로 점도 보세요?"

점쟁이라니. 나는 너털웃음을 터뜨렸다. 답답한 마음에서 뭔가 묻고 싶은 게 있어 점쟁이를 찾은 사람에게 답답하냐고 묻는 것은 대단한 일이 아니다. 나는 잠시 점쟁이 흉내를 내보기로 했다.

"그래, 어디 한번 보자. 웬 글씨가 이렇게 많아. 이건 뭐야. 지우고, 다시 쓰고, 빨간 줄도 무지 많구나. 전과는 다른데, 다르긴 다른데, 막혔어. 마음은 고속도로인데, 현실은 주차장이야. 그런데 어떻게 해야 하는지를 모르는구나. 답답하고, 자신이 원망스럽고, 나는 안 되는구나, 또 그런 생각을 하네. 아! 답답하구나. 답답해!"

이렇게 이야기하니 내가 생각해도 점쟁이가 된 것 같았다. 나는 이런 나의 모습을 보며 나래가 웃어주길 바랐다. 그러나 내 생각과는 반대로 나래는 내 이야기를 들으며 고개를 푹 숙였다.

"선생님, 진짜 점쟁이 맞네요. 맞아요. 문제가 생겼어요. 저번에 왔을 때와는 또 다른 문제예요."

나래는 풀이 죽어 있었다. 그런데 갑자기 나래가 밝은 표정을 지으며 나를 쳐다보았다.

"맞다! 점쟁이가 나쁜 것만 말하는 건 아니잖아요. 해결하는 방법도 알려줘야 진짜 점쟁이지. 그렇죠? 이젠 해결방법을 알려주셔야죠."

나래는 밝고 명랑하게 말했다. 이게 나래의 평소 모습일 거라는 생각이 들었다. 하지만 공부 이야기만 나오면 나래는 의기소침해지고 만다. 나는 그런 나래가 안타까웠다. 사실 안타까운 건 나래만이 아니다. 공부 때문에 고민하고 좌절하는 이 땅의 학생들이 나는 진정 안쓰럽다.

사회는 인권을 외치고 인간에게 행복을 추구할 권리가 있다고 하지만, 그건 너무 멀리 있다. 사람에게 개성이 있고 그것을 계발해야 한다고 말하지만, 그건 현실이 아니다. 현실은 어떠한가? 사회는 학생을 어떻게 나누는가? 사회에서 학생은 두 종류뿐이다. 공부를 잘하는 학생과 못하는 학생. 공부를 잘하면 성공한 것이고 못하면 실패한 것이다. 내가 원하는 것은 자신이 원하는 꿈을 펼치며 성공하는 사회고, 내가 할 수 있는 일은 공부를 잘하고 싶은데 못하는 학생들을 도와주는 것이다. 이 사회가, 이 교육현실이 공부를 못하게 하기 때문에 내가 있는 것이다. 나래는 고통에 시달리는 수많은 학생들 중 하나다. 그리고 그 많은 학생들의 대표기도 하다.

나는 다시 빙긋이 웃으며 대답했다.

"그건 나래 혼자만 겪는 문제가 아니야. 공부를 다시 시작하는 사람들이 늘 겪는 문제지. 아주 자연스러운 현상이기도 하고. 공부바이러스의 역습이라고나 할까."

"역습이라고요? 바이러스가 역습도 하나요?"

나래가 신기하다는 듯 나를 쳐다보았다.

"물론이지. 공부바이러스는 아주 끈질기고 생명력도 강하지. 바이러스는 한순간에 퇴치되지 않아. 게다가 공부바이러스는 변신의 천재라고. 늘 다른 모습과 다른 경로로 나타나 공부를 못하게 하지. 어떤 악성 바이러스들은 다른 바이러스와 결합해서 신종 바이러스를 만들어내잖아. 그것도 아주 독하고 나쁜 걸로 말이야. 이 공부바이러스는 그런 걸 아주 잘하지. 그래서 공부바이러스를 이길 수 있는 면역력을 키우기 전까지는 안심할 수 없어. 어때, 이젠 나래의 문제를 말해 볼래? 그래야 나도 해결방법을 알려주지."

나래는 숨을 한 번 크게 들이쉰 후 말을 시작했다.

"전과는 다른 느낌이에요."

나래는 한마디 하고는 다시 머뭇거렸다. 나는 조급해하지 않았다. 나는 길을 안내하는 사람일 뿐이다. 길을 걷는 사람은 누구도 아닌 자기 자신이다. 부모가 아이들을 평생 보살필 수는 없다. 그러므로 스스로 걷게 하는 것이 중요하다. 부모의 품에서만 자란 아이는 뼈와 근육이 약해지고 감각이 무뎌져 스스로 걸어야 할 때가 왔을 때 걷지 못하게 된다.

공부도 마찬가지다. 나는 길을 알려주기만 할 뿐 내가 공부를 대신해줄 수는 없다. 그 길을 스스로 걷는 것이 바로 공부를 잘하는 길이다. 그리고 나는 공부를 못하게 하는 길이 아니라 잘할 수 있는 길을 알려줄 뿐이다.

처음 발을 뗄 때는 힘들고 더디다. 하지만 일단 한 걸음을 내딛으면 그 다음 걸음은 점점 쉬워진다. 나래는 지금 막 한 걸음을 떼어 다음 한 걸음으로 옮기고 있을 뿐이다. 여기에서 조급해하면 안 된다. 나래는 다시 이야기를 시작했다.

"그래요. 공부를 대하는 느낌은 분명히 전과 달라요. 이제 공부가 밉다거나 공부가 싫다거나 하는 생각은 들지 않아요. 핀란드에서 공부했던 것처럼 마음이 편해지진 않았지만 그래도 많이 나아졌어요. 어떤 때는 알아가는 게 재미있고, 교과서에 이런 것도 있었나 하는 생각도 들어요. 그건 핀란드에서 공부했을 때와 비슷해요. 그런데 이상하게 책상에 앉아서 공부를 하려 해도 금방 다시 일어나게 돼요. '작심삼일'이라는 말이 딱 저한테 어울리는 말이 되었어요. 아무래도 의지가 부족한 탓이라는 생각밖에 들지 않아요. 의지가 부족한 제가 공부를 잘하겠다고 생각한 것부터 잘못이겠죠. 아무래도 엄마 말처럼 나는 쓸모없는 아이인가봐요."

　이야기를 하는 나래의 눈에 눈물이 그렁그렁했다. 나는 답답한 마음을 억눌렀다. 그건 의지 때문이 아니라고 당장 소리치고 싶었지만, 지금은 차근차근 원인과 결과를 설명하는 것이 중요했다.

　"나래야! 그건 아주 자연스러운 현상이야."

　"자연스럽다고요? 그렇겠죠. 그건 공부를 못하는 아이들이 겪는 자연스러운 현상이죠."

　여기서 나는 또 불신에 대한 강한 벽을 느꼈다. 그건 핀란드와 우리 교육의 가장 큰 차이점이기도 하다. 핀란드에서는 잘하는 학생보다 못하는 학생에게 관심을 기울인다. 왜 못하는지, 문제는 무엇인지, 어떻게 하면 잘할 수 있는지. 핀란드에서는 공부 못하는 학생에게 그런 세심한 배려와 관심을 쏟는다. 하지만 우리는 반대다. 잘하는 아이에게만 관심을 집중하고 못하는 아이에게 관심은커녕 비난만을 쏟아낸다. 그럼 잘하고 싶어도 쉽게 주저앉게 된다. 공부를 못하는 학생들에게 필요한 것은 잘할 수 있다는 자신감을 키워주고 잘할 수 있도록 도와주는 것이다. 하지만 우리 교육현실에서 모든 문제는 학생 개인에게 돌아간다.

　공부를 잘할 수 있는 방법을 알려준다면 주저앉으려던 학생도 일어나 한 발 더 나아갈 수 있을 것이다. 한 발을 더 나아가면 또다시 한 발을 내딛을 수 있게 되고, 그런 한 발 한 발이 모여 공부를 잘할 수 있게 되는 것이다. 하지만 우리에게는 한 발을 더 내딛는 것보다 주저앉는 것이 더 익숙하다. 그것이 자연스러운 현상이 되어버린 것이다.

　"그렇지, 자연스럽지. 잘못된 방법으로 공부를 하니까 일어나는 자연스러운 현상이지."

나래가 고개를 갸웃거렸다.

"왜요? 뭐가 잘못된 방법이죠? 잘못된 거 없는데."

나는 지그시 눈을 감고 다시 점쟁이처럼 말했다.

"지피지기知彼知己면 백전백승百戰百勝이라. 나를 알고 적을 알면 백 번 싸워 백번 이긴다는 말이지. 나래는 자신도 모르고 공부도 모르고 있어. 의지부족이 아니라 정보부족이라고나 해야 할까?"

나는 먼저 나래에게 희망이 있음을 알려야 했다. 희망이 있다는 것과 없다는 것은 하늘과 땅 차이다. 어려운 상황 속에서도 사람이 살 수 있는 건 희망이 있기 때문이다. 넘어진 사람이 일어나는 것도 희망 때문이고 불가능해 보이는 것을 시도하는 것도 희망이 있다는 믿음 때문이다. 하지만 희망이 사라지는 순간, 모든 건 함께 없어진다. 희망이 없다는 것은 포기의 다른 얼굴일 뿐이다. 공부를 할 때도 희망이 중요하다. 희망을 가지고 꾸준히 걸어야 한다. 우리는 공부를 잘하고 못하는 것을 선천적인 능력으로 생각하는 경향이 강하다. 그래서 공부를 잘하는 학생이 계속 공부를 잘하는 것은 당연하고 공부를 못하는 학생이 공부를 잘하게 되는 것은 이상하다고 생각한다. 그러니 공부를 잘할 수 있다는 희망은 더욱 멀어지게 마련이다. 아니, 오히려 그런 희망 따위는 있지도 않다고 이야기한다. 그러나 나는 공부를 잘하게 되는 것을 희망이라고 생각하지 않는다. 그것은 내게 확신이다. 나는 다시 설명을 시작했다.

"나래가 공부와 친해지게 되었다는 건, 학습본능이 살아났다는 걸 의미해. 하지만 학습본능이 살아났다고 해서 모든 문제가 해결되는 것은 아니야. 마음은 공부가 좋아지기 시작했지만 그렇다고 공부에 모든 것을 걸겠다고 생각한 것도 아니거든. 그리고 더 중요한 것은 마음의 변화를 몸이 따라가지 못한다는 거지. 공부하는 습관이 아직 몸에 배지 않아서야. 그러니 그런 현상이 생기는 거지."

이야기를 하는 동안 나래는 내 얼굴을 빤히 쳐다보았다.

"그러니까 너의 주제를 알아라, 이런 말인가요."

나는 웃음을 터뜨릴 뻔했다. 하지만 나래의 말은 틀리지 않았다. 단어 몇 개만 바꾼다면 말이다.

"너의 주제에 맞는 계획을 세워라."

그렇다. 자신에 맞는 계획을 세워야 한다. 핀란드에서는 절대 비교를 하지 않는다. 그건 다른 사람이 아닌 자신의 입장에서 가장 좋은 프로그램을 제공한다는 것과 같다. 자신에게 가장 좋은 방법을 찾아 공부하면 공부는 쉬워진다. 이것은 옷과 같은 것이다. 아무리 고급 소재의 비싼 옷이라 해도 내 몸에 맞지 않으면 그건 내 옷이 아니다. 다른 사람이 입었을 때 아무리 멋있어도 내 몸에 맞지 않는다면 그 옷은 보기 흉할 뿐이다. 자신에게 가장 좋은 옷은 내 몸의 장점을 살려주고 단점은 커버해주는 옷이다. 대한민국의 교육은 사람 개개인의 체형을 고려하지 않는다. 마치 사이즈가 하나밖에 없는 옷을 만들고 모두에게 그 사이즈의 옷을 입으라는 것과 같다. 하지만 핀란드에서는 각자에게 맞는 옷을 골라준다. 자신에게 맞는 공부법을 찾아 공부하니 교육이 강해질 수밖에 없는 것이다.

초콜릿복근과 요요현상

"현실적인 공부계획을 통해 스스로 제 자신을 공정하게 평가하고
반성하면서 잘못된 부분을 고쳐나가고 있습니다." -경재

나래는 가방에서 무언가를 꺼냈다. 수첩이었다.

"이게 뭐니?"

"제가 세웠던 계획이에요."

나는 나래의 계획표를 들여다보았다. 수첩은 나래의 글씨로 가득했다. 모두 공부에 관련된 계획이었다. 지난 일주일 동안의 계획표는 수정액 자국과 그 위에 새로 쓴 글씨로 너덜너덜해져 있었다. 나래는 또 다른 수첩을 내밀었다.

"그 수첩에 더 이상 쓸 자리가 없어서 다른 수첩을 또 샀어요."

나래는 한숨을 쉬었다. 나는 다른 수첩을 받아들었다. 그러나 이 수첩 역시 이전 수첩과 다를 바 없었다.

"계획은 세우고 또 세우고, 많이도 세웠지요. 하지만 아무리 해도 계획대로 공부할 수가 없었어요. 책상에 앉아 책을 펴면 이런저런 하고 싶

은 게 생기고, 보고 싶은 게 생기고, 그 유혹을 떨치지 못하고 자리에서 일어나고 말죠. 그럼 계획이 어그러졌으니 다시 계획을 짜죠. 또 계획을 어기고, 또 계획을 세우고. 일주일은 계획만 세우다 끝났다고요. 휴! 그게 다 제 의지가 부족한 탓이겠죠. 계획은 완벽했어요. 정말 훌륭한 계획이었는데. 아! 나는 정말 의지박약아인가봐……."

나래는 혼자 머리를 흔들다 고개를 숙였다. 또다시 자신의 의지를 탓하고 있었다. 참으로 안타까운 일이다.

나는 먼저 계획에 대한 나래의 생각을 묻기로 했다.

"나래는 계획이 완벽했다고 생각하니?"

"그럼요. 제 계획표를 보셨잖아요. 계획은 아주 완벽했어요."

나는 고개를 가로저으며 말했다.

"아니, 절대 그렇지 않아. 계획은 완벽하지 않았어."

나래가 눈을 동그랗게 뜨고 나를 쳐다보았다.

"계획을 세워 공부하려는 것까진 좋았단다. 하지만 나래는 잘못된 계획을 세웠어. 왜 그런지 말해 줄까?"

"그럴 리가 없는데."

나래는 고개를 갸웃거렸다. 나래는 혼란스러워했다. 가장 자신 있다고 생각하는 부분이 깨질 때, 사람은 그것을 쉽게 믿으려 하지 않는다. 그 확신이 무너지면 자신도 함께 무너질까 봐 걱정하는 것이 사람이다. 하지만 확신은 확신일 뿐이다. 잘못된 관념을 고치는 데 있어 가장 중요한 점은 확신의 한가운데에 들어가 그 확신을 무너뜨리는 것이다.

나래가 다시 나를 바라보았다.

"도대체 그게 왜 잘못된 계획인데요?"

나래의 저항이 만만치 않았다. 나는 나래를 보고 싱긋 웃었다.

"그건 나래가 더 잘 알 텐데. 나래는 계획을 실천하지 못했어. 그게 바로 계획이 잘못됐다는 가장 큰 증거야. 나래는 처음부터 실천할 수 없는 계획을 세웠어. 그러니 잘못된 계획이지."

"그거야 제 의지가 약해서 그런 거죠. 작심삼일이니까."

나래는 또다시 잘못을 자기에게 돌리고 있었다.

"나래가 실천할 수 있는 계획을 세웠다면 성공했을 거란 생각은 안 해봤어?"

나래는 자못 놀라는 눈치였다. 나래는 내게서 수첩을 빼앗아 찬찬히 살펴보기 시작했다. 나는 그런 나래를 가만히 바라보았다. 나래가 눈을 동그랗게 뜨고 나를 바라보며 말했다.

"맞아요. 조금 이상해요. 핀란드에서도 공부계획을 세웠거든요. 그런데 그때는 그것을 실천하는 게 어렵지 않았어요."

그건 당연했다. 핀란드에서는 공부계획을 수업시간에 선생님과 함께 세운다. 그리고 금요일이 되면 선생님과 함께 평가하면서 문제점을 찾아 보완해 나간다. 핀란드에서는 그것이 공식 수업의 하나다. 또한 자습시간도 선생님과 함께 하기 때문에 항상 선생님의 안내를 받을 수 있다. 때문에 학교에서 열심히 하는 것을 최선의 공부라 여긴다. 그건 일종의 맞춤식 교육이라고 할 수 있다. 하지만 우리는 그럴 수 없다. 그렇다면 자신에 맞는 공부법을 찾아나가야 한다. 자신의 페이스를 잃지 않는 방법을 찾아야 하는 것이다. 나래는 한국에 와서 의지박약아가 된 것이 아니라 한국에 와서 자신의 페이스를 잃어버린 것이다.

나는 다른 방향에서 설명하기로 했다.

"나래는 어떤 남자가 매력적이라고 생각해?"

"남자요? 물론 초콜릿복근이죠. 멋지잖아요."

나래의 말에 나는 나도 모르게 배에 힘을 꽉 주며 말했다.

"그렇구나. 그럼 초콜릿복근을 만들려면 어떻게 해야 하는데?"

내 말에 나래가 까르르 웃음을 터뜨렸다.

"제가 알기로는 그거 쉽지 않아요. 운동을 해야죠. 특히 복근운동이요. 근데 처음부터 윗몸일으키기를 욕심내서 하다간 다음날 바로 앓아 눕는대요. 며칠 동안은 배가 아파서 몸도 못 움직인대요."

나는 나래에게 되물었다.

"그럼, 어떻게 해야 하는데?"

"선생님도 운동하시려고요? 먼저 기초체력이 있어야죠. 유산소운동이랑 무산소운동을 같이 하면서 지방을 없애고, 윗몸일으키기를 비롯한 복근운동을 꾸준히 늘려가야 해요."

나는 고개를 끄덕이며 물었다.

"그럼, 처음부터 심하게 운동을 하면 안 되겠네."

나래는 망설이지 않고 대답했다.

"맞아요. 다이어트도 마찬가지예요. 너무 욕심내서 빨리 하려고 하면 금방 지쳐버리고 요요현상이 와서 좌절만 백만 배라니까요."

"그럼, 혹시 나래의 계획은 초콜릿복근 만들고 싶어서 처음부터 윗몸일으키기 몇 백 개 하고 나가떨어지고, 다이어트 한다고 며칠 굶어서 겨우 살이 빠지나 싶었는데 포기하고 실컷 먹어서 다시 제자리로 돌아가는 요요현상 같은 건 아닐까?"

"네에?"

내 말에 나래는 조금 충격을 받은 듯했다. 나는 나래에게 다시 물었다.

"나래는 춤추는 걸 좋아한다고 했지?"

"네. 춤추는 거 좋아해요. 비보이만큼은 아니어도 꽤 어려운 동작까지 할 수 있는걸요."

"그래. 그런데 나래는 처음부터 춤 잘 췄어?"

"아니요. 그땐 마음만 있었지, 잘 추지 못했어요. 그게 한 번에 되는 게 아니더라고요. 어려운 동작 따라하다가 발목도 몇 번 접질렀어요. 그런데 한 동작 한 동작 익혀가다 보니 자연스럽게 되더라고요."

나는 무릎을 탁 쳤다.

"바로 그거야. 어려운 춤 동작을 익히기 위해서는 기본 스텝부터 배워야 하잖아. 비보이처럼 춤추고 싶다는 마음이 있다고 해서 그렇게 춤을 출 수 있는 건 아니지. 안 쓰던 근육을 쓰면 근육통이 와서 온몸이 아프잖아. 공부도 마찬가지야. 몸은 아직 예전의 리듬에 익숙해 있는데, 공부를 해야겠다는 마음만으로 무리한 계획을 세우면 몸이 따라가질 못한다고. 그게 바로 나래가 작심삼일이 된 첫 번째 이유야. 작심삼일은 요요현상 같은 거라고. 지키지 못할 계획을 세우고 못 지키고 다시 지키지 못할 계획 세우고 못 지키고. 나중에는 좌절하면서 포기하게 되는 거야."

나래는 고개를 끄덕였다.

"맞아요. 저는 바로 어려운 동작을 하고 싶어했어요. 빨리 성적을 내지 않으면 안 된다고 생각했으니까요. 사실 어려운 동작을 하는 것도 좋지만 춤을 추는 것 자체가 좋았던 건데. 나는 중간을 생략하고 만 거였어요. 핀란드에서는 성적이 아니라 배우는 게 그냥 좋았는데……."

나는 묵묵히 나래의 말을 듣고 있었다. 나래는 잠시 생각에 잠긴 듯했다. 갑자기 나래가 무릎을 치며 말했다.

"아, 맞아요. 뻴퀸!"

공부란 무리한 욕심만으로 되지 않는다. 그리고 설명만 잘 듣는다고 공부를 잘하는 것도 아니다. 핀란드에서는 설명만 듣는 것이 아니라 워크북을 통해 스스로 연습하면서 그때그때 공부를 완성한다. 그래서 나중에 미루었다가 하는 한국식 공부에 비해 실천에 부담을 덜 느끼게 되는 것이다.

핀란드식 공부법의 또 다른 특징은 무리하지 않도록 철저하게 자기 페이스를 유지시키는 데 있다. 한국식 공부는 무리를 해야 한다고 강요한다. 그것이 이기는 방법이라고 가르친다. 그러나 무리하는 공부가 바로 실패로 가는 길이다. 이런 문제를 해결하는 방법이 핀란드식 공부법이다.

뻘퀸의 비밀

"생각해 보면, 학습법에 대한 공부는 많이 했지만,
그 실천에 대해선 미흡했던 것 같아요.
이제는 실천에 힘을 기울이고 있습니다." -최은식

나래가 아름이와 공부계획을 짜던 때가 있었다. 나래는 아름이 이야기를 금과옥조처럼 듣고 있었다.

"나래야, 계획을 세울 때 첫 번째로 중요한 건 버리는 시간이 없어야 한다는 거야. 그러니까 밥 먹는 데 걸리는 시간, 등하교에 걸리는 시간, 심지어는 화장실 가는 횟수와 시간까지 철저히 계산해야 완벽한 계획을 세울 수 있어. 그렇지 않으면 아주 엉성한 계획이 되고 말지."

나래는 아름이의 말에 솔깃했다. 그러나 나래와 아름이를 보는 반 친구들은 알 수 없는 표정을 하고 있었다. 웃음을 참으려 하는 것 같기도 하고 비웃는 것 같기도 하고 불쌍해하는 표정이기도 하고, 여러 가지 의미가 담겨 있어 보였다. 하지만 나래는 신경 쓰지 않기로 했다. 친구들이 질투하는 것이라 생각했다.

"그래, 알았어. 그럼, 등하교에 걸리는 시간은 40분 정도, 화장실은 하루에 일곱 번 간다고 계산하고, 평균 시간은…… 음, 내가 변비가 있어서……."

나래의 말에 아름이는 흐뭇한 표정으로 이야기했다.

"좋아. 이제 다음 단계야. 공부계획의 두 번째 원칙. 얘, 너는 정말 행운아다. 내가 좀처럼 이런 비법을 알려주는 경우가 없거든."

비법이라는 말에 나래는 가슴이 뛰었다.

"좋아. 내가 나중에 한번 쏠게. 빨리 얘기해 봐."

아름이가 신이 나서 말했다.

"정말이지? 딴소리하기 없기야! 자, 그럼, 이제 알려주지. 이건 간단하지만 대부분 그냥 넘어가는 경우가 많지. 모든 시간을 공부에 투자해야 한다는 거야. 그렇게 해도 공부를 잘 못하는데, 다른 것에 신경 쓸 여유가 도대체 어디 있겠니? 그러니까 모든 시간 계획은 공부와 관련해서 짜야 해. 화장실 가는 시간, 특히 너 변비 있다고 했지? 그런 시간에 할 공부까지 미리 생각해 놔야 하는 거야. 알았지?"

나래는 비장한 표정으로 고개를 끄덕였다.

"알았어."

"그리고 이건 마지막 비법이야. 잠을 줄여야 해. 잠을 줄이면 그만큼 시간이 생기니까 다른 친구들보다 더 많이 공부할 수 있어. 그럼 성적이 어떻게 되겠어. 쑤욱쑤욱 올라가는 거지. 그러니까 잠자는 시간을 줄이지 않은 계획은 아무 쓸모가 없어."

나래는 아름이의 도움을 받아 공부계획을 세웠다. 정말 빈틈없이 완벽한 계획이었다. 계획표를 바라보고 있자니 춤이라도 추고 싶었다. 그런데 그때 같은 반 혜연이가 나래 곁에 다가와 앉았다.

"나래야. 내가 웬만하면 이런 말 안 하려고 했는데……. 너, 아름이 별명이 뭔지 아니?"

나래가 어리둥절한 표정으로 혜연이를 바라보았다.

"아름이 별명이 '뻘퀸'이야. 뻘퀸!"

"응? 뻘퀸? 그게 뭔데?"

혜연이가 혀를 차며 말했다.

"너, '뻘짓'이 무슨 말인지 알지? 쓸데없는 일 한다는 뜻이잖아. 그럼 뻘퀸은 뭐겠어?"

나래는 천천히 중얼거렸다.

"뻘짓하는 데 있어서 여왕이라는……?"

혜연이는 이제 자리에서 일어나 멀어져가고 있었다. 그리고 나래는 여전히 그 의미를 알지 못했다.

딱삼일의 시간표

"정말 치열하게 공부해야 되는 것을 알면서도
실천을 못하고 있어서 저는 저 자신이 싫고 정말 힘듭니다." - 김혜련

머리를 쥐어뜯던 나래가 말했다.

"이제 알겠어요. 뻴퀸은 그러니까 매일 쓸데없이 계획만 세운다고 해서 붙은 별명이었어요."

멍하니 앉아 있던 나래가 자신의 머리에 꿀밤을 먹였다.

"아! 맞아. 그래서 애들이 나를 보고 '킹'이라고 했구나. 뻴퀸보다 강한 '뻴킹'! 아, 난 그런 것도 모르고……."

나는 나래에게 위로가 되는 이야기를 들려줘야겠다고 생각했다.

"나래야, 너무 걱정하지 마. 내가 아는 사람 중에 '딱삼일'이라는 친구가 있는데, 일단 이 친구 얘기를 한번 들어봐."

사람들은 그를 모두 '딱삼일'이라고 불렀다. 무슨 일을 하든 3일을 넘기지 못해 붙은 별명이다. 그의 본명은 '강철인'. 강철인이라는 이름을

갖게 된 건 그의 아버지 때문이다. 아버지 이름이 '강나약'인 것이다. 그래서 강철 같은 의지를 가지라고 강철인이라는 이름을 짓게 되었다.

딱삼일은 대학입시에 실패하고 군대에 갔다 와서 다시 대입을 준비하고 있었다. 근처 시립도서관에서 살다시피 했지만 사실 공부는 거의 하지 않고 멍하니 창을 바라보거나 이리저리 왔다 갔다 하며 시간을 보냈다.

딱삼일은 지금 나래와 같은 상황이었다. 공부를 하겠다는 마음이 충만했고 나와의 상담 이후 공부가 싫지 않다고 했다. 하지만 그는 딱 3일 만에 나를 다시 찾아왔다. 아무리 해도 3일을 못 버티겠다면서 자신의 의지박약을 탓했다.

그러면서 내게 자신의 공부계획표를 내밀어 보였다. 나는 그 공부계획표를 아직도 지니고 다닌다. 그런 식으로 하면 안 된다는 것을 알려주기 위해서다.

딱삼일에서 다시 강철인으로! 할 수 있고, 하면 된다!

시 간	할 일	비 고
06:00 ~ 07:00	기상 및 도서관 갈 준비	- 커피타임 10분
08:00 ~ 10:00	도서관 도착, 수리영역	정도는 가질 수
10:00 ~ 12:00	사회탐구영역	있음.
12:00 ~ 13:00	점심식사	- 식사 후 산책 및
13:00 ~ 14:00	수리영역 복습	게임 금지.
14:00 ~ 17:00	외국어영역	- 친구들 만나지 않기.
17:00 ~ 18:00	저녁식사	
18:00 ~ 20:00	언어영역	
20:00 ~ 21:00	귀가 및 세면	
21:00 ~ 24:00	언어영역 및 필요한 부분 복습	
24:00	취침	

딱삼일은 그 계획표를 세운 날, 몹시 기뻤다고 한다. 하지만 계획을 세운 첫날부터 문제가 발생했다. 책상에 앉으니 컴퓨터 게임 생각이 간절했다. 참으려 했지만 결국 유혹을 이겨내지 못했다. 한 판만 하려고 했지만 한 판이 두 판 되고 두 판이 세 판 되는 바람에 새벽 3시가 되어서야 잠들 수 있었다.

결국 계획과 달리 늦잠을 자게 되었는데, 두 시간을 늦게 일어나니 도서관에 자리 잡는 것부터가 쉽지 않았다. 폼 나게 시작하려던 공부가 보기 좋게 어그러지고 만 것이다. 그래도 딱삼일은 희망을 잃지 않았다. 오늘 아침에 지키지 못한 계획은 내일부터 잘하면 문제가 없을 것 같았다. 그리고 시작한 공부. 그런데 공부가 계획대로 되지 않았다. 그래서 분량을 채우지 못한 공부는 복습 시간에 하는 것으로 대체했다.

그러나 문제는 그걸로 끝이 아니었다. 딱삼일의 핸드폰은 문자메시지 도착 알림음으로 쉴 틈이 없었다. 고민을 거듭하던 딱삼일은 계획을 하루씩 미루기로 했다. 그건 날짜만 고치면 되는 쉬운 일이었다. 하지만 친구들과 늦게까지 술을 마신 딱삼일은 다음날에도 늦잠을 잤다. 그렇게 둘째 날의 계획도 어긋났다. 도서관에 갔지만 몸이 근질근질해서 앉아 있을 수가 없었다. 핸드폰을 만지작거리며 또 하루를 보냈다. 그 다음날도 마찬가지였다. 그러다 딱삼일은 나를 찾아왔다.

회피와 도주 본능

두뇌의 가장 강력한 본능 중 회피와 도주가 있다. 원시시대 인간은 수많은 생명의 위협으로부터 자신을 보호해야 했다. 회피와 도주는 바로 이 방어시스템의 일종이다. 현대사회에서는 그런 위협이 사라졌지만 여전히 두뇌의 본능은 남아 있다. 어떤 일을 할 때, 부담을 느껴 회피하고 싶은 마음도 두뇌의 본능인 것이다.

만약 지나가다가 누군가와 어깨를 부딪혔다고 가정하자. 어린 꼬마면 모르겠지만 표도르처럼 덩치 크고 힘센 남자라면 회피하고 싶은 마음이 들고 말 것이다. 이런 회피와 도주의 본능은 공부에도 적용된다. 생각만으로는 그것이 무리라고 여겨져도 할 수 있다고 생각한다. 하지만 실제 실천에 단계에 이르면 그것은 할 수 없는 것이 되고 만다.

두뇌를 지배하는 힘은 생각이 아니라 느낌이다. 생각할 때는 가능하다고 여겨졌지만 막상 실천을 하려고 했을 때 부담을 느낀다면 두뇌는 그것을 회피하려고 한다. 계획도 그렇다. 머리 속에서 시뮬레이션을 했을 때는 지키지 못할 것이 없다고 생각했을 것이다. 그러나 막상 실천을 하려고 하면 부담을 느낀다. 그럼 실천을 회피하고 마는 것이다. 그것이 사람의 두뇌가 가진 본능이다.

변명도 습관이다

"이젠 공부가 특별한 게 아니라
제 일상이 되어버린 느낌이에요.
먹고 자듯이 공부도 편안한 삶의 일부분입니다." - 김정민

딱삼일의 이야기를 들으며 나래는 묘한 동질감을 느꼈을 것이다.

"군대까지 갔다 온 사람이 어떻게 나랑 똑같을 수 있어요?"

"군대와 공부는 별 상관이 없단다."

"참, 첫 번째 이유는 이제 알겠어요. 그런데 두 번째 이유는 뭔가요? 게임, 친구, 핸드폰, 그런 건가요?"

나는 대답 대신 나래에게 질문을 던졌다.

"나래는 공부할 때 무슨 생각이 가장 많이 나? 보통 공부하려고 책상에 앉으면 다른 하고 싶은 일들이 생각나잖아."

나래는 생각할 필요도 없다는 듯 바로 대답했다.

"첫 번째는 춤, 두 번째는 영화, 세 번째는 음악. 공부를 해야겠다고 생각하는데, 자꾸 다른 걸 하게 되고 결국 계획은 지키지도 못하고……."

신나게 말을 이어나가던 나래가 고개를 푹 숙였다. 나는 나래와 딱삼일이 다르지 않다는 걸 알려주어야겠다고 생각했다.

"괜찮아. 누구나 그런 일이 있으니까. 딱삼일에게는 나래의 춤이 게임이고 나래의 영화가 친구였던 거지. 그래서 유혹을 뿌리치지 못한 거 아니겠어."

"그러니까 딱삼일이나 저나 똑같은 거네요. 참, 그런데 딱삼일은 그 후에 어떻게 되었어요? 선생님을 만난 후에 변화가 있었나요?"

나래는 희망의 끈을 놓지 않으려는 듯 간절한 눈빛을 보내고 있었다. 나는 두어 번 헛기침을 하고 말을 이었다.

"물론이지. 하지만 변화를 위해서는 문제의 원인을 찾는 것이 중요해. 그래야 해결책도 찾을 수 있으니까."

나래가 손뼉을 치며 말했다.

"맞아요. 그런데 그 원인이라는 게 뭐였나요?"

설명하기 전에 나는 나래에게 다시 질문을 던졌다.

"나래는 그런 유혹을 어떻게 이겨내지?"

나래가 부끄러운 듯 대답했다.

"그런 유혹을 이길 수 있으면 제가 여기에 있겠어요? 그런 유혹이 있을 때마다 늘 핑계를 대죠. 이렇게 해서 스트레스를 풀면 공부가 더 잘 될 거야, 영화를 보면서 외국어 공부를 할 수도 있잖아, 음악은 마음의 양식이야. 뭐 이런 식이에요."

"바로 그거야."

나래는 내 말에 의아해했다.

"그거라니요?"

"딱삼일은 계획을 세우고 게임이 하고 싶어졌지만 게임을 하면 안 된다고 생각했지. 하지만 몸은 게임에 익숙해져 있었고 그건 마음도 원하는 바였어. 학습본능이 살아났다고는 해도 마음은 공부보다 게임을 더 좋아했거든. 그리고는 내일부터 열심히 공부할 테니 오늘 마지막으로 게임을 하자고 생각했던 거야. 친구들을 만난 것도 마찬가지지. 공부는 미룰 수 있지만 모임은 미룰 수 없다고 생각했어."

"맞아요, 맞아요. 저도 그렇게 생각했어요. 오늘 마지막으로 멋지게 춤을 추고 스트레스를 풀자. 이제는 춤추는 시간도 아껴야 할 테니까. 이 영화만 보면 오랫동안 영화를 안 봐도 될 거야. 저도 그렇게 생각했어요."

공부를 시작하는 사람이 느끼는 어려움, 공부를 시작하며 겪게 되는 경험은 대부분 비슷하다. 하지만 사람들은 그것을 자신만의 문제라고 느낀다. 누구나 겪는 것이 아니라 혼자만 느끼는 문제라고 생각하기 때문에 늘 자신의 의지에 문제가 있다고 생각한다. 나래나 딱삼일만이 겪는 문제가 아니라 그것은 우리 모두가 겪는 동일한 경험이다. 나는 다시 이야기를 시작했다.

"사람에게는 방어기제라는 것이 있단다. 그것도 일종의 바이러스지. 계획과 달리 춤을 추고 영화를 볼 때, 그것을 합리화하는 핑계를 만들고 계획대로 공부하지 못하게 하는 게 방어기제지. 계획을 세울 때는 그 방어기제까지 염두에 두어야 했어. 치밀한 계획이란 많은 변수를 고려해서 어떤 변수가 생기더라도 그것을 밀고 나갈 수 있게 하는 계획이란다. 그런데 공부를 해야 한다는 마음이 앞서 나래는 자신이 서 있는 곳의 주위 상황을 계획에 넣지 않은 거야. 가만히 생각해 봐. 핀란드에서는 그러지 않았잖아. 공부하는 것이 무조건 책을 파고 성적 올리는 공부였니? 아니잖아. 취미생활도 하고 공부도 하고, 공부하는 것과 노는 것이 별로 다르지 않았잖아. 하지만 여기에서 그렇게 계획을 세우면 공부를 포기한 것처럼 여기지. 그래서 다른 건 아무것도 생각하지 않고 공부만 계획에 넣게 되지. 그럼 아무것도 못하게 되는 거야. 그러니까 내가 하고 싶은 것과 해야 할 것을 함께 생각하면서 계획을 세워야 해. 그런 상황을 염두에 두면서 공부계획을 세우면 훨씬 실천하기가 쉽지. 하고 싶은 일을 아무것도 하지 못하게 하면 마음은 다시 공부를 거부하게 된단다. 공부 때문에 마음이 하고 싶은 일을 아무것도 할 수 없다면 얼마나 기분이 나쁘겠니? 만일 그게 엄마라면 어떨까? 내가 하고 싶은 일을 못하게 하고 강제로 공부만 시킨다고 생각하면 아무리 엄마라고 해도 미운 마음이 생기지 않겠니? 그래서 처음에는 마음이 받아들일 수 있을 정도로 공부를 시작해야 해. 그건 몸도 마찬가지고. 탄력적으로 계획을 세워야지. 공부의 양은 늘리고 다른 일을 하는 시간은 줄여가면서 말이야. 밥 먹고 화장실 가는 시간 빼고는 무조건 공부만 하는 계획은 결코 실천할 수 없어. 차츰 몸과 마음에 공부하는 습관이 붙으면 자연스럽게 공부를 계속할 수 있게 되지. 작심세시간에서 작심삼일로, 작심삼일에서 작심세달로, 작심세달에서 작심삼년으로 변하게 된다고. 이때 정말 중요한 건, 조급증 바이러스와 욕심을 이겨내는 거야. 조급해하고 욕심을 부리면 매번 작심세시간으로 변하고 말지."

나래는 내가 이야기하는 동안 가만히 자신의 계획표를 보고 있었다.

"그럼 어떻게 계획을 세워야 하는 거죠?"

나는 다시 설명을 이어나갔다.

"운동을 처음 시작할 때, 워밍업을 해야 하잖아. 물론 한국에서는 처음부터 전력질주를 하라고 하지. 그건 잘못된 거야. 공부도 마찬가지야. 자신이 실천할 수 있는 분량만큼의 계획을 정하고 그것을 하나하나 실천해 나가는 것이 꾸준히 공부할 수 있는 방법이란다. 처음부터 공부만 하겠다고 하면 안 되지. 공부를, 해야 하는 무언가로 생각하는 게 아니라 공부 자체를 밥 먹고 물 마시고 잠자는 것과 같은 생활로 만들어야 해. 그러면서 내 생활 속 공부의 비중을 점점 높여나가야 한단다. 그렇게 되면 부담과 압박도 훨씬 줄어들고 내가 계획한 일을 해냈다는 성취감도 맛보게 되지."

내 말을 듣던 나래가 수첩을 북북 찢으려 했다.

"다 이 계획 때문이었던 거야. 지키지도 못할 계획을 세우다니."

나래는 수첩에 괜한 화풀이를 하고 있었다. 나는 잠시 나래를 지켜보았다.

"중요한 사실을 하나 말하지 않았구나."

중요한 사실이라는 말에 나래의 눈이 동그래졌다.

"중요한 게 또 있어요?"

나는 고개를 끄덕이며 말했다.

"그렇단다. 반드시 마음에 새기고 있어야 할 말이지."

"그게 뭔데요? 의지를 가지고 노력하라, 이런 건가요?"

나는 피식 웃음을 터뜨리고 말았다.

"지금까지 내가 이야기한 건 다 잊은 거니. 공부에서 중요한 건 의지가 아니라 마음과 몸을 설득하는 거라고 했잖아."

"그렇죠. 저는 의지바이러스에 완전히 세뇌가 되었나봐요."

나래의 목소리는 모기소리처럼 작아졌다.

"아니야. 한 번에 모든 걸 해결할 수는 없지. 중요한 건, 오늘 계획한 일은 반드시 오늘 끝내야 한다는 거야. 주위엔 유혹이 가득하지. 핸드폰을 열면 게임, 셀카, 문자가 유혹하고, 길거리에선 노래방이 유혹하지. 하지만 하루에 해야 할 일은 하루에 꼭 끝내야 해. 대신 오늘 할 일을 끝내면 달콤한 휴식과 여가를 자신에게 선물로 주지. 우리의 계획 목표는 오늘 몇 시간 동안 공부하는 것이 아니라, 오늘 내가 정한 만큼의 공부를 하는 거란다."

나래는 무언가 할 말이 있는 듯 잠시 머뭇거리다 말을 꺼냈다.

"하지만 정말 피치 못할 사정이 있지 않을까요?"

피치 못할 사정. 정말 피치 못할 사정이 있을 수 있다. 하지만 사람들이 느끼는 피치 못할 사정이라는 것은 사실 대부분 피치 못할 사정이 아니다. 지금의 상황을 모면하기 위해서 지어낸 변명, 그것이 피치 못한 사정이다. 그리고 그것은 또 하나의 방어기제가 된다. 나는 고개를 가로저었다.

"그 피치 못할 사정이라는 게 뭘까? 딱삼일이 게임을 하고 친구들을 만난 거? 당시에는 그걸 피치 못할 사정이라고 여기겠지. 하지만 그것이 정말 피치 못할 사정일까? 지나고 나면 그런 일들은 아주 사소한 것들로 변해 버려. 오랜만에 친구가 불렀는데 그 자리에 나가지 않는다고 우정이 깨질까? 그렇게 깨질 우정이면 원래부터 우정이란 게 존재하지 않았던 것과 같아. 꼭 영화를 보고 싶은 날도 있을 수 있겠지. 영화만 보면 모든 것이 해결될 거라고 느껴질 거야. 하지만 영화를 보고 나서도 변하는 건 없어. 그렇게 하고 싶으면 오늘 할 공부를 다 하고 나서 하면 되는 거야. 이걸 끝낸 후에 할 수 있다고 생각하면 마음도 그걸 이해하고 받아들이지. 하지만 공부 때문에 아무것도 할 수 없다고 생각하면 마음은 공부 이외 다른 일을 피치 못할 사정이라고 여길 거야. 그런데 정말 그럴까? 혹시 두뇌가 자기 합리화에 길들여진 건 아닐까? 흔히 못하는 게 아니라 안 하는 거라고 하잖아. 그런데 난 그것도 자기 합리화라고 생각해. 내가 할 수 있는데, 안 하는 거다. 공부할 수 있는데, 내 인생이 불쌍해서 놀아주는 거다. 그런데 말이야. 정말 그럴까? 공부를 하기 싫으니까 그렇게 자기 합리화를 시키는 거지. 그리고 그게 습관이 되면 항상 그런 식으로 변명을 하게 되는 거라고."

나래는 내 이야기를 곱씹고 있었다. 나는 다시 말을 이어갔다.

"공부는 밥과 같아."

나래는 난데없는 이야기에 당황한 눈치였다.

"밥이라고요? 밥하고 공부하고 무슨 상관이 있어요?"

"우리는 매일 밥을 먹지. 하지만 참 이상한 건, 어제 아무리 많이 먹었어도 오늘은 배가 고프다는 거야. 《칼의 노래》에 이런 말이 있잖아. '매 끼니는 다음 끼니 앞에 무력하다.' 그래서 우리는 매일매일 밥을 먹지. 공부도 마찬가지야. 끼니를 거르지 않듯이, 내게 맞는 영양을 섭취하듯이, 공부를 해야 하는 거지. 처음에는 먹기 싫은 음식도 있고 입맛이 없을 수도 있지만 골고루 음식을 섭취해 나가면 몸은 건강해져. 공부도 그래. 먹기 싫은 음식이 있는 것처럼 하기 싫은 공부도 있을 수 있어. 입맛이 없을 때 다른 별식을 먹듯이 그때에는 좋아하는 과목을 공부하면 되는 거야. 그러니 나래도 밥이나 공부 모두 굶지 말라고."

내 말에 나래가 맞장구를 쳤다.

"맞아요. 그런데 다르게도 볼 수 있을 것 같아요. 밥은 때가 되면 먹고 싶잖아요. 공부도 때가 되면 하고 싶으면 얼마나 좋겠어요. 핀란드에서는 공부가 정말 밥 같았어요. 어느 날은 저걸 공부하고 싶고, 어떤 날은 다른 걸 공부하고 싶고. 하긴 그때는 그걸 공부라고 생각하지도 않았지만요. 마치 어떤 날은 액션영화를 보고 싶고, 어떤 날은 드라마를 보고 싶은 것처럼 말이에요. 그땐 정말 그랬는데. 그런데 '이건 중요하다. 이건 중요하지 않다. 이건 시험에 나온다. 이건 시험에 안 나온다.' 이러니까 나중엔 아무것도 먹기 싫어진 거 같아요."

밥에 대한 비유가 재미있었는지, 나래의 표정은 금방 밝아졌다. 해는 어느새 뉘엿뉘엿 기울고 있었다.

"어머, 벌써 시간이 이렇게 되었네. 어떡하죠. 저 가봐야 하는데. 또 귀찮게 굴었네요."

나는 손을 가로저었다.

"귀찮다니. 그런 섭섭한 소리는 듣고 싶지 않은데. 문제가 있으면 언제든 찾아오라고. 이제 이 벤치는 나래 벤치라고 이름 붙여야겠어."

나래가 벤치에서 일어나 인사를 했다.

"고맙습니다. 저 진짜로 다음에 또 찾아올 거예요. 안녕히 계세요."

나래는 다시 명랑해진 모습으로 나풀거리며 걸어갔다.

적응

　　제우스의 아들 에파포스는 자신이 태양 신 헬리오스의 아들이라고 주장하는 파에톤을 거짓말쟁이로 몰아세운다. 파에톤은 자신을 증명하기 위해 헬리오스를 찾아가고 헬리오스는 장성한 아들에게 어떤 소원이든지 하나를 들어주겠다고 맹세한다. 그러나 아버지의 태양마차를 몰아보는 게 소원이라는 파에톤의 말에 헬리오스는 당황한다. 세상에 빛을 뿌려주는 태양마차는 제우스에게도 넘길 수 없을 만큼 위험한 것이었다. 하지만 이미 맹세를 한 헬리오스는 태양마차의 고삐를 파에톤에게 넘겨준다. 파에톤이 올라타자 평소보다 무게가 가볍다고 느낀 네 마리 말은 파에톤의 통제를 벗어나 무섭게 날뛰기 시작했다. 태양의 열기에 강은 물론 바다까지 마를 지경이 되었고, 리비아에는 사막이 생겼으며 에티오피아인들은 피부가 검어졌다. 더 이상의 피해를 두고 볼 수 없었던 제우스는 번개를 던져 파에톤을 쓰러뜨린다.

과도한 의욕은 참혹한 실패를 가져오기 쉽다. 나는 공부를 하는 것과 세상 사는 이치가 별로 다르지 않다고 생각한다. 공부를 시작할 때 우리가 먼저 인정해야 할 것이 있다. 우리는 영웅이 아니다. 그러나 우리는 늘 영웅이 되는 꿈을 꾼다. 하지만 영웅은 신화 속에서나 존재하는 것이다. 머리 아홉 개 달린 괴물을 물리치고 사람 잡아먹는 황소를 퇴치하는 영웅과 우리는 다르다.

의지와 노력으로, 악과 깡으로 공부해서 성공했다는 사람들은 일종의 영웅일지 모른다. 하지만 그런 영웅들은 극소수다. 또한 그런 영웅들의 실상은 사실 의지와 노력에 있지 않다. 처음엔 의지와 노력으로 시작했을지도 모른다. 그러나 그것만으로는 영웅이 될 수 없다. 중요한 것은 계획하고 실천하는 과정에서 만족감을 느꼈기 때문이다. 초콜릿 복근을 만들 때, 처음엔 운동이 힘들다. 하지만 조금씩 윤곽이 잡혀가는 근육을 보면 힘든 것을 잊게 된다. 바로 성취감을 느끼게 되는 것이다. 그리고 성공했을 때, 자신의 모습을 보며 더욱 열심히 하게 되는 것이다. 그러나 우리는 그들의 겉만을 보고 있다. 마치 그들이 우리와 다른 영웅이라고 착각하고 있지만 그들 역시 사실은 우리와 같은 사람인 것이다.

그들과 우리의 가장 큰 차이점은 시작을 했다는 것이다. 그리고 주위의 시선에 굴하지 않고 자신의 페이스를 찾았다는 것이다. 하지만 사회는 그들이 악과 깡으로 성공했다고 포장한다. 그러니 처음 시작하는 것부터 힘이 든다. 대부분의 사람들은 스스로가 악과 깡이 없다고 여기기 때문이다. 하지만 영웅을 만든 것은 악과 깡이 아니라 실천하는 과정에서 느꼈던 만족감이다. 그러니 주눅 들 필요 없다. 내가 할 수 있는 부분에서 내가 할 수 있는 것을 행복하게 하면 되는 것이다. 내가 만족감을 느끼면 나도 영웅이 되는 것이다. 행복한 마음을 가지고 공부하면 공부가 행복해진다. 자신의 마음과 몸이 공부를 생활로 여기면 영웅이 아니어도 공부로 성공할 수 있다. 그건 누구나 마찬가지다.

사자성어 중에 '삼인성호三人成虎'라는 말이 있다. 쉽게 설명하자면 이렇다. 한 사람이 서울역에 호랑이가 나타났다고 이야기한다. 잘 믿지 않는다. 그런데 또 다른 사람이 나타나 정말 서울역에 호랑이가 나타났다고 이야기한다. 이때는 반신반의한다. 그런데 또 다른 한 명이 서울역에 호랑이가 나타났다고 이야기하면 정말 그것을 믿게 된다. 믿는 것을 넘어서 자신이 다른 사람에게 서울역에 호랑이가 나타났다고 떠들고 다니게 된다. 공부도 마찬가지다. 사회에서 공부를 악과 깡으로 하는 것이라고 이야기하니 자신도 모르게 그렇다고 믿는다. 나는 행복하게 공부하고 있는데, 한 사람이 그건 아니라고 이야기하고, 또 다른 사람이 그렇게 이야기하고, 또다시 그런 이야기를 들으면, 행복한 공부는 없다고 믿게 된다. 결국 나는 행복한 공부를 포기하고 악과 깡만을 동경하게 되는 것이다.

공부를 하는 사람은 나 자신이다. 그러므로 공부를 하는 방법도 나와 가장 잘 맞아야 한다. 몇 년간 책상에 앉아 고시공부만 한 사람도 군대에 갔다 오면 책상 앞에서 한 시간을 버티지 못한다. 몸이 책상에 앉아 있는 습관에서 벗어났기 때문이다. 이때는 다시 책상에 적응하는 시간을 가져야 한다. 처음부터 오래 앉아 있으려 하면 몸이 뒤틀리고 마음은 딴 곳을 헤매고 만다. 내 몸과 마음이 공부를 받아들일 수 있도록, 공부에 적응할 수 있도록 배려하는 것. 그것이 공부를 잘하는 길인 동시에 자신을 아끼는 방법이다.

운전대를 처음 잡아본 사람이 레이서가 될 수는 없다. 마라톤 선수도 걸음을 배웠기 때문에 달릴 수 있는 것이다. 그리고 마라톤 선수라고 해서 무작정 죽을힘을 다해 달리기만 하는 것은 아니다. 자신이 가야 할 길이 멀다는 것을 이미 알고 있기 때문에, 자신의 힘을 나누어 전력을 다해야 할 곳을 먼저 정해 놓는다. 공부도 그렇다. 그렇게 하려면 몸과 마음이 마라톤에 적응되듯 공부에 적응돼 있어야 한다.

체하지 말자. 공부에서 체한다는 것은 포기한다는 것이다. 너무 빨리 먹으려다 아무것도 못 먹게 되는 것처럼, 욕심내지 말자. 누구나 공부를 잘하고 싶은 마음에, 빨리 좋은 성적을 얻고 싶은 마음에 너무나 쉽게 욕심과 조급증의 함정에 빠진다. 조급증과 욕심을 버려야만, 내 페이스를 찾아야만, 공부라는 레이스에서 완주할 수 있다.

실패를 두려워하는
그대들에게 보내는 편지

"여유를 가지고 공부하라는 말씀.
슬럼프 극복에 정말 많은 도움이 되었습니다.
꾸준히만 가면 성공한다는 말을 직접 느꼈습니다." -박지웅

　신들이 떠난 세상에서 사람들은 점점 오만해지기 시작한다. 지구상에서 확률 100퍼센트를 거리낌 없이 이야기하는 존재는 사람뿐이다. 그 속엔 성공에 대한 신화가, 성공에 대한 맹신이 자리한다. 그러나 우리가 살고 있는 삶에 절대란 없다. 단지 그래야 한다는 강박만이 존재할 뿐이다. 돌아보면 우리는 늘 낮은 확률에 높은 기대를 걸고 있다.

　아프리카의 초원, 긴 주둥이에 커다랗고 둥근 귀를 가진 리카온(아프리카 들개) 한 마리가 날카로운 이빨을 드러내며 영양 한 마리를 쫓고 있다. 시간이 지나자 리카온은 지쳐갔다. 그때 다른 방향에서 뛰어오던 리카온 한 마리가 바통을 이어받아 영양을 다시 추적한다. 영양은 혼자 뛰지만 리카온은 혼자가 아니다. 한 마리가 지칠 때쯤이면 어김없이 다른 놈이 나타나 영양을 쫓았다. 이미 30분을 넘어섰다. 영양과 리카온의 거리는 점차 좁혀들고 있다. 드디어 대장의 명령이 떨어졌다. 한 놈

이 뛰어가 정면에서 영양을 받았다. 쓰러진 영양에게 리카온 떼가 달려든다. 사냥은 성공이다.

아프리카 최고의 사냥꾼은 치타도 사자도 아니다. 치타의 최고 시속은 120킬로미터다. 치타는 지구상에서 가장 빨리 달릴 수 있지만 그건 잠시뿐이다. 시간이 지나면 치타의 심장은 터져버릴 것이다. 사자도 마찬가지다. 동물의 왕이라 일컬어지지만 번번이 사냥에 실패하고 만다. 아프리카 최고의 사냥꾼은 역시 리카온이다.

리카온의 성공 비결은 조직적인 플레이와 장거리를 뛸 수 있는 체력이다. 하지만 리카온의 사냥 성공률도 40~70퍼센트다. 사냥에 실패하면 리카온 무리는 굶어야 한다. 그러나 그들에게 좌절 따윈 없다. 성공과 실패 모두 일상일 뿐이다. 그들은 다시 사냥에 나설 것이고 성공할 것이기 때문이다.

성공과 실패는 언제나 함께 한다. 승승장구를 거두던 이종격투기 선수가 케이오KO를 한 번 당하고 나면 다시 재기하기 힘들다고 한다. 성공만을 꿈꾸었기 때문에 패배가 더 뼈아픈 것이다. 하지만 실패를 아는 사람은 실패를 두려워하지 않는다. 실패의 구덩이에서 어떻게 빠져나오는지를 알기 때문이다.

실패 경험을 통해 하나하나 배워나가는 것이 인생이다. 중요한 것은 실패했을 때 어떻게 대처하느냐에 달려 있다. 한국에서는 패배자로 낙인을 찍고 개인의 잘못으로 책임을 돌린다. 그래서 실패에 대한 두려움이 강해지고 반드시 성공해야 한다는 압박감과 함께 욕심과 조급증이라는 바이러스에 쉽게 감염되는 것이다. 하지만 핀란드에서는 실패에 대한 반응이 다르다. 실패를 패배가 아니라 성공으로 나아가는 과정이라고 생각한다.

시행착오를 거치면서 물 흐르듯 자연스럽게 꾸준히만 가면 된다. 오버페이스하지 않고 자기 페이스만 잘 지키면 된다. 실패를 개인의 잘못으로 돌리는 것이 아니라 원인을 함께 고민하고 보완해야 한다. 그럼 문제를 해결할 수 있다. 이것은 실패를 대하는 대한민국과 핀란드의 커다란 차이라고 할 수 있다. 한국에서 실패는 또 다른 실패를 의미한다. 실패하고 좌절하고, 실패하고 좌절하는 악순환을 반복하는 것이 대한민국에서 실패가 가지는 의미다. 하지만 핀란드에서는 다르다. 실패는 성공으로 가는 길이다. 실패를 거치면서 잘못된 방법을 하나하나 수정한다. 실패가 많아질수록 잘못된 방법은 점점 줄어들고 결국엔 성공의 길로 가게 된다.

실패를 어떻게 보느냐에 따라 결과는 이처럼 달라진다. 문제는 우리가 실패를 실패로만 보는 데 익숙해져 있다는 것이다. 그것이 바로 한국식 공부바이러스다. 그 바이러스를 우리 함께 이겨보자.

웬 욕심이 그렇게 많아?

욕심을 부리면 탈이 나게 마련이다. 평소에 공부를 안 하고 하기 싫은 공부를 한 방에 해결하려 하면 해결도 못하고 공부를 또다시 미루게 된다. 이것이 한국식 공부다. 그리고 할 수 있는 계획을 꾸준히 실천하는 것이 핀란드식 공부다. 자! 다음 사항을 체크하며 자신을 알아보자.

☐ 공부계획을 세워도 제대로 실천할 수 있을까 걱정이 된다.

☐ 계획한 대로 실천하려면 정말 강한 의지가 필요하다고 생각한다.

☐ 계획한 대로 실천하지 못했을 때, 이유를 생각하기보다 그냥 마음이 우울해진다.

☐ 계획한 대로 실천해도 성취감보다 압박감이 심한 편이다.

☐ 꾸준하게 일주일 이상 공부해 본 경험이 별로 없다.

• **4개 이상** 공부 바이러스에 중증 감염된 상태. 핀란드식 공부를 시도하지 않으면 공부를 중간에 포기할 확률이 높다.

• **2~3개** 공부 바이러스를 스스로 퇴치할 수 있는 상태. 공부 거부감 유발요인을 잘 찾아서 해결해야 성공 가능성을 높일 수 있다.

• **1개** 이미 핀란드식 공부를 하고 있는 상태. 주변의 훈수를 잘 물리치면 대부분 성공한다.

실천력 활용하기

Step 1 깨달음의 장

공부에 대한 느낌이 좋아졌다고 해서 조급하게 욕심을 내면 대부분 실천력 단계에서 다시 무너진다. 평소에 꾸준히 공부한다는 것이 과연 무엇을 말하며 어떤 결과를 가져오는지 깊이 생각해 보아야 한다. 자신의 실천력에 정말 문제가 있는 것인지, 아니면 잘못된 계획이 자신의 실천력을 방해하는 것인지 분명히 구분하자.

Q 1: 공부를 열심히 하게 되면 잠도 못 자고 놀지도 못할까?

☐ 그렇다　　　　　　　☐ 아니다

Q 2: 평소에 꾸준히 공부하면 시험기간을 보다 여유 있게 보낼 수 있을까?

☐ 그렇다　　　　　　　☐ 아니다

Q 3: 무리한 계획 대신 매일 할 수 있는 공부를 하는 게 부담일까?

☐ 그렇다　　　　　　　☐ 아니다

Q 4: 그날 할 일을 미루지 않으려면 어떻게 해야 할까?

☐ 잠도 줄이고 하고 싶은 일도 하지 않는다.

☐ 시간 낭비를 줄이면 평소와 다르지 않게 생활할 수 있다.

바이러스의 유혹

이건 뭐야! 어차피 시험기간은 고생기간이야. 시험기간 때 고생할 텐데 뭐 하러 평소에 고생을 사서 해. 시험 땐 공부하는 척하면서 놀고 평소엔 마음 놓고 노는 거지.

천사의 충고

그날 해야 할 공부 하는 거, 아주 쉬워. 조금만 노력하면 된다고. 어영부영 보내는 시간만 아껴도 되잖아. 내일로 미루다가 너무나 많은 행복을 잃어버렸잖아.

Step 1 통과 자가진단

- Before 공부를 해야지 하면서도 선뜻 실천하기 어렵다. 하고 싶은 일을 뒤로 미루고 공부를 먼저 한다고 생각하면서도 막상 하고 싶은 일이 눈앞에 보이면 그것에 손을 대게 되고 밤이 깊어지면 후회하기 시작한다.
- After 시간활용만 잘하면 얼마든지 공부는 물론 하고 싶은 것도 할 수 있다. 열심히 하는 것도 중요하지만 꾸준히 하는 게 최고다.

Step 2 경험의 장

딱! 하루만 그날 해야 할 공부를 미루지 말고 실천해 보자. 공부를 해야만 한다는, 시험이 다가온다는 압박감에서 벗어나보자. 그날 해야 할 일은 그날 하는 것이 가장 쉽고 마음도 편하다. 그러면 뿌듯한 만족감을 느낄 수 있게 된다.

1. 주간 단위로 생활리듬과 공부리듬을 잡는다.

▶ 주중 공부 이외에 하고 싶었던 일은 주말에 한다는 기대감을 갖는다.

▶ 주말의 화끈한 이벤트를 위해 주중에 노력한다는 마음을 갖는다.

2. 더도 말고 덜도 말고 딱 일주일만 실천한다고 생각해 보자. 지금 당장!

▶ 하고 싶은 일과 해야 할 일을 기록하고 우선순위를 정한다.

▶ 하고 싶은 일 중에 주중에 꼭 해야 되는 일과 주말에 해도 되는 일을 구분한다.

- 미루면 안 되는 공부: 학교 진도에 대한 예습과 복습

- 나중에 해도 되는 공부 : 학교 진도와는 관련이 없는 공부

▶ 혼자서 계획하고 실천해야 하는 공부가 아니라 진도를 철저하게 소화하는 공부를 하자.

3. 시간표를 그리고 낭비하는 시간을 체크해서 어떻게 활용할 것인가 생각해 본다. 토막시간을 활용해 그때 할 수 있는 공부를 계획한다. 아래 내용 중에 딱 일주일이라고 생각하고 할 수 있는 것을 해본다.

▶ 교실에서

- **수업시간** 진도 나가는 부분의 핵심 체크하기 | 이해가 되지 않거나 어려운 내용 체크하기 | 질문을 하거나 자습을 통해 해결해야 할 내용 체크하기

- **쉬는 시간이나 점심시간** 이전 시간의 진도에 대한 복습 | 다음 시간 진도 나갈 부분에 대한 예습

▶ 이동중에

- **걸어가면서 할 수 있는 공부** 진도 중 핵심 체크한 부분을 기억해 보기

- **서서 할 수 있는 공부** 꼭 기억해야 할 내용을 정리한 수첩이나 노트 보기

- **앉아 있어야 할 수 있는 공부** 그날 공부한 중요 과목 다시 보기

▶ 집에서

우리말 어휘, 영어단어와 숙어사전 찾아서 정리하기

안 풀리거나 틀린 문제를 체크했다가 다시 한 번 풀어보기

바이러스의 유혹

어떻게 오늘만 날이야. 내일도 있고 모레도 있고 공부할 날은 많고도 많아. 그러다 시간의 노예가 되고 만다. 오늘의 할 일은 언젠가 하는 거야. 그만해. 닥치라고 해.

천사의 충고

공부만 하면 재미없는 범생이가 된다는 말은 거짓이야. 게임의 재미와는 비교할 수도 없는 묵직한 성취감이 생긴다고. 벼락치기가 아니라 꾸준히 공부하면 지금보다 백배 천배 행복해진다고.

Step 2 통과 자가진단

- **Before** 공부를 미루고 나서 후회하는 것은 자신의 의지에 비추어 어쩔 수 없다고 생각한다. 독하게 마음먹지 않으면 별로 달라지지 않을 것이라고 생각한다.

- **After** 굳이 부담을 느끼지 않고도 무리하게 욕심을 내지 말고 그날 꼭 해야 할 일만 제대로 하면 정말 강한 의지를 가지지 않아도 평소의 마음가짐으로 충분히 실천력을 발휘할 수 있다고 믿게 된다.

어렵다고 생각하기 때문에 어려운 것이다. 할 수 있다고 생각하고 먼저 일주일만 해보자. 일주일 동안 계획을 실천하는 일은 그렇게 어려운 일이 아니다.

1. 공부는 시험을 보는 그 순간까지 페이스를 유지해야 한다. 이를 위해서 자신을 유혹하는 온갖 방해요소를 하나하나 파악한 다음, 미리 예방책을 준비한다.

▶ 컴퓨터　　　　　　　　　　▶ 텔레비전

▶ 엠피포MP4 플레이어　　　　▶ 휴대전화

▶ 친구　　　　　　　　　　　▶ 마음에 들지 않는 선생님

▶ 부모님과의 갈등　　　　　　▶ 아이돌 그룹

▶ 기타

2. 어느 정도 계획하고 실천하는 데 자신감이 붙었다고 방심하는 순간 다시 원위치한다는 점을 명심하자.

바이러스의 유혹
아! 미치겠다. 저것들을 어떻게 포기할 수 있어. 공부를 포기하는 게 빠르지. 달라질 건 아무것도 없다는 거 잘 알잖아. 그러니까 괜히 힘 빼지 말라고.

천사의 충고
진짜 새로운 생활이 너를 기다리고 있다고. 한번 상상해 봐. 주변 친구들도 부러워할걸. 그건 그렇게 힘든 게 아니야. 시간만 제대로 활용하는 계획을 세우고 실천하면 그만이라고. 알지?

Step 3 통과 자가진단

• **Before** 공부를 열심히 하려면 놀지도 말고 자는 시간도 줄여야 한다는 말이 여전히 마음에 걸린다. 그렇게 하지 못하는 자신이 정말 열심히 공부하려면 정신을 차려야 한다고 생각한다.

• **After** 공부에 대한 거부감으로 인해 자꾸 공부를 미루게 되고 그것이 습관이 되어버린 너! 너의 행복을 빼앗아가는 습관의 굴레에서 벗어날 때가 되었다고 스스로 생각한다. 습관이 달라져 힘든 것도 행복의 과정이라고 생각한다.

■ 한국식 실천하기 어려운 공부 : 평소에는 미루다가 부담이 커진 다음에 하는 공부

□ 핀란드식 실천하기 쉬운 공부 : 평소 꾸준히 하기 때문에 부담을 거의 느끼지 않는 공부

핀란드식 공부원칙

1. 공부에 대한 부담을 키울수록 실천하기는 어려워진다.

▶ 그날 해야 할 공부를 그날 하고 주말에 다시 반복 확인학습을 한다. 미루면 미룰수록 시험기간의 부담만 늘어난다.

▶ 미루었다가 한꺼번에 해치우려는 욕심이 습성이 되면 무리한 계획을 세우게 되고 결국 강한 의지 없이는 해결할 수 없는 상황에 이르고 만다. 계획을 포기하는 순간 남는 건 자괴감과 압박감뿐이다.

2. 두뇌가 싫어하는 공부를 피하자.

▶ 그냥 계획만 세우는 것이 아니라 자신이 해야 할 일을 구체적으로 정리한다.

▶ 공부계획의 세 가지 모델

• 시간중심 정해진 시간을 채워야 한다는 부담감이 작용하면 실천력이 떨어진다.

• 분량중심 정해진 분량을 모두 해야 한다는 부담감이 작용하면 실천력이 떨어진다.

• 과제중심 정해진 과제만 해결한다고 생각하면 실천력이 올라간다.

3. 부담이 커지는 공부를 피하자.

▶ 토요일이나 일요일 또는 휴일 오전을 제대로 활용할 수 있는 계획을 세운다.

▶ 시간이 흐를수록 공부 부담은 커지게 마련이다. 수업과 자습을 연결하여 공부한다.

4. 숙제를 공부로 바꿔보자. 숙제를 공부로 활용하자. 숙제와 공부는 다른 것이 아니다. 숙제 따로 공부 따로 해야 할 이유가 없다. 숙제를 공부로 활용하면 실천력의 효율이 높아진다.

5. 공부를 방해하는 한국식 바이러스에 백신을 준비하자.

▶ 자기관찰 일기를 쓴다.

  • 열심히 하겠다는 마음의 변화를 기록한다.

  • 공부하고 싶지 않았을 때는 언제인가? 왜 그런가? 해결책은 무엇인가?

  • 공부하고 싶은 마음이 들었을 때는 언제인가? 왜 그런가? 지속하는 방법은?

▶ 실천하고 싶은 마음을 북돋아주는 의욕충전제를 준비한다.

  • 성공한 사람들의 자서전이나 롤모델의 이야기를 읽으며 마음을 다잡는다.

국어(언어영역)

▶ 읽기 능력

  • 그날 공부한 내용 중에서 가장 관심이 가는 글의 한 단락을 정한 후 문단별로 중심문장에 밑줄을 긋고 핵심어를 표시한 다음 내용을 요약해 본다.

▶ 어휘와 어법

  • 그날 공부한 내용 중에 나오는 어휘, 한자, 고사성어 중 어렵게 느껴지는 것을 5개씩 고른 후 사전을 찾아 정리한다.

- 맞춤법이나 띄어쓰기가 헷갈리는 부분이 나오면 그때그때 정확한 용법을 찾아서 정리한 후 시험공부할 때 다시 총정리한다.

수학(수리영역)

▶ 스도쿠나 도형퍼즐 또는 연산문제를 매일 10분 이상 한다.

▶ 수학의 각 단원별 핵심 개념어를 목록으로 만들고 중요한 부분은 빈칸으로 처리하여 그곳에 들어갈 말이 무엇인지 기억해 본다.

영어(외국어 영역)

▶ 그날 공부한 내용 중 어렵게 느껴지는 구문 3개를 별도로 정리하여 시간 날 때마다 공부한다.

▶ 그날 공부한 내용 중 새로운 어휘와 숙어 3개를 정해 예문과 함께 정리한다.

불안을 떨치는 2:8 법칙

실천할 수 있는 공부를 먼저 해서 공부에 대한 부담감을 던다.

20% : 무리를 느끼지 않는 공부를 먼저 시작해서 실천할 수 있다는 자신감을 가지게 한다.

80% : 할 수 있다는 20%의 자신감이 80%를 이끄는 원동력이 된다.

잠을 줄였다

눈꺼풀이 내려앉는다

어려운 문제를 푼다

어렵다

하기 싫다

문자 한 번만 보냈으면

게임 한 판만 했으면

나는

유혹에 흔들리는 갈대

갈대는 흔들려도 넘어지지 않는데

나는 흔들릴 때마다 넘어진다

나는 아무것도 할 수 없는 것일까

아니면 나는 할 수 없는 것만 했던 것일까

나는 이제 알았다

나는 내가 할 수 없는 것을 강요받았다는 것을

제3장

천재를 따라하는 건 미친 짓이다

집중력 강화 프로젝트

레오나르도 다빈치와
달걀 한 판

무선마우스의 버튼을 눌렀다. 화면엔 달걀 한 판이 나타났다.

"자! 다음 그림을 보시죠."

다시 마우스를 눌렀다. 이번엔 모나리자가 나타났다.

"모나리자와 달걀은 무슨 상관이 있을까요?"

다시 마우스를 눌렀다. 이번엔 레오나르도 다빈치의 얼굴이 화면에 나타났다.

"달걀과 모나리자. 이 둘의 공통점은 바로 레오나르도 다빈치입니다. 레오나르도 다빈치가 어린 시절 미술을 배울 때 그의 스승은 매일 달걀을 그리게 했답니다. 레오나르도 다빈치는 매일 똑같은 달걀을 그리는 게 싫었지요. 그런데 어느 날 스승이 말합니다. '모든 달걀의 모양이 같은가?' 그때 레오나르도 다빈치는 스승의 가르침을 깨닫게 됩니다. 그리고 결국엔 모나리자 같은 명작을 완성할 수 있게 되는 겁니다. 자, 그럼 다음 그림을 한번 보세요."

피디의 모습이 왠지 떨떠름해 보였다. 학습법 강의 중에 난데없이 그림을 보여주고 있으니 그럴 만도 했다.

"이 그림을 한번 보시죠. 어떻습니까? 도화지에 직사각형 몇 개 그려 놓고 여기저기 색칠한 단순한 그림이죠. 여러분들 중에는 '저런 그림은 나도 그리겠어.' 하고 말하는 사람도 있을 겁니다."

나는 학습법과 그림이 다르다고 생각하지 않는다. 세상의 모든 것들은 자세히 들여다보면 서로 연결되어 있다. 그 연결고리를 보지 못하는 것일 뿐, 이것은 저것과 연결되어 있고 이것의 원리는 또 저것의 원리와 다르지 않다. 나는 속으로 미소 지으며 이야기를 이어나갔다.

"누구나 그릴 수 있을 것 같은 이 작품, 작품이라고 하니까 왠지 거창하게 느껴지지요? 맞습니다. 이 그림은 몬드리안의 명작입니다. 몬드리안이라는 대가가 그린 명작이라는 소리를 들으니 약간 마음이 달라지죠. 그럼 다시 한번 보세요. 그래도 저는 '저런 그림은 나도 그리겠다.' 하는 마음이 떠나지 않네요."

카메라 감독도 그렇게 생각하는 눈치였다. 무엇을 행함에 있어서 그곳에 도달하는 길은 닮아 있게 마련이다. 나는 공부를 공부로만 설명하고 싶지 않았다. 이미 공부에 머리가 아플 대로 아파 있는 사람들에게 또다시 공부이야기로 공부를 말한다는 것은 너무 가혹하다.

"하지만 만일 여러분이 이런 그림을 그린다면 아무도 거들떠보지 않을 겁니다. 왜일까요? 똑같은 그림인데 왜 사람에 따라 다른 평가를 받게 되는 걸까요? 이번엔 추상화를 생각해 볼까요? 추상화는 이해하기 참 힘듭니다. 우리가 보기엔 아무렇게나 칠해 놓은 그림인데 사람들은 명작이라고 받들며 값을 매길 수 없는 그림이라고 합니다."

나는 잠깐 뜸을 들였다.

"몬드리안과 우리에게는 커다란 차이점이 있습니다. 처음 미술을 배울 때, 우리는 선 긋는 연습부터 합니다. 그리고 스케치와 소묘를 배우고 데생을 합니다. 그런 다음에 색을 칠하게 되지요. 몬드리안도 마찬가지로 처음에는 선 긋는 방법을 배우고 스케치하는 연습을 했습니다. 처음부터 추상화를 그린 것이 아닙니다. 그런 연습이 있고 나서 몬드리안은 내면의 정신세계를 표현한 추상화를 그린 겁니다. 지금 우리가 볼 때는 이 그림이 단순한 색을 사용한 직사각형 몇 개로 보일지 모르지만 그는 엄청나게 생각하고 고민한 후에 자신의 생각과 신념을 표현한 것입니다. 어떤 미술가는 말합니다. 하얀색은 순결함을, 그 위에 가로로 그어진 선은 수평선을, 그리고 수직선은 모든 서 있는 것을 대표한다고 말입니다. 그리고 그 수평선과 수직선이 만나 우리가 사는 세상을 표현한다고 하죠."

몬드리안의 그림에 그런 의미가 있다는 걸, 사실 나는 알지 못했다. 적절한 비유를 찾다 보니 추상화가 눈에 들어왔던 것이다. 이제 이 추상화와 공부가 어떤 관계가 있는지를 말해야 할 때다. 눈앞에는 마칠 시간을 알리는 등이 윙크를 하듯 깜박거리고 있다.

"우리는 공부를 하면서, 선을 긋고 스케치를 하고 정물을 그리는 과정을 건너뛰려고 합니다. 바로 추상화를 그리고 싶어하죠. 추상화는 마음대로 붓질 몇 번 하면 된다고 생각하기 때문에 나도 똑같은 추상화를 그릴 수 있다고 믿습니다. 하지만 우리는 화가가 그 그림을 그리기까지 어떤 준비를 했는지, 어떤 과정을 거쳤는지는 생각하려 하지 않습니다. 그건 마치 우리가 전교 1등이 보는 책을 보고 전교 1등이 하는 방법대로 공부하면 무조건 성공한다고 믿는 것과 같습니다. 하지만 전교 1등은 1등이 되기 위해 차근차근 자신의 길을 밟아왔을 겁니다. 먼저, 내가 어디에 있는지를 알아야 합니다. 내가 선을 긋는 위치에 있는지, 스케치를 하고 있는지, 데생을 하고 있는지. 그리고 그 과정을 충실히 해야 다음 단계로 넘어갈 수 있다는 사실을 알아야 합니다. 또한 화가가 추상화만을 그리는 것은 아닙니다. 어떤 사람은 추상화를 그리지만 어떤 사람은 유화를 그리고 또 어떤 사람은 수채화를 그립니다. 우리 모두가 추상화를 그리는 것이 아닌 것처럼 전교 1등이 된 과정과 나의 과정이 같을 수도 없습니다. 내가 서 있는 위치에서 내가 감당할 수 있는 만큼만 걸어가면 공부는 반드시 성공할 수 있습니다. 내가 할 수 있는 것을 할 때, 두뇌는 집중하게 됩니다. 의지로 추상화를 그릴 수 없다는 것, 그렇게 그린 추상화는 아무런 의미가 없다는 것을 꼭 기억해야만 합니다."

잠시 말을 중단했다. 이제 마지막 말을 해야 할 때가 왔다.

"데생도 하지 않고 추상화부터 그리고 싶은 욕심! 바로 그 욕심이 공부를 할 수 없게 만듭니다. 집중력을 흩뜨리고 공부하고 싶은 마음을 없앱니다. 공부를 망치는 바이러스의 또 다른 이름, 그건 바로 여러분 마음속에 자리 잡은 욕심입니다."

마지막 말을 마치고 나는 길게 숨을 쉬었다. 조명 때문인지 등줄기에 땀이 흐르고 있었다. 이런 이야기를 한 데에는 또 다른 이유가 있었다. 요즘 많은 학생들은 내게 집중력에 관한 질문을 던진다. 물론 대부분 학생들은 자신이 마주친 어려움이 집중력과 연관되어 있음을 알지 못하는 경우도 많다. 공부를 하면서 반드시 만나게 되는 세 번째 관문, 그것이 바로 산만함과의 싸움이다. 많은 학생들은 공부도 하고 싶고 계획도 무리하게 세우지 않았는데, 참을 수 없는 산만함 때문에 공부에 대한 흥미를 다시 잃어간다고 했다.

그러나 산만함을 만드는 것은 자신의 집중력보다는 주위 환경의 영향이 더 크다. 핀란드의 학생들 대부분은 자신이 산만하다고 느끼지 않을 것이다. 그건 무리할 필요가 없기 때문이다. 하지만 우리는 다르다. 우리는 무리한 욕심을 강요당하고 있다. 무리하게 욕심을 내다 보니 될 것도 안 된다. 그리고 그건 또 치열한 경쟁 때문이다. 그러나 그건 또한 집중력을 약화시키는 부메랑이다.

생각해 보라. 욕심이 생긴다. 마음이 급하다. 그럼 천천히 보고 이해하려고 하지 않는다. 마음이 급하니 책장을 넘기는 속도가 빨라진다. 왜 틀렸는지를 생각하지 않고 답만 맞춘다. 마음만 급했지 정작 제대로 공부한 것이 없다. 성적도 안 나오고 공부는 점점 더 재미없어진다. 몇 장 보다가 시계를 보고 몇 줄 읽다가 문자메시지를 보내고, 결국 끝없는 산만함으로 빠지고 만다. 그 원인이 다 어디에 있느냐, 그건 무리한 욕심과 경쟁에 있다.

핀란드 학생이 욕심을 내지 않는 것은 공부가 다른 친구와의 경쟁이 아니기 때문이다. 내가 해야 할 것을 해야 하는 게 공부지 다른 친구를 이기는 것이 공부가 아니기 때문이다.

우리는 어떠한가? 집중력이 약하다고 약을 먹고 기계를 산다. 그건 쓸데없는 일이다. 집중력을 강화시키고 싶으면 근본적인 문제를 치료해야 한다. 답은 핀란드 학생에게서 찾을 수 있다.

중요한 것은 자신의 공부를 하는 것이다. 자신의 페이스를 유지하는 것이란 말이다. 먼저 다른 친구와의 경쟁이 아니라 내가 해야 할 것이 무엇인지를 확실히 알아야 한다. 마음을 급하게 먹지 말고 차근차근 해나가야 한다는 것을 잊지 말아야 한다. 중요한 것은 자신과의 경쟁이다.

아! 뻴퀸을 어찌 하오리까

"짜증나고 싫고 피하고… 특히 수학에서 그런 것들이 심했는데,
그런 것들이 저를 몰라서였어요.
요즘은 특히 수학이 좋아졌습니다." - 김민정

"난 아무래도 아닌 거 같아."

"뭐가 아니야. 분명하다니까. 왜 내 말을 못 믿어!"

"못 믿는 게 아니라……."

"와! 산삼을 앞에 놓고도 보는 눈이 없으면 도라지로 착각한다더니. 나래야! 이건 도라지가 아니라 산삼이야. 산삼이라고."

길을 오르며 나래는 친구와 옥신각신하고 있었다. 그 친구는 다름 아닌 뻴퀸이었다.

"그래, 알았어. 그러니까 확인을 해보자고."

나래는 뻴퀸을 달래고 있었다.

나래가 사무실에 오게 된 사정은 이랬다. 나래는 뻴퀸에게 계획을 세워 공부하는 방법을 알려주었고, 나래의 이야기에 뻴퀸은 누구보다 기뻤다. 사실 뻴퀸도 자신의 문제 때문에 고민이 적지 않은 터였다. 그로

부터 뻴퀸과 나래는 함께 계획에 맞춰 공부하기로 했다. 그런데 지금부터 일주일 전이었다.

“빵!”

교실 문이 세차게 열렸다. 아이들의 눈이 모두 문으로 향했다. 보무도 당당하게 뻴퀸이 교실로 걸어 들어왔다. 트로피를 들듯 수첩을 들고 들어오는 뻴퀸의 모습은 마치 개선장군 같았다.

“뻴퀸이네!”

아이들은 뻴퀸의 등장에 그다지 신경 쓰지 않는 눈치였다. 뻴퀸도 그런 아이들을 신경 쓰지 않았다. 뻴퀸은 바로 나래에게 다가왔다. 뻴퀸의 행동은 첩보영화의 주인공처럼 은밀했다.

“나래야!”

“응. 왜? 무슨 일 있어?”

“오늘 대박 났다. 빨랑 나와봐. 수첩이랑 볼펜 챙기고.”

대답할 사이도 없이 뻴퀸은 나래의 손을 잡고 일어섰다. 엉겁결에 나래가 일어나 뻴퀸을 따라갔다. 나래와 뻴퀸이 나가자 교실에서는 실소가 터져나왔다.

“킥킥. 뻴퀸이 오늘도 한 건 했나보다.”

“킥킥킥.”

뻴퀸과 나래는 학교 벤치에 앉았다. 뻴퀸이 다짜고짜 말했다.

“지금부터 내가 말하는 거 빨리 받아 적어.”

“어어, 그래.”

나래는 엉겁결에 메모지를 펴고 볼펜을 쥐었다.

"자, 먼저 수리영역. ○○출판사, □□. ◇◇출판사, ☆☆☆. 다음 언어영역. ××출판사, ◉◉◉, ……."

뻴퀸은 쉬지 않고 참고서와 문제집 이름을 불렀다. 나래가 다 받아 적고 나니 손목이 시큰거릴 정도였다.

"근데 이게 다 뭐야?"

나래의 물음에 뻴퀸이 손가락을 입술에 갔다대었다. 조용히 하라는 신호였다.

"쉿. 내가 이걸 어떻게 입수했는데. 날아가는 참새도 못 듣게 해야 돼."

나래는 가만히 고개를 끄덕였다.

"이게 뭐냐면, 너 우리 학교 외계인이 누군지 알지?"

나래는 고개를 갸우뚱거렸다.

"나 말하는 거야?"

"아이참, 너는 그쪽 방면 외계인이 아니지. 전교 1등 말이야. 너 전교 1등이 누군지 알지?"

나래는 가만히 고개를 끄덕였다. 뻴퀸이 다시 속삭였다.

"이게 바로 그 외계인이 보는 참고서랑 문제집이야. 내가 이거 입수하자마자 너한테 온 거라고. 아, 가슴 떨려."

"으응. 뭐라고?"

"쉿, 조용히 하라니까."

뻴퀸이 다시 나래의 입을 막았다.

"자, 이따 같이 가서 이 참고서랑 문제집을 사는 거야. 그리고 우리도 전교 1등이 되는 거지. 아니야. 전교 1등 하면 아이들이 외계인이라고 놀릴 테니까, 우리는 전교 10등만 하자. 너는 10등, 나는 9등. 하하하."

나래는 뻘퀸의 모습이 의아했다. 하지만 뻘퀸이 애써 입수해 온 전교 1등의 비법이라니 무시할 수 없었다. 그날 나래와 뻘퀸은 참고서와 문제집을 전교 1등과 같은 것으로 바꾸었다. 그런데 문제는 그후부터 시작되었다.

"아, 이거 너무 어려워."

"음. 조금 어렵긴 하다. 안 되겠다. 나는 조금 쉬어야겠어. 네가 9등 해라. 나는 10등으로 만족해야겠어."

같이 열심히 공부하기로 한 뻘퀸이 먼저 엎드려 잠이 들어버렸다. 나래는 다시 책을 펼쳤지만 도무지 눈에 들어오지 않았다.

"아! 도무지 못하겠어. 정말 나는 어쩔 수 없는 건가?"

그 말과 함께 나래도 책을 덮었다. 그렇게 오늘에까지 이르게 된 것이다.

가랑이 찢어진 뱁새

오르막길에서 나는 집중력에 관한 문제를 다시 생각하고 있었다. 공부를 시작하는 사람들은 대부분 비슷한 단계를 거치는데, 어느 정도 시간이 지나면 사람은 욕심을 부리게 된다. 어떤 면에서 욕심은 좋은 것이다. 어떤 학자는 그것을 욕망으로 표현하기도 한다. 내가 지금 할 수 있는 일보다 더 많은 것을 할 수 있게 하는 것도 욕망이다. 하지만 지나치면 모자란 것만 못하다. 지나친 욕망이나 욕심은 오히려 자신을 망치게 한다.

공부는 과녁을 맞히는 것이다. 학생들은 그 과녁에 화살을 쏜다. 그러나 화살은 번번이 과녁을 벗어나고 만다. 명중은 쉽지 않다. 화살이 과녁을 비켜가는 첫 번째 이유는 조준을 잘못했기 때문이다. 조준을 잘못하면 화살은 엉뚱한 곳으로 날아간다. 두 번째 문제 역시 조준이다. 나는 분명히 과녁을 향해 쐈는데, 화살이 과녁을 비켜갈 때가 있다. 그것은 조준을 하면서 주위 상황을 염두에 두지 않았기 때문이다. 바람이 부는 날에는 바람의 방향과 세기를 고려해야 한다. 그것을 고려하지 않으면 화살은 또다시 빗나간다.

하지만 그전에 반드시 해야 할 일이 있다. 활시위를 당길 수 있는 힘을 먼저 길러야 하는 것이다. 10미터밖에 날리지 못하는 힘을 가지고는 아무리 조준을 잘해도 100미터 거리에 있는 과녁을 맞힐 수 없다. 그런데 많은 학생들은 처음부터 100미터 밖의 과녁을 맞히고 싶어한다. 그럼 조준이 잘되어도 화살은 날아가다 떨어지고 만다. 그러나 대부분의 사람들은 원인을 생각하기보다는 결과에 집착한다. 원인을 발견해서 고치면 될 것인데, 결과만 보고 지레 겁을 먹고 포기하고 자학하고 마는 것이다. 만약 과녁이 10미터 앞에 있다면 그 사람은 반드시 명중을 시켰을 것이다. 그럼 내 목표는 먼저 10미터 앞의 과녁이 되어야 하는 것이다. 10미터에서 20미터, 20미터에서 30미터, 이렇게 거리를 넓혀가다 보면 100미터 밖의 과녁을 명중시킬 수 있게 된다. 이것 역시 핀란드와 우리 교육의 차이점이다.

다시 핀란드로 돌아가보자. 우리는 처음부터 모두에게 무조건 100미터의 과녁을 맞히라고 한다. 그리고 맞히지 못하면 실패자라고 낙인을 찍는다. 하지만 핀란드에서는 학생마다 과녁의 거리가 다 다르다. 학생이 날릴 수 있는 거리에, 명중시킬 수 있는 과녁을 제공하는 것이다. 그래서 학생들은 명중의 기쁨을 맛본다. 그럼 더 먼 거리, 더 조그만 과녁도 맞히고 싶어진다. 그게 시너지 효과를 발휘하는 것이다.

공부를 잘하는 것이란 어쩌면 자신의 위치를 정확히 파악하는 것이다. 자신의 위치에서 해야 할 것들을 정확히 아는 사람은 공부에 성공할 수 있다. 하지만 자신의 위치를 잊고 욕심을 부리는 순간, 화살은 그 자리에서 떨어지고 만다.

이제 저만치에 벤치가 보였다. 언뜻 사람이 앉아 있는 게 보였다.

"어라, 오늘은 두 사람이네."

벤치에 가까워질수록 사람의 윤곽이 뚜렷해졌다.

"응, 나래구나. 그런데 한 친구는 누구지?"

그때 나를 발견한 나래가 손을 흔들었다.

나도 손을 흔들어주었다.

어느덧 벤치 앞에까지 이르렀다. 나래는 반갑게 인사를 하고는 친구를 돌아보았다.

"뻴퀸! 너도 인사해."

뻴퀸이라고 불린 친구가 부스스 일어나 인사를 했다.

"안녕하세요. 저는 아름이예요."

"아름아! 너는 뻴퀸이 훨씬 잘 어울려."

"아니거든. 뭐 뻴퀸이 싫진 않지만. 그래! 뻴퀸이라고 하자, 뻴퀸."

둘의 대화에 내 인사는 묻혀버리고 말았다.

"선생님 말씀 많이 들었어요. 존경합니다."

갑자기 뻴퀸이 공손하게 인사해 온다. 별명처럼 재미있는 캐릭터였다. 뻴퀸이 다시 말을 이었다.

"이렇게 선생님을 뵙고자 하는 것은 다름이 아니오라 나래가 저의 비법을 무시하기 때문입니다. 선생님의 고견을 듣고자 하옵니다."

뻴퀸이 다시 고개를 숙여 인사를 했다.

"뻴퀸. 이제 뻴짓 그만해!"

“아, 알았어.”

나래의 말에 뻘퀸의 태도가 금세 바뀌었다. 뻘퀸이 말을 시작했다.

“글쎄, 선생님. 이게 말이 되나요? 제가 전교 1등이 보는 참고서와 문제집 정보를 입수했거든요. 그래서 그 참고서와 문제집으로 같이 공부를 했죠. 그런데 공부가 쉽지 않은 거예요. 선생님도 아시겠지만 공부가 뭐 그렇게 쉬운가요? 그렇게 쉬우면 누구나 전교 1등 하죠. 그러니까 어려운 건 당연한 거다, 그래도 전교 1등이 보는 책 아니냐, 그러니 우리도 따라서 공부하다 보면 1등은 아니어도 9등, 10등은 할 거다. 제가 이렇게 얘기했죠. 그런데 나래가 제 말을 안 듣는 거예요. 이건 아니다, 이 책은 나한테 맞지 않는다, 이러쿵저러쿵. 그래서 결국 여기까지 온 겁니다.”

뻘퀸은 쉬지 않고 이야기를 이어나갔다. 듣는 내가 숨이 찰 정도였다. 그때 나래가 다시 이야기를 시작했다.

“그게 아니라, 그 책이 좋은 건 알겠어. 그런데 그 책을 보고 나서부터 공부하고 싶은 마음이 싹 가셨다니까. 책이라는 게 아무리 좋아도 보고 싶어야 공부를 하지. 그런데 이 책은 도무지 공부하고 싶지 않고 나한테 좌절만 안긴다니까. 내가 이렇게 못났구나, 이런 문제 나는 못 푸는구나. 나는 전교 1등 책 보면서 좌절감만 쌓였다니까.”

나래가 말하는 속도도 뻘퀸 못지않았다. 나는 둘의 대화를 통해서 상황을 짐작할 수 있었다. 그때 불쑥 나래가 무언가를 내밀었다. 나는 우선 둘을 진정시켜야겠다고 생각했다.

“자! 잠깐만. 우리 들어가서 이야기할까?”

나는 두 친구와 함께 사무실로 갔다.

오버하면 피똥 싼다

"제 스스로 한계를 느낀 것인지 공부에 대한 흥미도
예전 같지 않고 집중력도 점점 떨어지는 것 같아요.
너무 오버했나봐요." -김혜숙

"어머, 선생님. 오늘은 손님이 두 분이시네요."

유진이가 우리를 반갑게 맞아주었다. 나는 웃으며 유진이에게 인사하고는 탁자에 앉았다.

"애들아! 너희도 앉으렴. 어머, 이 학생도 피부가 좋네."

나래와 뻴퀸이 인사를 하고 앉았다. 앉자마자 뻴퀸이 다시 말을 시작했다.

"어떻게 그걸 무시할 수 있어요. 전교 1등의 비법이라는데. 그리고 이런 건 아무한테나 알려주는 것도 아니란 말이에요."

다시 나래가 말을 이었다.

"그런데 참 이상하죠. 그렇게 한 이후부터 공부가 다시 싫어지려고 해요. 아! 나는 바보인가봐요."

그러자 뻴퀸이 다시 말을 거들었다.

"아니야. 우리가 외계인과 같아진다는 것 자체가 말도 안 되는 거지. 우리는 바보가 아니라 정상인 거야."

뻴퀸은 전혀 기죽지 않았다. 기가 죽은 건 오히려 나래였다. 그렇지만 바보 같다고 이야기하는 나래는 그나마 나은 편이다. 어떤 학생은 나와 많은 이야기를 함께 나누고 나서, 다시 찾아올 때는 처음 상태로 돌아가 있기도 한다. 나와 이야기하면서 문제점을 파악하게 되었지만 주위의 모든 것들이 그것을 원점으로 돌려놓기 때문이다.

사실 나래는 자신의 강점을 잘 살리지 못하고 있었다. 나래는 핀란드식 교육의 경험을 가지고 있다. 그때 나래는 무리하게 욕심을 내서 스스로를 산만하게 만들지 않았을 것이다. 하지만 한국식 공부의 욕심바이러스는 그런 핀란드의 경험을 완전히 무장해제시킬 만큼 강력한 것이었다. 그건 마치 컴퓨터의 바이러스와 같다. 아무리 좋은 컴퓨터도 바이러스에 감염되어 시스템에 문제가 생기면 제 기능을 발휘하지 못한다. 바이러스를 퇴치해야만 컴퓨터를 다시 쓸 수 있게 된다. 나래는 욕심바이러스에 걸렸고 그것을 치료해야만 하는 상황에 처해 있는 것이었다.

공부는 초조해해서는 안 된다. 초조해지면 귀가 얇아져 자신의 공부법을 의심하게 된다. 일단 의심이 시작되면 지금까지 쌓아왔던 것을 잃어버리는 것은 시간문제다. 또다시 학습법 책을 찾아보게 되고 누가 어떻게 공부하는지 기웃거리게 되며 다시 자신의 의지와 노력이 부족함을 한탄하면서 공부를 포기하게 되는 것이다. 무엇을 하든 자신을 잃지 않는 것, 바로 그것이 중요하다. 나래는 적어도 자신을 잃지는 않은 것 같다. 나는 뻴퀸과 나래를 반반 섞어놓으면 좋을 것 같다는 생각을 했다.

뻴퀸은 자신이 옳다고 믿으면 쉽게 바꾸지 않지만 너무 쉽게 그것을 옳다고 믿는 듯했다. 한마디로 귀가 얇았다. 나래는 생각을 많이 하지만 마음이 여렸다. 나는 두 사람이 알아듣기 쉽도록 공부가 아닌 다른 예를 들어 설명하기로 했다.

"만약 나래가 역도를 한다면 몇 킬로를 들 수 있을 것 같아?"

"네에? 역도라고요? 그런 건 생각해 보지 않았는데요."

"나는 한 20킬로그램? 아니, 너무 무겁나?"

나래와 뻴퀸의 대답은 역시 달랐다. 나는 다시 말을 바꾸었다.

"그럼 나래와 뻴퀸이 장대높이뛰기 선수라면 몇 미터를 뛰어넘을 수 있을 것 같아?"

나래는 갑작스럽게 내가 공부와 다른 질문을 하자 당황한 듯했다. 하지만 뻴퀸은 대화 그 자체를 즐겼다.

"뭐, 장대 높이만큼은 넘지 않겠어요?"

"말도 안 돼. 장대가 얼마나 높다고. 그런데 갑자기 그런 질문은 왜 하시는 거예요?"

"그야 역도나 장대높이뛰기가 공부와 관련이 있기 때문이지."

나래는 고개를 갸웃거렸다.

"그게 무슨 상관이 있어요? 공부는 머리로 하는 거잖아요. 역도, 장대높이뛰기라. 흠. 무슨 관련이 있는 것 같기도 하고……."

나래는 머쓱한 듯 머리를 긁적였다.

"상관이 있으니까 말씀하셨겠지."

뻴퀸의 말에 나는 고개를 끄덕였다.

"자, 그럼 이들이 무슨 관계인지 한번 풀어볼까? 나래는 역도 선수가 아니니까 역기를 들어본 적도 없겠지? 그래도 아주 가벼운 역기는 들 수 있을 거야. 그럼 조금 무거운 역기를 나래에게 들라고 하면 어떨까?"

"뭐, 한 번 시도는 해보겠죠. 하지만 힘들어서 곧 그만둘걸요."

나는 고개를 끄덕였다. 그리고 다시 말을 이어갔다.

"그럼 나래에게 장대를 주고 장대높이뛰기를 해보라고 한다면?"

나래는 주저하지 않고 대답했다.

"그건 못해요. 한 번도 해본 적이 없는걸요."

"맞아. 나도 그럴 거야. 역기는 어떻게 들어보겠지만 장대높이뛰기는 해본 적이 없으니까. 어쩌면 장대를 들고 뛰어가기는 할 수 있을지도 모르지. 그리고 그건 공부도 마찬가지야."

나래는 내가 하는 이야기에서 단서를 찾은 듯했다.

"그러니까 선생님 말씀은 해보지 않은 건 할 수 없다, 이런 건가요?"

나는 쓴웃음을 지었다. 이제 공부와 관련해서 설명해 주어야 한다.

"전교 1등의 문제집이라면 꽤 어려운 책일 거야. 초급이나 중급 수준을 뛰어넘는 난이도 있는 문제도 많을 테고. 나래나 뻴퀸이 보기에는 무리가 있겠지. 물론 그보다 더 어려운 문제집도 봤을 거야. 아주 어려운 문제들만 모아놓은 문제집 말이야. 아마 그런 문제집은 펼치기만 해도 머리가 아팠을 거야. 전교 1등의 문제집은 나래나 뻴퀸이 들 수 없는 역기와 같아. 어떻게 해보려고 하지만 결국 안 된다는 걸 알게 되지. 들어보려고 안간힘을 쓰면 쓸수록 힘은 더 빠지고 결국에는 '난 안 돼.' 하고 포기하고 말아. 아주 어려운 문제집은 어쩌면 장대높이뛰기 같은 것이야. 펼치는 순간 절망하고 말았을 테니까. 사람에게는 자신이 들 수 있는 무게가 있잖아. 다른 사람들이 무거운 걸 든다고 나도 처음부터 무거운 걸 들 순 없어. 잘못하면 역기를 들기는커녕 근육이 늘어나 병만 들고 말지. 전교 1등의 문제집도 그랬던 거야. 집중해 공부하려고 하지만 능력에서 벗어나 감당할 수 없는 범위의 것을 하려고 하니, 마음이 그것을 받아들이지 못한 거지. 두뇌는 자신이 감당할 수 없는 일을 시킨다고 생각하면 포기하려고 한단다. 그런 걸 모르고 억지로 힘만 쓴다고 공부가 되지는 않아.”

그때 뻘퀸이 내 말에 제동을 걸었다.

“하지만 공부에 욕심을 내는 게 나쁜 건 아니잖아요? 욕심을 내야 공부를 잘하게 되는 거 아닌가요?”

물론 욕심이 다 나쁜 것은 아니다. 좋은 욕심이 있고 나쁜 욕심이 있다. 공부도 마찬가지다. 나는 다시 이야기를 꺼냈다.

“공부를 잘하고 싶은 마음을 욕심이라고도 할 수 있지. 하지만 그 욕심 때문에 공부를 더 못하게 된다면 그건 나쁜 욕심이 아닐까? 예전에 어떤 학생을 상담한 적이 있어. 공부에 대한 욕심이 대단했어. 다른 친구가 진도 많이 나갔다고 하면 자기도 그만큼이어야 하고, 다른 친구가 어려운 문제 풀었다면 자기도 그 문제를 풀어야 했지. 그런데 문제는 말이야. 그 친구는 성적이 좋지 않았어. 그건 바로 욕심 때문이야. 다른 친구만큼 진도는 나갔지. 문제도 풀긴 했지. 그런데 그건 자신의 욕심을 채웠다는 허영일 뿐이었어. 제대로 소화한 건 하나도 없었기 때문이지. 만약 그 친구가 그런 욕심이 아니라 확실히 알고 천천히 내 페이스를 찾겠다는 욕심을 가지고 있었다면 그러지 않았을 거야. 많이, 빨리라는 욕심 대신에 자신에게 맞는 것을 하나씩 해야 한다는 욕심을 가져야 하는 것이었지. 말하자면 처음부터 너무 무거운 걸 들겠다는 욕심에 근육이 늘어나 아무것도 못 들게 됐다고나 할까."

나래가 고개를 끄덕이고는 다시 나를 바라보았다.

"전 제가 들 수 없는 무게를 들려고 했던 거군요."

"그렇지만 역도 선수는 다 들잖아요."

뺄퀸은 역시 공격적이었다.

"그래. 그런데 역도 선수가 태어나면서부터 역도 선수였을까? 그들도 처음엔 일반 사람하고 똑같았겠지. 처음엔 가벼운 역기도 들지 못했을 거야. 하지만 운동을 해서 근육이 쌓이면 더 무거운 걸 들 수 있게 되지. 그네를 한번 생각해 봐."

나는 손으로 그네의 움직임을 재연해 주었다. 처음에 조금씩 움직이던 그네는 횟수를 거듭할수록 더 높이 움직인다. 뺄퀸과 나래도 손으로 그네가 움직이는 모습을 따라했다. 나는 이야기를 이어갔다.

"그네는 한 번 발을 굴렀다고 해서 높이 올라가지 않잖아. 처음에 발을 굴러서 그네를 움직이게 하고는 움직인 그네를 계속 밀어주어야 점점 더 높이 올라가지. 그리고 그네가 어느 정도 높이 올라가면 이제 많은 힘을 줄 필요가 없어진단다. 이미 그네는 스스로 움직일 수 있는 힘을 가졌기 때문이지."

나래의 손이 높이 올라가 있었다.

"그게, 공부와 같다는 말씀인가요?"

나는 고개를 끄덕였다. 갑자기 무엇이 생각난 듯 나래가 자신의 머리에 꿀밤을 먹였다.

"맞아, 맞아. 이제야 생각이 나네. 그러니까 핀란드에서는 늘 제 수준에 맞는 워크북을 가지고 공부했어요. 보통 3단계로 나눠진 문제를 골라서 푸는데, 누가 높은 수준이냐 낮은 수준이냐 그런 거에는 전혀 관심이 없었거든요. 그냥 자기가 선택해서 풀면 됐거든요. 와! 그때 생각해 보면 내 집중력도 짱이었는데. 근데 이 모양이 되고 말았네요. 가만, 그렇지만 내가 집중력이 좋았던 적이 있었으니 지금도 희망이 있는 거네."

나래에게 핀란드의 공부 경험이 살아나고 있다는 것은 좋은 현상이었다. 나는 다시 말을 이었다.

"처음엔 많은 힘을 주어야 하지만 높이 올라갈수록 그네는 타기 쉬워져. 공부도 그렇지."

나래와 뻴퀸은 서로 얼굴을 보며 웃었다. 둘의 얼굴에는 미소가 번지고 있었다.

두뇌는 모두 회로로 연결되어 있다. 때문에 내 마음은 두뇌에 모두 읽히고 만다. 내 마음을 읽은 두뇌는 마음이 중요하게 생각하는 것에 집중한다. 자신의 생각은 속여도 두뇌를 속일 수는 없다. 사람의 두뇌는 더 알고 싶고 관심이 있는 쪽으로 자신의 집중력을 할당한다. 공부가 아닌 다른 내용에 관심이 더 많은 상태에서 공부를 한다는 것은 이미 집중을 포기한 것과 같다.

시험을 잘 봐야 하기 때문에 집중해야 한다고 생각하지만 내 마음이 음악을 듣거나 미니홈피를 둘러보고 싶어한다면 두뇌는 공부에 집중하지 않는다. 우리는 일상에서 이런 많은 일을 경험하고 있다. 독후감을 쓰기 위해 책을 읽으면 책에 집중하지 못한다. 등장인물의 성격을 글로 설명하라는 숙제를 하기 위해 영화를 보면 영화 보는 게 짜증난다. 대화를 할 때도 상대방에게 관심을 가지고 있으면 즐겁게 몰입할 수 있지만 그렇지 않다면 빨리 자리를 떠나고 싶어진다. 이것은 모두 두뇌가 집중하지 못하기 때문이다. 또한 공부에 대한 거부감이 강한 상태에서는 공부 외적인 것(시험과 성적)에 대한 관심이 높아질 수밖에 없다. 때문에 공부를 하는 의도를 중요하게 생각해야 한다. 왜 공부해야 하는지를 알게 되고, 공부하는 내용 자체를 알고 싶다고 여기면 두뇌는 쉽게 집중한다. 사람의 두뇌는 새로운 정보를 정말 좋아하기 때문이다.

우리 학생들이 집중하지 못하는 또 다른 결정적인 이유는 공부하는 내용이 아닌 시험에만 관심을 가지고 있기 때문이다. 여기에 아이러니가 있다. 시험에 관심을 가지면 두뇌는 공부하는 내용에 집중하지 않는다. 공부하는 내용에 집중해야 하는데 시험만 생각하니 공부도 못하고 시험도 못 보게 되는 것이다. 결과적으로 집중할 수 없는 두뇌를 가지고 집중하려 하니 집중을 못하는 것이다.

정말 집중해서 공부하고 싶다면, 왜 공부하는지 스스로 묻고 답해야 한다. 시험이 아니라 새로운 정보와 지식, 그리고 능력을 키운다는 의도를 가지고 공부해야 집중할 수 있기 때문이다.

공부혈전

"강의 듣고 나서 나에게 모자랐던 소위 2%를 채우기 위해
당장 두뇌 혹사를 멈추고 즐거운 마음으로
책을 대하니 또 다른 세상에 온 듯 합니다." -이석훈

나래가 조심스럽게 말했다.

"저, 뭐 하나 더 물어봐도 될까요?

"얘는 뭐, 이왕 왔는데, 궁금한 건 다 풀고 가야지."

역시 뻘퀸이 더 적극적이었다.

"너 그거 물어보려고 하지. '4당 5락'. 4시간 자면 붙고 5시간 자면 떨어진다."

나래가 고개를 끄덕였다. 나는 무얼 물어보려는지 짐작할 수 있었다.

"근데 이상해요. 잠을 덜 자고 공부하면 분명 조그만 성과라도 있어야 하는데, 그렇지가 않아요. 게다가 이걸 왜 공부해야 하는지 회의가 들어요. 그러면 몸이 가만히 있질 못하고 휴대전화를 만지작거렸다 딴 생각을 했다 음악을 들었다 연습장에 잔뜩 낙서를 했다, 이러고만 있는 거예요."

"맞아. 그런데 나는 참 이상해. 잠도 많이 자는데, 항상 그러는 건 왜일까?"

뻘퀸이 졸린 듯 턱을 고였다. 겉으로는 씩씩한 척하고 있지만 뻘퀸도 공부에 스트레스를 받고 있는 듯했다. 잠에 관한 오해는 꼭 풀고 가야 할 문제다. 사람들이 가장 많이 오해하는 요소 중 하나가 잠이기 때문이다. 사람들은 잠을 공부바이러스라고 의심한다. 아니, 잠은 이미 공부를 못하게 하는 주범으로 낙인찍혀버렸다. 하지만 내 생각은 달랐다.

"음. 나래의 말은 순서가 조금 틀렸어."

"예? 순서가 틀렸다니요?"

"잠을 안 자니까 피곤해서 그렇지."

엉뚱한 구석이 있지만 뻘퀸의 말에는 일리가 있다.

"공부를 왜 하는지, 호기심을 가지고 책을 보는 게 먼저라는 이야기야. 무조건 잠자는 시간을 줄이고 컨디션을 해쳐가면서 왜 하는지도 모르는 일을 하고 있는데 공부가 될 리 있나. 오히려 알고 있던 것도 잊어버리지. 보통 공부할 때, 시험에만 관심을 가지잖아. 지금 공부하는 내용이 중요한 게 아니라 시험 생각만 하고 있다고. 그런데 어떻게 공부에 관심을 가지겠어. 두뇌는 그때마다 딴짓을 하고 있어. 마치 수업시간에 딴 생각을 하는 것처럼 말이야. 수업시간에 앉아 있으니까 수업은 분명히 받은 거지. 근데 딴 생각을 하고 있었으니 수업이 끝나도 뭘 공부했는지 아무것도 모르잖아. 그것처럼 공부하는 내용에 관심을 갖지 않으면 두뇌는 다른 생각만 하게 된다고."

내 말에 뻘퀸이 박수를 치며 좋아했다.

"맞아요. 맞아. 수업시간만 되면 나는 홈피 꾸밀 생각에, 내 우상인 아이돌에게 무슨 선물을 줄까, 이런 생각만 하거든요. 사실은 공부하면서도 그랬지만요."

나래도 천천히 고개를 끄덕였다. 나는 좀더 쉬운 예를 들어주기로 했다.

"좋아. 오늘은 나래가 좋아하는 무협영화 이야기를 예로 들지."

나는 마치 옛날 변사가 무성영화를 중계하듯 이야기를 시작했다.

비바람이 부는 날이다. 나쁜놈이 최산만을 찾아왔다. 둘은 모두 고수다. 나쁜놈과 최산만은 서로를 마주보고 있다.

"최산만, 오랜만이군. 나는 네가 금메달을 가지고 있다는 걸 인정할 수 없다. 너처럼 산만한 놈에게서 반드시 금메달을 빼앗아 오겠다."

최산만은 나쁜놈을 보며 웃었다.

"하룻강아지 같은 놈. 너는 내 상대가 안 된다."

일체의 움직임도 없는 적막의 순간, 나쁜놈이 먼저 칼을 휘두른다. 최산만도 일생일대의 절학을 펼쳐 보인다. 검에서 나온 검기가 주위를 감싸는 순간, 이들의 눈에는 아무것도 보이지 않았다. 하지만 최산만의 무공은 나쁜놈을 능가했다. 나쁜놈은 순간 패배를 직감하였으나, 마지막 순간 쓰러진 것은 최산만이다. 결정적인 순간에 집중하지 못한 결과였다.

그 모습을 몰래 지켜보는 눈이 있었으니, 바로 최산만의 아들 최집중이었다. 최집중은 눈물을 삼키며 복수를 다짐했다. 하지만 최집중에게는 힘이 없었다. 그리고 최집중은 당시 딱삼초라는 별명으로 불렸다. 무엇이든 3초 이상 집중하지 못해 붙은 별명이다. 최집중, 아니 딱삼초는 당시 최고의 고수로 군림하던 이상한놈을 찾아갔다.

딱삼초는 이상한놈에게 최고의 무공을 가르쳐달라고 했다. 그리고 딱삼초와 이상한놈의 무공수련이 시작되었다. 딱삼초는 의지에 불타 빨리 최고의 무공을 가르쳐달라고 졸랐다. 하지만 이상한놈은 매일매일 기본자세와 기초적인 내공만을 가르쳤다. 진도가 늦게 나가는 것 같아 딱삼초는 재미가 없어졌다. 물론 딱삼초의 산만함도 수련에 많은 영향을 미쳤다. 재미가 없어지자 딱삼초는 왜 자신이 무공을 수련해야 하는지도 잊게 되었다.

그러던 어느 날, 딱삼초는 우연히 이상한놈의 무공비급을 발견하게 된다. 절세무공을 익히게 되었다고 좋아하던 딱삼초는 이상한놈에게 들킬 것이 두려워 화장실에서 비급을 익히기로 했다. 책을 펼쳐들고 비급을 익히려는 순간이었다.

"캑! 풍덩!"

딱삼초는 입에 거품을 물고 똥통에 빠지고 말았다. 그 소리를 들은 이상한놈이 나타났다. 코를 움켜쥐고 딱삼초를 꺼낸 이상한놈은 목욕을 시키며 말했다.

"이 바보 같은 놈아. 절세의 무학을 익히기 위해서는 기초가 튼튼해야 한다는 것을 왜 모르느냐? 기초는 한 번에 닦이는 게 아니란 말이다. 자세를 익히고 내공이 뒷받침되어야 한다. 게다가 너는 지금 왜 무공을 익혀야 하는지도 잊고 있지 않느냐? 항상 내가 왜 이것을 해야 하는지를 잊어서는 안 된다. 그래야 그것에 집중할 수 있는 것이다."

그날 이후로 딱삼초는 다시 무공에 정진하기로 마음먹었다. 이번에는 잠도 자지 않고 먹고 자는 시간까지 줄여가며 무공을 익혔다. 어느덧 경지에 올랐다고 믿게 된 딱삼초는 이상한놈에게 비무를 청했다. 그런

데 어찌된 일인지, 딱삼초는 전보다 더 처참하게 깨지고 만다. 그런 딱
삼초에게 꿀밤을 먹이며 이상한놈은 말했다.

"잠도 안 자고 연습한다고 무공이 높아지는 줄 아느냐! 최선의 몸 상태
에서 익힌 무공이 바로 자신의 것이 되는 줄 왜 모르느냐? 잠을 못 자서
피곤해 죽겠는데, 좋은 동작이 나오겠느냐? 졸린 상태에서 잘못된 동작
을 백번 하는 게 무슨 소용이냐? 점점 나빠지기만 하는데. 한 번을 연습
하더라도 최상의 상태에서 바른 동작으로 익히는 것이 중요하느니라."

딱삼초는 그때서야 모든 것을 깨닫고 마침내 고수가 될 수 있었다. 그
리고 아버지 최산만이 나쁜놈에게 빼앗긴 금메달을 찾아올 수 있었다.

"푸하하하!"

"맞아! 맞아!"

나래와 뻴퀸은 박수를 치며 좋아했다. 한껏 진지하게 이야기했지만
둘이 웃음을 터뜨리자 나도 웃음이 나왔다.

"선생님! 이야기 잘하시는데요! 저도 박수요."

유진이가 지나가다 박수 치는 시늉을 했다. 왠지 바보가 된 느낌이었
지만 기분은 나쁘지 않았다. 한참을 웃던 나래가 억지로 웃음을 참으며
이야기했다.

"그런 억지 무협영화가 어디 있어요? 도대체 제목이 뭐예요?"

"제목은 그러니까……. 음, 〈공부혈전〉."

나래는 또다시 웃음을 터뜨렸다.

"제목도 이상해요."

나는 고개를 갸웃거렸다. 딴에는 열심히 생각해서 만든 스토리인데,

뭐 그럴 수도 있겠다는 생각이 들었다.

"아! 이건 말이야, 무협영화를 가장한 공부에 대한 조언이야."

나래가 말을 이었다.

"그런데 이상한놈이 좀더 부드러웠으면 좋겠어요."

"으응? 그게 무슨 말이야."

뻘퀸을 보고 나래가 이야기했다.

"생각해 보니까 핀란드 선생님은 친절했던 것 같아. 문제를 풀거나 공부를 하다 너무 어려워서 질문을 하면 선생님이 수준에 맞는 걸 다시 찾아줬거든. 그러니까 질문하는 게 너무 당연했지. 그런데 한국에서 질문을 하면 '너는 이것도 못 하냐', '1년 다시 다니다 와라', '공부는 똥구 멍으로 했냐?' 이러면서 무안을 주잖아. 그러니까 오기와 욕심이 생기 잖아. '빨리 잘 해야겠다.' 이런 식으로 말이야. 정말 한국에서 공부하 기는 힘든 것 같아."

말을 마치고 나래는 한숨을 쉬었다. 한참 웃던 뻘퀸도 따라서 한숨을 쉬었다.

나는 다시 진지하게 이야기했다.

"걱정할 것 없단다. 이 이야기 속에는 집중에 대한 모든 진실이 숨겨 져 있단다."

'집중의 진실'이라는 말에 나래는 다시 진지해졌다.

집중의 진실

나래도 뻘퀸도 진실을 알고 싶어했다. 진실을 알고 싶어하는 사람의 눈빛은 밤하늘에 빛나는 별처럼 초롱초롱하다. 몽골의 초원에 누워 밤하늘을 바라보면 금방이라도 별이 비가 되어 쏟아질 것 같다. 그 쏟아짐은 마치 무언가에 대한 간절한 소망처럼 느껴진다. 나는 나래의 눈에서 간절함을 보았다. 스치듯 지나가는 눈빛이었지만, 알 수 있었다. 매일매일 시간은 계속 흐르지만 개인에게 의미 있는 시간은 한순간에 불과하듯 말이다. 나래는 다시 장난기 어린 웃음을 지으며 물었다.

"이야기에 숨어 있는 진실이라는 게 도대체 뭔가요?"

지금 나래는 마른 스펀지와 같은 상태일 것이다. 물을 주기만 하면 순식간에 모두 흡수해 버리는 스펀지처럼 나의 이야기를 받아들일 터였다.

"그 이야기에는 세 가지 비밀이 있단다."

"세 가지요? 그게 모두 집중과 관련이 있는 건가요?"

그렇다. 그 세 가지는 어떻게 집중하며 공부할 것인가에 대한 답이다.

"첫 번째는 딱삼초가 자신의 상태를 고려하지 않고 절세비급을 탐내기만 한 것, 두 번째는……."

"잠깐만. 그건 완전히 나잖아."

뻘퀸이 고개를 푹 숙였다. 그때, 나래가 내 말을 가로막았다.

"알 것 같아요. 첫 번째는, 그러니까 제가 어려운 문제집을 풀려고 한 것이죠. 딱삼초는 기초자세도 배우지 않았고 내공도 충분하지 않았어요. 그런데 절세비급을 배우려다 보니 주화입마에 빠졌죠. 자신의 수준에 맞는 무공을 연마해야 하는데 말이에요."

나는 환한 웃음을 지어 보였다.

"너희가 다시 공부에 흥미를 잃고 집중하지 못했던 이유는 전교 1등의 문제집 때문이지. 딱삼초의 절세비급이 너희에게는 전교 1등의 문제집이었던 거야. 수준보다 어려운 책을 고른 욕심이 집중력을 흩뜨린 거지. 사람이 공부를 하면서 집중력을 유지하기 위해서는 두뇌가 그걸 감당할 수 있다고 여겨야 해. 감당할 수 있다는 판단이 설 때, 두뇌는 그것에 집중하려는 시스템을 가지게 되지. 공부는 책의 내용을 그대로 옮겨오는 것이 아니란다. 공부를 하는 과정은 공부의 내용이 쌓여가는 과정이야. 너희의 지식이나 능력이 감당할 수 없는 문제에 접하게 되면 두뇌는 그 공부에 실패할 것이라 진단하고, 더 이상 실패할 일에 집중하지 않게 되지. 그러니까 나래는 자신의 수준에 맞는 책에서부터 공부를 시작해야 했던 거야. 그리고 또 한 가지는 그 책이 문제집이라는 데 있었어."

또 다른 문제를 지적하자 나래는 고개를 갸웃거렸다.

"그게 왜 문제라는 거죠?"

"맞아. 어려웠던 건 인정. 근데 문제집은 또 무슨 문제?"

나는 퍼즐을 끼워 맞추는 기분이었다.

"딱삼초는 자신이 왜 무공을 배우는지 잊어버리지. 무공을 배우는 이유는 생각지 않고 무공을 잘하게 되는 방법에 대해서만 생각했어. 그건, 지금 내가 왜 공부를 하는지 생각하지 않고 시험을 잘 보는 방법에 대해서만 생각하는 것과 같아."

나와 세 번째 대화를 나누고 있는 나래는 내 말의 의미를 이해하는 듯했다. 하지만 뻘퀸은 의문을 가졌다.

"왜 공부해야 하는지를 생각하는 게 중요한가요? 어차피 시험을 잘 보기 위해서 공부하는 거잖아요."

우리는 공부를 시험이라는 하나의 목적을 이루기 위한 수단으로만 생각한다. 시험이 끝나면 아무 쓸모가 없는 것이 공부라고 생각한다. 하지만 공부는 우리의 생활이다. 우리가 살아가면서 알아야 하는 것이 지금 공부를 통해 습득된다. 게다가 시험이라는 순간이 지나면 쓸모가 없어지는 공부를 과연 두뇌가 열심히 하려고 하겠는가? 나는 다시 차근차근 설명해 나가기로 했다.

"공부가 과연 시험만을 위해 필요한 걸까? 두뇌는 스트레스를 받으면 그것을 하지 않으려 한다는 것, 기억나니? 시험 때문에 공부한다고 생각하면 두뇌는 스트레스를 받아. 그럼 그것에 집중하려고 하지 않지. 하지만 재미있고 꼭 필요하다고 느끼면 두뇌는 열심히 하려고 해. 이때 가장 좋은 방법이 호기심이야. 시험만을 위해서 공부하면 절대 집중해서 공부할 수 없어. 이렇게 생각해야 해. 교과서는 우리가 살아가는 데 필요한 것을 알려주고 있다. 시험이 아니라 우리의 삶을 위해서도 공부는 해야 하는 거다. 그렇게 생각하고 공부를 한다면 내가 알아야 할 것이 무엇일까, 호기심이 생기지. 그럼 게임 방법을 익히듯, 중국영화를 보며 중국어를 알아가듯, 춤을 추면서 기쁨을 느끼듯 자연스럽게 공부에 집중할 수 있게 되는 거란다."

뺄퀸은 가만히 고개를 끄덕이지만 여전히 문제가 남아 있는 듯 보였다. 나래가 거들었다.

"하지만 그렇게 생각하는 건, 쉽지 않은 것 같아요."

나도 고개를 끄덕였다.

"그렇지. 이때 필요한 게, 처음 이야기했던 사랑, 애정, 관심 같은 거지. 나래는 교과서에 있는 내용이 자신을 괴롭히기 위해 만들어놓은 무슨 괴물처럼 느껴지지? 하지만 그 내용들은 나래가 살아가면서 다 쓸모가 있는 것들이야. 예를 들어 나래가 직접 시나리오를 쓴다고 생각해 봐. 나처럼 엉터리가 아니라 정말 멋진 시나리오를 쓰려면 지금부터 언어영역을 열심히 공부해야 할 거야. 그러면 사회에 나가서 회의를 할 때도 논리적으로 나래의 이야기를 풀어나갈 수 있을 거야. 수리영역도 마찬가지야. 이제 재테크의 시대 아니니. 수리에 대한 관념 없이는 재테크도 못할걸. 또 사회탐구는 나래의 교양이 될 테고. 지금 공부하는 내용이 내게 정말 필요한 것들이라는 생각이 들면 두뇌는 공부에 훨씬 잘 집중할 수 있어. 시험을 위해 공부하는 것이 아니라 내 멋지고 신나는 인생을 위해 공부한다고 생각해 보렴. 그렇게 되면 공부하는 내용 하나하나에 관심을 가지게 될 거야. 시험을 위해 빨리빨리 해치우는 공부가 아니라 제대로 알기 위해서 모르는 것이나 궁금한 내용을 찾아 하나하나 제대로 이해해 나가는 공부를 하게 되면 집중력은 자연스럽게 발휘되지.”

“내 꿈을 위해서 공부한다.”

나래 눈에 눈물이 글썽거렸다.

“나는 너무 오래 내 꿈을 잊고 있었어요. 내 꿈은 고고학자가 되는 거였어요. 중국어가 재미있었던 이유도 그거였어요. 전 고고학자가 되어 중국의 동북지역에서 우리의 고대유물을 발굴하는 꿈을 꾸고 있었거든요. 그런데 한국에 돌아오고 나서 그 꿈을 잃어버린 거예요. 역사도 재미없어지고 무조건 외우기만 하니까. 내 꿈을 위해서 하는 공부가 아니라 시험을 위한 공부만 했던 거예요. 아! 이젠 역사가 다시 재미있어질 것 같아요. 측량을 하려면 수학도 잘해야겠죠. 미술도 잘해야 하고, 사회도 잘해야 하고, 고고학자가 되어 국제세미나에서 발표도 하려면 언어도 잘해야 하고…….”

나래는 다시 꿈을 찾은 듯했다. 뻴퀸도 함께 박수를 쳤다.

“그래, 맞아. 내 꿈은 라디오 피디가 되는 거였어. 와! 그러려면 국어도 잘해야 하고 음악도 잘해야 하는데, 내가 왜 그걸 생각 못했지?”

나래와 뻴퀸은 서로 손뼉을 치며 좋아했다. 그러던 나래가 다시 급하게 물었다.

“알겠어요. 그런데 세 번째는 뭐죠? 더 이상은 없는 것 같은데.”

“세 번째는 바로 딱삼초가 무공수련을 위해 잠을 안 잔 거지.”

“그렇지만 열심히 하려면 시간을 투자해야 하잖아요.”

“맞아. 나는 잠을 좀 줄일 필요가 있어.”

뻴퀸이 한숨을 쉬며 말했다.

“그래. 잠을 너무 많이 자는 것도 좋지 않아. 하지만 잠을 너무 자지 않는 것도 좋지 않아. 아까 했던 4당 5락이라는 말, 나는 그 말을 이렇게 바꾸고 싶어. 5시간 멍 때리면 떨어지고 4시간 집중하면 합격한다. 이렇게 말이야."

나래는 아직도 납득이 되지 않는 눈치였다.

"이상한놈이 딱삼초에게 뭐라고 했니? 잠을 못 자서 피곤한 상태로는 아무 소용이 없다고 했잖아. 틀린 동작은 아무리 반복해도 소용없단다. 중요한 것은 정확한 자세로 정확한 동작을 해내는 거야. 그때 훨씬 더 큰 효과를 보게 되지. 공부도 마찬가지야. 사람들은 잠이 공부의 적이라고 생각하지만, 잠을 자지 않으면 공부한 내용을 두뇌 안에서 정리하지 못하거든. 게다가 몸이 피곤하고 눈앞이 가물가물하는데 책이 머리에 들어오겠니? 그건 그냥 시간 때우는 거야. 그러니 적당한 수면을 통해 몸과 두뇌의 컨디션을 유지할 수 있도록 해야 해. 그럼 공부에도 집중할 수 있게 된단다."

내 말이 끝나자 나래와 뻘퀸이 박수를 치며 말했다.

"알았어요. 무슨 얘기인지. 집중하지 못한 이유가 그거였군요. 좋아요, 좋아!"

"나도 알았어. 그랬구나."

박수를 치며 좋아하던 나래가 가방을 툭툭 치며 말했다.

"얘들아! 지금은 아니지만 내가 수준이 높아지면 꼭 너희들과 다시 만나게 될 거야. 그러니 잠시 쉬고 있으렴. 내가 핀란드에서 공부했던 것처럼 차근차근 수준을 높여서 너희를 만나러 갈게. 그동안 외롭다고 생각하지 말고 잘 기다리렴."

그런데 나래의 말에 뻘퀸이 한숨을 쉬었다.

"나도 정말 그랬으면 좋겠는데, 정말 그렇게 될까 모르겠어. 빨리빨리 달려도 따라가기 쉽지 않은데. 외계인과 나와의 거리는 점점 멀어지는 느낌이야. 도대체 어느 세월에 외계인들을 따라잡느냐고……."

어쩌면 뻴퀸의 걱정은 당연하다고 할 수 있다. 나는 다시 이야기를 시작했다.

"자신이 집중할 수 있는 수준에서 공부하는 게 가장 빨리 가는 거야. 처음엔 늦게 가는 것처럼 느껴지지만 그것도 욕심 때문에 그렇게 느껴질 뿐이라고. 전교 1등 외계인이라고 뭐 다를 것 같니? 전교 1등도 분명 한국식으로 공부하기 때문에 계속 집중하지 못하고 중간중간 멍 때리는 시간이 많단다. 지금은 비록 수준이 낮지만 집중력을 계속 유지하면서 천천히, 그러나 중간에 끊기지 않고 계속 공부를 이어나갈 수만 있다면 전교 1등 따라잡는 것도 사실 식은 죽 먹기라고 할 수 있지."

뻴퀸은 내 말에 감동을 받은 듯했다. 갑자기 뻴퀸이 벌떡 일어나더니 절을 하려고 했다.

"이 절을 받으시와요. 선생님."

나는 당황하며 뻴퀸을 일으켜 세웠다.

"아니야. 그럴 필요는 없어."

나래는 배시시 웃고 있었다. 뻴퀸도 웃으며 말했다.

"아니에요. 제가 하고 싶어서 그러는 거예요. 선생님은 제 공부의 비타민이에요."

나래와 뻴퀸은 그후로도 조금 더 이야기를 나누었다. 뻴퀸은 처음 듣는 내 이야기를 무척 재미있어했다. 공부에 대한 고민이 풀린 나래의 모습은 마치 거미줄에서 탈출한 나비 같았다.

핀란드 학생들의 집중력이 높은 이유는 관심 있는 주제를 공부하도록 하기 때문이다. 핀란드에서는 역사과목이라고 해서 구석기부터 현대에 이르기까지를 모두 공부하게 하지 않는다. 우선 관심이 있는 나라와 시대, 그리고 주제를 선정해서 집중적으로 알고 싶었던 내용을 알아가도록 한다. 알고 싶고 관심이 있는 내용을 공부하기 때문에 억지로 집중하려고 노력하는 것이 아니라 자연스럽게 집중력이 발휘되는 것이다.

과학 같은 경우에도 생활과 동떨어진 것이 아닌 주위에서 흔히 볼 수 있는 물과 같은 대상을 주제로 삼는다. 때문에 핀란드 학생들은 공부에 쉽게 관심을 가지고 집중할 수 있다. 그러나 우리는 정반대로 공부한다. 공부의 내용보다는 평가결과에 집착하기 때문에 바로 눈앞에 있는 공부에 집중할 수 없다. 때문에 우리는 정신력을 강조하게 된다. 하지만 두뇌가 집중을 거부하기 때문에 산만해질 수밖에 없다. 특히 평가결과에 따라 자신의 운명이 달라질 수 있다는 절박함이 없으면 계속 집중할 수 없게 된다. 이런 집중력이 바로 한국식 집중력이다. 그런 집중력은 평범한 학생들이 흉내 낼 수 없는 것이다. 문제는 바로 여기에 있다.

자연스럽게 집중할 수 있는 핀란드식 집중력을 활용하면 쉬울 텐데, 한국에서는 보통 학생들이 할 수 없는 어려운 집중력만을 요구한다. 때문에 한국 학생들은 자신을 탓하며 좌절하게 되는 것이다.

한국식 집중력
vs 핀란드식 집중력

"효율성 높은 공부가 무엇인지 알게 되었습니다.
집중할 수 있는 것을 집중하니 많이 편해졌습니다." -류재홍

대한민국의 교육 경쟁력은 핀란드를 따라가지 못한다. 공부를 잘하기 위해서는 집중력이 좋아야 한다. 그렇다면 이는 우리 학생들의 집중력이 핀란드 학생보다 떨어진다는 것을 의미한다.

한국식 집중력은 시험과 성적이다. 하지만 핀란드식 집중력은 내용이다. 시험과 성적만을 생각하면 마음이 급해진다. 마음은 급한데, 시험만 생각하니 두뇌는 딴짓을 한다. 그럼 더 마음이 급해져 책장만 빨리 넘기고 문제만 빨리 풀고, 그러다 보면 남는 것은 아무것도 없다. 때로는 급한 마음에 어려운 책을 본다. 성적을 올리고 싶어서다. 하지만 이건 정말 잘못된 전략이다. 생각을 해보자. 시험에는 어려운 문제만 나오는 것이 아니다. 알 만한 것만 확실히 알아도 웬만한 성적은 거둘 수 있다. 그런데 알아야 할 것도 모르면서 어려운 것만 찾다가 흥미를 잃고 만다. 결국 내 수준에서 할 수 있는 공부를 하면 재미도 있고 성적도 오

른다는 말이다. 그게 바로 핀란드식 공부다.

핀란드에서 중요한 것은 지금 공부하는 것의 내용이다. 공부하는 내용을 쉽게 이해할 수 있으니 흥미가 생기고 흥미가 생기니 공부가 잘된다. 그럼 조금씩 어려운 것을 만나도 이겨낼 수 있는 힘과 용기가 생긴다. 결국 우리의 공부가 악순환이라면 핀란드의 공부는 시너지의 연속이다.

이 문제의 책임은 학생들에게 있지 않다. 선생님이 주도하는 획일화된 주입식 수업에 집중해야 하는 한국에 비해 핀란드는 자신의 관심사를 찾아 공부하면서 선생님에게 도움을 청하고 지도를 받는다. 하지만 우리는 전국 단위 또는 학교 단위의 획일적 평가에서 무조건 좋은 성적을 거둬야만 한다. 그리고 성적이 나쁘면 실패자가 된다. 획일적인 평가가 없는 핀란드, 평가를 하는 것이 아니라 더 잘할 수 있도록 선생님이 도와주고 보완해 주는 곳이 핀란드다.

그러나 우리는 핀란드에서 공부할 수 없다. 때문에 우리는 스스로 길을 찾아야 한다. 그리고 그 방법은 자신의 마음, 공부하는 방법을 바꾸는 것으로 가능해진다. 핀란드 교육의 장점을 받아들여 나에게 적용해야 한다는 말이다. 사법연수원 최초 4.3점 만점을 받은 수석 졸업자는 성공의 비결이 '여유'에 있었다고 했다. 역대 단독 수능 만점자 3인의 이야기도 크게 다르지 않다. 그들은 욕심을 내는 것이 아니라 하나하나 차근차근, 그러나 제대로 공부하는 것을 만점의 비결로 꼽았다.

그렇다고 핀란드식 공부가 대단한 것도 아니다. 핀란드식 공부는 바로 두뇌의 원리, 과학적인 집중의 원리를 따를 뿐이다. 간단한 원리건만 그것을 아는 사람이 많지 않으니 내 가슴이 답답할 따름이다. 다시 한번 말하지만 집중의 핵심은 욕심과 의지가 아니라 공부에 대한 관심이다.

관심이 없는데 집중이 될 턱이 없지

관심이 있으면 집중력은 자연스럽게 발휘된다. 그러나 관심도 없고 알고 싶지도 않은 내용을 공부할 때면 잡념에 시달리면서 공부하게 된다. 공부 시간이 아무리 길어도 제대로 집중하지 못했다면 그 공부는 그냥 물거품처럼 사라지고 말 것이다.

- 시험에 대한 압박감이 없는 상황에서는 공부를 하려고 해도 잘되지 않는다.
- 공부를 하고 난 다음에 무엇을 공부했는지, 잘 기억나지 않는다.
- 뭔가를 배운다는 생각보다는 시험을 위해 공부한다고 생각한다.
- 공부를 시작하기 전에 무엇을 왜 공부해야 하는지 생각하지 않는다.
- 집중을 방해하는 최고의 적이 잡념이라고 생각한다.

- **4개 이상** 공부 바이러스에 중증 감염된 상태. 핀란드식 공부를 시도하지 않으면 공부를 중간에 포기할 확률이 높다.
- **2~3개** 공부 바이러스를 스스로 퇴치할 수 있는 상태. 공부 거부감 유발요인을 잘 찾아서 해결해야 성공 가능성을 높일 수 있다.
- **1개** 이미 핀란드식 공부를 하고 있는 상태. 주변의 훈수를 잘 물리치면 대부분 성공한다.

집중력 활용하기

Step 1 깨달음의 장

마음은 콩밭에 가 있는데, 몸은 책상에 있다. 집중하겠다는 의지만으로는 공부를 할 수 없다. 집중은 의지가 아니라 마음으로 하는 것이다. 의지는 마음을 이길 수 없고 딴 마음을 가지면 집중은 불가능하다.

Q 1: 수업 시작 전에 자신이 무엇을 공부하고, 왜 공부해야 하는지 생각해 본다면 어떻게 될까?

☐ 별 차이가 없을 것이다.

☐ 수업시간에 지금보다 잘 집중할 수 있을 것이다.

Q 2: 자습이나 수업시간에 이해되는 것과 그렇지 않은 것, 중요한 것과 중요하지 않은 것을 구분하면 어떤 차이가 있을까?

☐ 별 차이가 없을 것이다.

☐ 지금보다 잘 집중할 수 있을 것이다.

Q 3: 시험공부를 할 때, 결과에 상관없이 그냥 궁금한 것들만 찾아서 하나하나 제대로 이해하자는 생각을 가지고 공부한다면 어떻게 될까?

☐ 별 차이가 없을 것이다.

☐ 지금보다 잘 집중할 수 있을 것이다.

바이러스의 유혹

지겹고 따분한 거 하는 데 집중한다고? 그건 원래 안 되는 거야. 공부는 원래 지겹고 따분한 거야.

천사의 충고

정말 네 머리에는 문제가 없어. 그냥 이유도 모른 채, 무작정 공부를 해야 하기 때문에 산만해질 수밖에 없는 거라고. 이제부터라도 공부를 하면서 지겹거나 따분함을 느끼지 마. 행복할 수 있잖아.

- Before 어떤 일을 하더라도 정신만 똑바로 차리고 노력하면 집중할 수 있다고 생각한다.
- After 자신의 집중력이 나빠서가 아니라 시험을 잘 보려는 목적에만 집착한 결과 공부하는 내용에 관심을 가지지 못했던 것이 집중력 저하의 근본 원인이라는 사실을 알게 된다.

Step 2 경험의 장

몰입하는 순간 자신의 두뇌는 최고의 집중력을 발휘하게 된다. 자신의 존재조차 잊고 가장 강한 만족감을 느끼게 되는 그 순간이 집중의 절정이다. 공부에 집중력을 발휘하게 되면 누구나 가슴 뿌듯한 경험을 하게 된다.

몰입의 조건 1

▶ 아무런 이해관계 없이 그 일 자체에 관심을 가질 때, 두뇌는 몰입한다.

▶ 시험이 없다고 가정했을 때, 그래도 가장 하고 싶은 과목과 단원을 선정한다.

몰입의 조건 2

▶ 너무 쉽거나 너무 어려우면 몰입이 되지 않는다.

▶ 자신이 선택한 과목과 단원에 나오는 문제를 살펴보면서 체감 난이도를 상, 중, 하로 나눈다. 먼저 하를 어느 정도 푼 다음 난이도 중의 문제를 집중적으로 푼다.

몰입의 조건 3

▶ 바로 피드백을 해서 제대로 공부하고 있는 것인지 확인할 수 있어야 한다.

▶ 자신이 선택해서 푼 문제를 놓고 그 내용이 나오는 교재를 보면서 해설을 만들어본다. 그 다음 문제에 나오는 해설과 비교하면서 차이를 확인한다.

Step 2 통과 자가진단

- **Before** 집중은 머리가 좋은 애들이나 가능한 일이라고 생각한다.
- **After** 자신이 하고 싶은 일이라면 집중력을 걱정할 필요가 없는 것처럼 공부도 뭔가 알고 배우고 싶을 때 하면 자신도 강한 집중력을 발휘할 수 있다고 생각한다.

Step 3 실천의 장

집중할 수 있도록 만드는 것이 중요하다. 집중할 수 없는 상황을 만들고 자신을 탓하는 바보짓은 이제 그만두자. 다음과 같이 공부한다면 집중이 잘될까, 잡념에 시달리게 될까?

1. 평소에 관심 갖지 않았던 어려운 과목이나 내용도 학습목표를 통해 무엇을 왜 배워야 하는지 동기를 부여한다. 이유를 만들어 스스로 관심을 가지려고 노력하는 것이다.

Q : 무엇을 배워야 하는지 생각조차 하지 않고 그냥 하는 공부보다 집중이 잘될까, 안 될까?

☐ 잘된다.　　　　　　　　　　☐ 안 된다.

2. 공부하는 중간에 집중력이 흐트러지는 부분(이해가 되지 않거나, 너무 복잡하거나, 외워야 할 게 너무 많거나)이 있으면 일단 건너뛰고 집중이 되는 부분을 찾아 공부를 계속한다.

Q : 건너뛰는 것이 불안해서 계속 붙잡고 있는 것과 차이가 있을까, 없을까?

☐ 있다.　　　　　　　　☐ 없다.

3. 집중력이 떨어진다는 느낌이 들면 눈을 감고 심호흡을 하면서 공부에 집
　 중하고 있는 자신의 모습을 상상한다.

Q : 그 상태에서 그냥 공부를 강행하는 것과 차이가 있을까, 없을까?

☐ 있다.　　　　　　　　☐ 없다.

바이러스의 유혹

뭐? 중간에 빼먹는다고? 안 돼. 시험범위 정해지면 무조건 처음부터 밀고 나가는 거야. 중간에 안 되면 어떻게 하냐고? 왜 그러셔, 아마추어같이. 우리에겐 포기가 있잖아.

천사의 충고

아무리 많이 공부하더라도 집중하지 못하면 헛수고라는 걸 알잖아. 우선 집중할 수 있는 것부터 하나하나 차근차근 해나가면 돼. 나중에 다른 것도 충분히 할 수 있으니까 걱정하지 마.

Step 3 통과 자가진단

• Before 공부하면서 잡념이 생기면 극복해야 한다고 생각한다.

• After 공부에 집중할 수 있도록 미리 준비한 후 공부하면 잡념이 거의 들지 않는다는 사실
　 을 알게 된다.

■ 한국식 집중이 안 되는 공부: 해야 하니까 어쩔 수 없다는 생각에서 하는 공부

□ 핀란드식 집중이 잘되는 공부: 집중에 필요한 조건을 미리 갖춰놓고 하는 공부

핀란드식 공부 원칙

1. 공부에 집중할 수 있는 상태인지 아닌지 체크리스트 만들기

□ 무엇을 왜 공부해야 하는지, 학습목표를 읽고 충분히 생각했는가?

□ 나의 두뇌 컨디션은 어떠한가?

- 에너지 공급 특히 아침밥을 거르지 않았는가?

- 산소 공급 실내 공기가 탁하지 않은가? 혈액순환을 돕기 위해 공부
  하는 중간중간 스트레칭을 하는가?

- 맑은 물 갈증을 느낄 때 탄산음료가 아니라 맑은 물을 마시고 있는가?

□ 평소의 공부패턴을 봤을 때, 가장 적절한 공부시간과 휴식시간의 비율
  을 과목별로 알고 적용하는가?

□ 공부를 하기 전에 집중력이 유지되는 적정 난이도를 기준으로 공부할
  내용을 미리 선별하는가, 그냥 순서대로 하는가?

□ 그래도 집중력이 떨어지면 어떻게 대처해야 하는지 알고 있는가?

- 이해가 되지 않을 때는?

- 잘 정리되지 않을 때는?

- 갑자기 공부 아닌 다른 일이 하고 싶을 때는?

2. 시험공부할 때의 집중하기

▶교과 내용을 먼저 공부한 후에 문제를 푸는 것이 아니라 문제를 먼저 푼 다음에 교과 내용을 공부한다.

▶시험범위를 처음부터 공부하는 것이 아니라 먼저 푼 문제 중에서 틀렸거나 어려웠던 문제에 해당되는 내용을 찾아 어려웠던 이유와 틀린 이유를 찾아서 하나하나 정확하게 이해하는 식으로 공부한다.

국어(언어영역)

▶자신이 평소에 관심을 가지고 있는 주제에 관한 글을 많이 읽는다.

▶문학의 경우, 다양한 작가의 삶에 대한 정보를 확인하고 관심이 가는 인물을 선정해서 주요 작품을 읽어본다.

▶모든 글에는 글을 쓴 사람의 의도가 있다. 그 의도가 무엇인지 충분히 파악한 다음에 글을 읽는다.

수학(수리영역)

▶철저하게 난이도를 판단해서 너무 어려운 문제나 쉬운 문제는 풀지 않는다.

▶수학의 역사나 생활 속의 수학과 같은 수학교양서를 보면서 어려운 개념과 공식을 누가 만들었는지 알아본다.

▶어려운 문제를 풀어야 되는 경우에는 반드시 다음 단계를 거친다.

• 브레인스토밍 문제를 구성하는 내용을 가급적 나누어서 생각나는 내용을 해당 내용 옆에 자유롭게 적는다. 문제에 주어진 표현을 문장은 수와 식 또는 그래프나 도형 등으로 바꿔본다. 문제 중간에 나오는 과정을 해결할 수 있으면 해결한 다음에 메모한다.

• 필터링 문제와 자신이 문제 옆에 메모한 내용을 함께 보면서 불필요하다고 판단되는 내용을 지운다. 그 다음 어떤 개념이나 공식 또는 원리

를 적용해야 하는지 생각해 본다.

• 디자인 출제자의 의도가 무엇인지 생각해 보고 어떻게 풀어야 좋은
지 나름대로 작전을 세워본다.

• 정답을 맞혀야 한다는 생각을 버리고 단계별로 어려운 문제를 보면서
막혀버린 자신의 생각을 조금씩 풀어나간다.

영어(외국어 영역)

▶가급적 그 내용을 알고 싶은 지문을 선택해서 우선 주제를 파악하기 위
한 목적으로 공부한다.

▶교과서가 아닌 잡지나 인터넷에서 알고 싶은 내용을 찾아내어 흥미를
유발한다.

▶가급적 단계별로 난이도가 조절되어 있는 독해 문제집을 보면서 이 정
도면 할 수 있겠다고 판단되는 수준의 교재부터 시작한다.

> **불안을 떨치는 2:8 법칙**
> 쉽게 집중할 수 있는, 관심이 가는 내용부터 시작하면 내용도 제대로 파악하고
> 관심도 높아진다.
> 20% : 조금만 노력하면 풀 수 있는 문제에 집중하다 보면 실력도 향상되고
> 　　　 집중력도 높아진다.
> 80% : 쉬운 것부터 집중해서 열심히 공부하면 어려웠던 문제들이 풀 수 있는
> 　　　 문제로 바뀌게 된다.

나는 두뇌

너는 나를 원망한다

내가 나빠서 공부를 못한다고

내가 나빠서 기억을 못한다고

그러나

나는 너를 원망한다

네가 하루에 보는 동영상은 몇 기가나 될까?

네가 하루에 듣는 엠피스리(MP3) 파일은 또 얼마나 될까?

네가 하루에 읽는 텍스트 파일은 얼마일까?

그중에서

나는 네가 원하는 것만을 기억할 뿐이다.

너는 나를 원망하고 나는 너를 원망한다

나는 충분히 좋다

충분히 뛰어나다

그런데 너 때문에 나는

피

곤

하

다

제 4 장

두뇌가 기억하지 않는 공부는 쓰레기일 뿐이다

기억력 강화 프로젝트

맴! 맴! 맴! 맴만 도는 기억

"공부를 많이 하는 게 능사가 아니었습니다. 양이 목적이 아니라
알고 기억하기 위해서 공부를 하게 되었습니다." -박종우

"어디 갔을까?"

내 마음도 몰라주고 시계의 초침은 흘러만 간다. 급할수록 돌아가라
는데, 그게 안 되고 마음이 더욱 급해진다. 다시 안방에 들어가본다. 혹
시나 해서 화장대 서랍을 열어보지만 있을 리 만무하다. 보이는 건 여러
잡동사니와 장신구들뿐이다.

"어디에 두었더라."

온 집을 뒤졌지만 도무지 어디에 두었는지 알 수가 없다. 지금 내가
금은보화를 찾느냐? 절대 아니다. 내가 이토록 집안을 헤매며 찾는
건 만년필 한 자루다. 그리고 내가 이토록 서두르는 건, 약속시간에
늦을 것 같기 때문이다. 조금 늦는 것이야 전화를 걸어 시간을 늦추면
되고, 선물하기로 했던 만년필이야 다음에 주어도 크게 문제될 것이
없다. 그걸 가지고 뭐라 할 친구도 아니고 그것이 큰 흠도 아니다. 그

런데 나는 왜 똥마려운 강아지처럼 집 안을 헤매고 다닐까? 그건 약이 올라서다. 나는 지금 바짝 약이 올라 있다. 생각날 듯, 생각날 듯하면서도 떠오르지 않는 기억. 그게 괜히 답답하고 약이 오르고 사람을 미치게 한다.

이런 기분은 누구나 한 번쯤 느껴보았을 것이다. 예전에 만난 친구의 이름, 전에 본 영화의 제목, 소설의 주인공. 입 안에 맴돌기는 하지만 생각이 나지 않을 때의 그 답답함은 이루 말할 수 없다. 조금만 생각하면 생각날 것 같은데, 얼굴은 생각이 나는데, 영화의 줄거리는 생각나는데, 소설책을 샀던 서점까지는 생각이 나는데, 정작 기억하고 싶은 게 생각나지 않을 때의 답답함. 나는 지금 그렇게 답답하다. 영화 제목, 소설 주인공이야 인터넷에 물어보면 금방 답이 나온다지만 내가 둔 물건을 누구한테 물어본단 말인가? 도대체 나는 만년필을 어디에 둔 것일까?

"찾았다!"

만년필 찾아 삼만리, 드디어 만년필을 찾았다. 오래된 양복 주머니에 얌전히 꽂혀 있는 만년필을 보니 괜스레 심술이 난다. 찾았다는 안도감보다 허탈함이 온몸을 감싼다. 그것 하나 기억 못하는 내가 참 바보 같다는 생각이 들었다. 누구를 탓하고 누구를 원망할 것인가? 그저 나의 무능한 기억력을 탓하는 수밖에 없다.

이상한 건, 막상 만년필을 찾고 나니 왜 주머니에 꽂아두었는지까지 확실히 기억이 난다는 것이다. 그런데 왜 만년필을 찾기 전에는 그것을 기억하지 못했을까?

"참으로 어리석은 인간이로세."

낫 놓고 기역자를 모른다고 하더니 내가 꼭 그 짝이었다. 내가 매일 하는 이야기 중의 하나가 기억의 공식 아닌가? 나는 지금껏 공부에서 기억이 얼마나 중요한지를 강조해 왔다. 두뇌의 기억공식을 따르면 까먹지 않고 공부할 수 있다고 말해 왔다. 기억공식을 생각해 보니 두뇌가 만년필의 위치를 잊을 만도 했다.

두뇌의 기억공식, 그것은 집 안에서도 적용된다. 예를 들면 이렇다. 나는 집에 들어오면 책상 위에 지갑과 열쇠고리를 둔다. 그건 습관과 같은 것이다. 외출할 때면 나는 항상 책상 위에서 지갑과 열쇠고리를 찾는다. 그리고 내 책상 위에 어떤 물건들이 있는지, 자주 읽는 책이 책꽂이 어디쯤에 꽂혀 있는지 정도는 알고 있다. 연필통에는 매일 쓰지는 않지만 자주 쓰는 펜들을 넣어놓았다. 연필통에 들어 있는 펜들을 나는 기억하고 있다. 다음으로 책상 서랍. 첫 번째 서랍에는 포스트잇과 같은 문구류가 들어 있고, 두 번째 서랍에는 디카나 엠피스리 같은 전자제품을, 마지막 세 번째 서랍에는 이것저것 쓰지 않는 물건들을 넣어두었다. 그 물건들은 자주 쓰지 않기 때문에 어떠한 것이 있는지는 확실히 기억하지 않는다. 다만 그곳에 쓰지 않는 물건들이 있다는 것을 알 뿐이다.

얼마나 집 안을 헤집고 다녔는지, 장롱 위에 두었던 상자까지 나와 있었다. 거기에는 완전히 잊고 있던 물건들이 들어 있었다. 고등학교 때 입던 교복, 졸업사진, 친구가 처음으로 해외여행을 다녀오면서 건네준 기념품. 그것들은 내가 까맣게 잊고 있던 것이다. 나는 잊고 있었지만 그것들은 그 안에 놓여 있었다. 그것들을 다시 대하자 예전의 기억이 새록새록 피어났다. 그 시절의 일은 앞으로 또 몇 십 년이 흐른다고 해도 지워지지 않을 기억이었다.

기억이란 그렇다. 자주 쓰는 것은 잊지 않는다. 잠깐 떠오르지 않을 때도 있지만 그건 잠시일 뿐, 금방 기억이 난다. 그러나 오래 쓰지 않은 것들은 금방 잊고 만다. 그건 마치 장롱 위 상자에 들어 있던 기억과 같다. 고등학교 3년 동안 매일같이 입었던 교복도 오래도록 입지 않고 관심을 두지 않으면 그것이 어디에 있는지조차 알 수 없게 된다. 하지만 막상 그 물건들을 대하면 두뇌는 오래된 기억을 끄집어낸다. 이건 저장되어 있긴 하지만 바로 꺼내 쓸 수 없는 기억이다.

두뇌는 기억을 체계적으로 관리한다. 손톱깎이 같은 물건은 일주일에 한 번 정도 사용할 뿐이지만 두뇌는 손톱깎이의 위치를 정확히 기억하고 있다. 두뇌가 그 위치를 기억하는 건 일주일에 한 번이라는 주기성 때문이다. 이것 역시 두뇌의 기억공식 중 하나다. 두뇌는 자주 사용하는 물건, 주기적으로 쓰는 물건들은 중요하다고 생각한다. 그래서 금방 기억이 날 수 있도록 한다.

나는 이런저런 생각을 하면서 친구를 만나러 갔다. 친구는 나를 보자마자 한숨부터 쉬었다. 예상은 했지만 아이들 공부 때문에 나를 보자고 한 것이었다. 그런 친구를 보자 나도 한숨이 나왔다. 예전 나는 그 친구를 볼 때마다 아이들 공부에 대해서 이야기를 했었다. 하지만 친구는 그 이야기를 또다시 들려달라고 하고 있었다. 예전에 했던 말은 모두 까맣게 잊은 듯했다. 마치 처음 듣는 것처럼 친구는 고개를 끄덕이고 메모를 하고 탄성을 질렀다. 마지막으로 어느 정도 이해하고 있는지 친구에게 질문을 던져봤더니 친구는 내 이야기를 정확히 기억하고 있었다.

사무실로 돌아오는 길, 나는 그 친구도 메모리를 삭제해 버리는 삭제바이러스에 걸렸다는 생각이 들었다. 전에 내가 공부법에 대한 이야기를 했을 때, 그 친구는 건성으로 들었다. 고개만 끄덕였을 뿐, 기억하지 않았던 것이다. 하지만 오늘 그 친구는 내 이야기를 절실하게 들었다. 아마 이 이야기는 쉽게 잊지 않을 것이다. 기억이란 그런 것이다. 기억은 억지로 만들어지는 것이 아니다. 두뇌는 내가 마음속으로 무슨 생각을 하고 있는지 분명히 알고 있다. 시험 때문에, 성적 때문에 꼭 기억해야 한다고 말해도 마음속에서 정말 그것을 원하지 않으면 두뇌는 그것을 기억하지 않는다. 중요한 것은 강요가 아니다. 두뇌는 강요된 내용을 기억하지 않는다. 마음이 원하는 내용을 기억하는 것이다.

아마 나래도 그럴 것이다. 핀란드에서는 시험을 위한 공부가 아니라 자신의 성장과 성취를 위해서 공부한다. 이 공부가 내게 꼭 필요한 것이라고 느끼니 두뇌는 자연스럽게 공부한 내용을 기억한다. 강요당하지 않고 어렵지 않게 공부하기 때문에 핀란드에서는 기억삭제바이러스가 맥을 못 추는 것이다.

"나래도 한국에 와서 삭제바이러스에 걸렸을 텐데……."

수없이 많은 정보를 처리해야 하는 두뇌는 우선순위를 정해 장기기억으로 저장하느냐 그냥 지워버리느냐를 결정한다. 이는 컴퓨터의 저장장치에 너무 많은 정보가 저장되어 더 이상 여유 공간이 없을 때 파일을 삭제해야 하는 이치와 같다. 우리는 가장 쓸모없는 파일부터 삭제한다.

두뇌에서 기억을 만드는 데 가장 중요한 역할을 하는 해마와 감정조절의 사령탑 역할을 하는 편도가 서로 가까이 있는 이유는 무엇일까? 공부하는 내용에 감정적 반응이 나타나면, 편도가 해마에 우선적으로 장기기억 창고로 이동시키라는 신호를 보내게 된다. 즉 공부에 대한 감정적인 반응이 있을 때, 공부가 장기기억으로 저장된다는 말이다. 그렇다면 편도가 명령을 보낼 만한 감정적인 반응은 무엇일까? 그것은 바로 재미와 새로움, 논리정연함, 그리고 꼭 필요한 것을 알았다는 느낌, 즉 의미 있다고 여겨지는 것이다.

꼴찌 나래

벌써 하교시간이 다 되었는지, 교복 입은 아이들이 거리를 메우고 있었다. 하지만 그 아이들은 바로 집으로 가지 않을 것이었다. 학교는 이미 보조수단으로 전락한 지 오래다. 학교에서 졸고 학원에서 공부하는 아이들, 그것이 현실이다.

사교육을 피할 수 없다면 적어도 학교와 학원은 서로 시너지 효과를 발휘해야 한다. 학교에서 배운 내용이 학원에서 강화되고 학원에서 강화된 공부가 학교에서 다시 반복되어야 한다. 하지만 학생과 부모 들은 학교보다 학원을 더 중요시한다. 참 한심한 일이다. 학교에서 배운 내용 따로 학원에서 배운 내용 따로, 자습하면서 공부하는 것 따로. 똑같은 내용을 공부하는데 도무지 연결이 되지 않는다.

한 번 본 것보다 두 번 본 것이 더 기억에 남는다. 그렇다고 무식하게 하얀 연습장이 까매지도록 쓰고 또 쓰라는 말은 아니다. 중요한 것은 반복의 횟수와 주기다. 횟수와 주기를 적당히 조절해 주기만 하면 공부한 것은 머릿속에서 잊히지 않는다. 학교나 학원에서 배우는 것의 내용에는 별 차이가 없으므로 학교에서 한 번, 학원에서 한 번, 적어도 두 번 반복할 수 있는 기회가 생긴다. 그런데 이런 기회를 학생들은 처참하게 날려버린다. 그건 진도에 대한 욕심 때문이기도 하다. 진도를 맞추어 적절히 반복해 주면 좋을 텐데, 관심은 그저 누가 더 빨리 더 많은 진도를 나가느냐 하는 것뿐이다. 그러니 기억이 될 리 없다. 기억이 안 되니 다시 과외를 하고 동영상 강의를 찾아본다. 그러나 기억이 만들어지지 않는다. 기억회로가 단절되어 있기 때문이다. 모든 것이 다 따로 놀고 있으니 볼 때마다 새롭기만 한 것이다.

그것도 다 선입견 탓이리라. 학원이 학교보다 잘 가르친다는 선입견, 공부를 잘하는 비법은 교과서가 아니라 무수히 쏟아지는 참고서에 있다는 선입견, 의지와 노력만이 공부를 잘하게 한다는 선입견, 그것이 문제다.

음식을 먹으면 소화를 시켜야 한다. 그러기 위해서는 시간이 필요하다. 수업을 들으면 그것을 내 것으로 만들어야 한다. 그건 누가 만들어 주는 것이 아니다. 자습을 통해 찬찬히 두뇌가 기억하도록 만들어야 한다. 그런데 수업을 듣고 또다시 유명강사의 강의를 찾아다닌다. 수업 내용과 유명강사의 강의는 따로 논다. 그럼 정작 들은 내용을 기억해야 할 시간을 잃어버리게 된다. 공부는 기억이다. 그런데 우리는 기억을 위한 공부를 하는 것이 아니라 좋은 수업 찾아 듣는 경쟁을 하고 있다.

학교수업은 정말 중요하다. 많은 학생과 부모들은 학교수업의 질이 낮다고 생각한다. 그래서 학교는 무시하고 다른 곳에서 공부하려고 한다. 하지만 학교수업은 학생들이 가장 많은 시간을 보내면서 기본 진도가 나가는 곳이다. 학교수업을 잘 활용하는 것이 어떻게 보면 공부를 잘하는 지름길인 것이다.

누가 의지와 노력을 말리겠는가? 문제는 그렇게 효율성이 떨어지는 공부법 대신 최소의 투입으로 최대의 효과를 노릴 수 있는 방법을 찾아야 한다는 것이다. 성적 부진으로 찾아오는 학생들을 상담해 보면 정말 기억을 만들 수 없는 시간표를 가지고 온다. 그런 학생의 공통점은 과외나 학원만이 살 길이라고 생각한다는 점이다. 공부를 못하는 건 기억을 못해서인데, 좋은 수업을 듣지 못해서라고 착각하고 있는 것이다.

나는 삼삼오오 무리를 지어 걷는 아이들 사이를 지나고 있었다. 교복을 보니 나래가 다니는 근처 학교의 학생이었다. 나는 혹시 나래를 볼 수 있을까 하는 생각에 주위를 두리번거렸다. 삭제바이러스에 걸렸을 텐데 어떻게 이겨내고 있는지 궁금하기도 했다.

"어! 선생님, 누굴 그렇게 찾으세요?"

저쪽에서 머리를 팔락거리며 뛰어오는 학생이 있었다.

"어, 너……."

빙긋 웃으며 인사를 한 아이는 바로 나래였다. 그리고 나래의 뒤를 따라 몇 명의 아이들이 내 쪽으로 다가오고 있었다.

"와. 이 시간에 뵙게 될 줄은 몰랐네요."

"그래. 오늘은 친구와 약속이 있어서. 아, 그런데 친구들인 모양이구나."

나래는 친구들을 돌아보며 말했다.

"얘들아, 인사해. 내가 말한 그 용한 점쟁이. 아아! 아니, 도사님! 아니, 그것도 아니라 공부연구소 소장님."

나래가 친구들에게 나를 어떻게 설명했는지 알 만했다. 그래도 점쟁이보다는 도사가 나았다. 기분이 나쁘지는 않았다. 나래도 계면쩍은지 한 발 물러나 미소만 짓고 있었다.

나래의 설명에 아이들은 모두 놀란 표정을 지었다. 그리고는 일제히 내게 인사를 했다.

"안녕하세요."

"정말 뵙고 싶었어요."

"근데 생각한 거랑 너무 다르게 생기셨다."

"킥킥."

여고생들에 둘러싸여 있으니 괜히 부끄러워졌다. 나는 헛기침을 하며 어색한 상황에서 조금 벗어나보려 했다. 하지만 아이들은 놀라움 반, 신기함 반으로 나를 보며 이야기를 이어갔다. 아무래도 다른 이야기를 해야 할 것 같았다.

"근데, 너희들은 학원 안 가니?"

내 말에 아이들은 금세 샐쭉한 표정을 지었다.

"학원은 이따 저녁에 갈 거예요. 오늘은 다른 할 일이 있거든요."

나래가 아이들을 대신해 대답했다. 그런데 아이들 중에 뻴퀸이 보이지 않았다.

"그래? 무슨 일인데? 참, 뻴퀸은 안 보이네."

"뻴퀸은 오늘 무슨 급한 일 있다고 먼저 갔어요."

대화가 오고 가는 사이 아이들은 나래를 보며 웃고 있었다. 그러더니 한 친구가 말을 이었다.

"오늘 점심시간에 내기를 했거든요. 누가 더 많이 외우는지. 근데 나래가 꼴등을 해서 벌칙으로 간식 사기로 했어요."

친구의 말에 나래는 시무룩한 표정을 지었다. 그때였다.

"선생님! 지금 바쁘세요?"

"응?"

예상치 못한 질문에 나는 당황하고 말았다.

"안 바쁘시죠?"

"어, 어, 그냥, 뭐."

나는 엉겁결에 대답을 하고 말았다.

"그럼, 저희랑 같이 떡볶이 먹으러 가요. 제가 살게요."

생각할 사이도 없이 다른 친구들의 말이 이어졌다.

"피, 떡볶이였어? 피자 먹고 싶은데."

"한식의 세계화 시대에 떡볶이가 어때서. 선생님, 괜찮으시죠?"

"으응. 응."

엉겁결에 또 대답하고 말았다. 다른 친구들은 떡볶이가 별로 마음에 들지 않는 듯했지만 나래는 단호했다.

"내가 사는 거잖아. 나는 예전에 피자 많이 먹었단 말이야. 떡볶이는 많이 못 먹어봤다고. 선생님, 빨리 가요."

"으, 으응."

나래는 손뼉을 치며 좋아했다. 그리고는 혼잣말을 했다.

"까먹고 또 까먹는 이유를 오늘은 밝혀내야지."

분식집의 조그만 탁자에 나를 포함한 4명이 둘러앉았다. 아이들은 내가 있는지 없는지, 자신들만의 이야기로 부산했다. 떡볶이를 시키고 어묵, 쫄면을 시키고 다시 떡볶이에 계란을 추가하고 만두, 김말이를 추가하고……. 떡볶이가 싫다던 아이들은 메뉴판에 온 정신이 팔려 있었다. 한바탕 전쟁처럼 음식을 주문했다. 그리고 나서야 아이들은 조금 진정이 되는 기미였다.

"참! 애들아. 우리 선생님한테 제대로 인사도 안 했잖아."

나는 멋쩍게 헛기침을 할 뿐이었다.

"맞아, 맞아. 죄송합니다."

한 친구가 꾸벅 인사를 했다. 그리고는 이야기를 시작했다.

"안녕하세요. 사실 저는 나래한테 선생님 이야기 듣고 완전 감동했어요. 근데 도사님 같지는 않네요. 킥킥. 아, 참! 제 이름은 민지예요. 하지만 그냥 '뽀'라고 부르세요. 보시다시피 제가 몸집이 좀 있잖아요. 애들이 포동포동이라고 부르다가 뽀동뽀동이라고 부르게 되면서 뽀가 그냥 제 별명이 됐어요."

뽀의 말에 아이들의 웃음보가 터졌다. 이어서 다른 친구가 자신을 소개했다.

"안녕하세요. 저는 관희예요. 이름이 조금 어렵죠. 저도 그냥 별명을 불러주세요. 제 별명은 '비틀스'예요. 제가 요즘 애들과 달리 조금 고상한 면이 있어서 비틀스를 좋아하거든요."

그러자 다른 아이들이 야유를 하기 시작했다.

"우우."

"고상한 게 아니라 고상한 척하는 거예요. 진짜 고상한 사람들은 클래식을 듣지."

아이들의 웃고 떠드는 모습엔 시험 스트레스 따윈 없어 보였다. 서로의 소개가 끝나자 나는 먼저 오늘의 내기에 대해 물어보기로 했다.

"그래, 친구들. 그런데 오늘 암기시합을 했다고 했잖아. 어떤 거였어?"

내 물음에 답을 한 건 나래였다.

"그러니까, 일주일 전에 한 내기였어요. 과목은 자유. 내기의 기준은 두 가지였는데, 얼마나 많이 외웠나, 진도가 얼마나 나갔나. 정말 열심히 외웠는데, 오늘 꼴찌를 하고 말았어요."

나래의 목소리는 점점 작아져갔다.

까먹기, 그 불변의 법칙

"전 하나 깨달은 게 있습니다. 국어는 책 읽듯이,
수학은 밥 먹듯이, 영어는 잠자듯이, 과학은 생각하듯이!!" - 김강영

"휴우."

뽀가 한숨을 쉬었다. 그러자 다른 아이들도 따라 한숨을 쉬기 시작했다. 정적을 깨고 이야기를 시작한 건 비틀스였다.

"나래가 꼴찌를 한 건 맞지만, 사실 우리들과 별 차이 없어요. 재미있게 공부해 보려고 한 내기인데, 모두들 실망만 하고 말았죠. 참 이상해요. 저는 일본어를 선택해서 외우고 또 외웠는데, 막상 친구들이 단어를 물어볼 때는 아무것도 생각나지 않더라고요. 외웠다는 기억만 있고 외운 내용은 머리에 남아 있지 않았어요. 진짜 이상해요."

나는 이 친구들이 무엇 때문에 고민하는지 짐작할 수 있었다. 아무래도 나래와 친구들은 기억의 함정에 빠진 듯했다. 가만히 이야기를 들어 보니 각자가 빠진 기억의 함정에는 조금씩 차이가 있었다. 이야기를 듣고 있는 내게 나래가 다시 물었다.

"선생님! 그런데 외우고 까먹는 이런 병도 고칠 수 있는 건가요? 이 것도 공부바이러스 때문인가요?"

나는 빙긋이 미소를 지었다. 그러자 나래가 박수를 쳤다.

"맞다. 맞아. 공부바이러스 때문에 그런 게 맞아. 선생님이 저 표정을 지을 때면 그게 맞다는 뜻이거든."

나래의 말에 다른 친구들도 모두 좋아하며 박수를 쳤다. 나는 아이들 의 얼굴을 찬찬히 살펴보며 말을 이어갔다.

"물론 그렇단다. 여러분들은 암기라는 말을 쓰지만 나는 그걸 기억이 라고 표현하고 싶어. 아마도 여러분들은 잘못된 방법으로 기억하려고 한 것 같아. 뭐 그건 기억삭제바이러스 때문이기도 하지만 말이야."

"기억삭제바이러스요?"

나래가 다시 물었다.

"그래. 쉽게 삭제바이러스라고 하지 뭐. 이건 기억하고 싶은 것만 잊 게 만드는 바이러스지. 공부하고 기억 못하게 하는 바이러스 말이야. 공부한 내용을 기억하고 싶은 게 아니라 시험을 위해서 기억해야 한다 고 생각할 때, 이 바이러스에 감염된단다. 잘못된 방법으로 공부할 때 도 쉽게 걸리지."

내 말에 제일 먼저 의문을 표시한 건, 비틀스였다.

"잘못된 방법이라고요? 열심히 쓰고 읽고, 보고 또 보고, 그것 이외 에 또 다른 방법이 있단 말이에요? 저는 지금까지 공부량이 부족해서 그렇다고 생각했는데요."

나는 비틀스를 바라보았다. 비틀스의 눈빛이 흔들리고 있었다. 나래 는 전에 나와 이야기해 본 경험이 있기에 별로 놀라지 않겠지만 다른 친구들은 잘 이해가 가지 않을 거란 생각이 들었다.

"음. 그건 방법의 문제야. 모든 건 따로 떨어져 있는 것 같이 보이지만 또 연결되어 있기도 하지. 그래, 일본어를 어떻게 공부했는데? 우리 한 사람 한 사람의 경험을 들어보며 해결책을 찾아보기로 하지."

비틀스는 방법이 있다는 말을 믿지 못하는 눈치였다. 머뭇거리던 비틀스가 다시 이야기를 시작했다.

"음. 제가 노래를 좋아하잖아요. 그래서 선택한 방법이 일본어 노래를 외우는 거였어요. 그래서 고심 끝에 히라이 켄이 부른 〈오오키나 후루 토케이(커다랗고 낡은 시계)〉를 선택했어요. 노래를 외우는 방법은 이런 거였어요. 먼저 들어보고 다음에 가사를 봤죠. 나중엔 가사를 보면서 같이 따라 불렀어요. 열심히 따라 부르니 외웠다는 느낌이 들더라고요. 그런데 정말 이상한 건, 다음날 아침에 양치질하면서 노래를 흥얼거리는데, 음만 생각나고 가사는 생각이 안 나는 거예요. 제가 비틀스의 노래들은 거의 다 외우고 있거든요. Imagine there's no heaven, It's easy if you try, No hell below us, Above us only sky, Imagine all the people……."

비틀스는 정말로 노래를 부르고 있었다. 우리는 잠시 비틀스의 노래를 감상했다. 노래를 끝냈을 때, 비틀스의 눈가에는 이슬이 맺혀 있었다. 그건 노래에 대한 감상이기도 했지만 공부라는 현실이 만들어낸 압박감이기도 했다. 나는 안쓰러운 생각이 들었다. 내가 만나는 사람들, 그들 중에는 공부 때문에 고통받는 사람들이 너무 많았다. 눈가의 이슬을 닦으며 비틀스는 다시 이야기를 이어나갔다.

"참 이상해요. 비틀스의 노래는 외워지고 히라이 켄의 노래는 외워지지 않으니 말이에요. 똑같이 외국어인데."

나는 잠시 생각에 잠겼다. 두뇌에는 특별한 기억공식이 있다. 기억공식을 따라 공부하면 공부한 내용이 잊히지 않는다. 하지만 지금 그런 이야기를 꺼내는 건, 좋아 보이지 않았다. 너무 많은 걸 한꺼번에 먹으면 탈이 나게 마련이다. 나는 아이들의 이야기 속에서 하나하나 문제를 해결한 후, 두뇌의 기억공식을 이야기해야겠다고 생각했다.

"그건 당연한 거야."

내 말에 비틀스를 비롯한 아이들은 깜짝 놀라는 눈치였다. 아이들 생각에는 비틀스 노래와 히라이 켄 노래가 똑같이 잘 외워지지 않거나, 둘 다 똑같이 잘 외워져야 하기 때문이다. 나는 다시 말을 이었다.

"나래는 알고 있을 거야. 두뇌는 압박을 싫어한다는 사실."

내 말에 나래가 고개를 끄덕였다.

"이 원칙은 기억에도 그대로 적용된단다. 비틀스가 일본노래를 기억하지 못한 건, 일본어 노래가 두뇌를 압박했기 때문이야. 그냥 가사만 외우려고 하지 않고 노래를 한 건 좋은 방법이었어. 하지만 거기에도 분명히 한계가 있었던 거지. 그 한계가 생긴 건, 삭제바이러스 때문이야. 일본어 노래는 내기에서 이기기 위해 외우려고 한 거잖아. 내기를 일종의 시험이라고 한다면, 시험을 잘 보기 위해서, 시험 보는 그 순간을 위해서 외우려 한 거잖아. 하지만 비틀스의 노래는 자기가 좋아하는 마음에서 듣고 따라 불렀기 때문에 자연스럽게 기억된 거였어. 하기 싫은 것을 하는 것과 하고 싶어서 스스로 하는 것, 여기에는 커다란 차이가 있단다. 시험을 위해서 본 교과서의 내용은 몇 번을 읽어도 기억나지 않지. 하지만 감명 깊게 본 영화의 대사는 한 번만 들어도 머리에 남아. 그건 두뇌가 감동했기 때문이야. 감동적인 장면을 어떻게 잊을 수 있겠어. 하지만 이건 뭐, 그냥 무조건 외우라고 강요하면 두뇌가 반발심을 갖고 말거든. 그렇잖아. 하려고 한 일도 엄마나 선생님이 하라고 하면 갑자기 하기 싫어지잖아. 그런 이치인 거지. 정말 알고 싶은 걸 알게 되었을 때는 무척 기쁘지. 그걸 간직하고 싶잖아. 그럼 두뇌는 다른 때보다 더 큰 자극을 받는단다. 하지만 그렇지 않으면 두뇌는 '이건 뭐야!' 하면서 까먹고 말지. 일본어 노래는 내기나 시험을 위해서 억지로 해야 하는 것이었고 비틀스의 노래는 내가 하고 싶어서 하는 거였어. 내가 정말 기억하고 싶다고 여기는 것을 두뇌는 기억한단다. 하지만 금방 쓰고 버릴 거라고 생각하면 두뇌는 기억하려 하지 않아. 내기만 끝나면 잊어버려도 상관이 없는 거라고 판단하면, 두뇌는 그것을 애써 기억하려고 하지 않아. 그래서 일본어 노래는 잘 기억되지 않았던 거야."

비틀스는 알 듯 모를 듯한 표정을 지었다. 그리고는 나에게 되물었다.

"하지만 시험에 대해 부담을 갖지 않을 수는 없는 법인데, 그럼 모든 공부는 잘 기억되지 않는다는 건가요?"

나는 국물을 한 술 뜨고는 다시 말을 이었다.

"기억을 포함한 모든 공부의 첫 번째 원칙은 두뇌를 압박해서는 안된다는 거야. 그걸 먼저 이해해야 다음 단계로 넘어갈 수 있어. 비틀스의 말대로 압박을 전혀 느끼지 않을 순 없으니 줄일 수 있는 방법을 찾아야겠지. 그럼 기억되는 것도 훨씬 많아질 거야. 그 다음에는 두뇌가 잘 기억할 수 있는 방법을 찾는 거야. 너무 조급해하지 말고 차근차근 가다보면 바로 눈앞에서 그 방법을 발견하게 될 거야. 우선은 두뇌를 압박하지 말자는 첫 번째 원칙을 마음에 새겨보자고. 사람은 누구나 건강하게 살고 싶지. 그런데 건강해야 한다는 압박감이 스트레스가 되어 건강을 해친다면 어떨까? 그게 기억해야 한다고 강요하다가 아무것도 기억하지 못하는 이유와 비슷한 거야."

비틀즈가 다시 고개를 갸웃거리며 혼잣말을 했다.

"하지만 어떻게 시험의 압박을 떨쳐버릴 수 있죠?"

맞는 말이었다. 핀란드가 아닌 대한민국에서 어떻게 시험의 압박을 떨칠 수 있단 말인가? 하지만 시험의 압박에 일단 눌리기 시작하면 공부는 힘들어진다. 나는 다시 이야기를 꺼냈다.

"시험이라는 게 말이야. 사실은 별거 아니거든. 그건 일종의 기록이야."

"시험이 기록이라니요?"

아이들이 일제히 나를 쳐다보며 말했다. 떡볶이를 든 손, 국물을 뜬 숟가락이 모두 멈춘 것처럼 느껴졌다.

"음, 그러니까. 기록경기들 있잖아. 대표적인 게 아마 육상이겠네. 100미터는 몇 초, 높이뛰기는 몇 미터, 이런 것들 말이야. 시합을 하기 전에 선수들은 연습기록을 재잖아. 사실 시험이라는 건 연습기록이나 마찬가지야. 지금 내 상태를 알려주는 기록에 불과하다고. 기록이 나쁘면 기록이 나쁜 원인을 알아서 고쳐야 하고 기록이 좋으면 기록을 유지해야 하는 거지. 그런데 오늘 기록이 나쁘다고 풀이 죽어서 연습 안 하고, 어제 기록이 좋았다고 연습 안 하고 그러면 기록이 좋아질 수 없잖아. 시험도 마찬가지야. 지금 내 상태가 어떤지 알려주는 게 시험이거든. 그럼 시험은 잘 볼 수도 있고 못 볼 수도 있지. 문제는 시험을 통해 다음에 어떻게 해야 하는지를 알려고 하지 않는 데 있어. 시험 그 자체의 기록만으로 모든 걸 평가하는 게 문제지. 그러니까 시험을 일종의 기록이라고 생각하자는 말이야."

"시험은 기록이다. 음……."

"그러니까 기록 하나 때문에 너무 압박받지 말라는 거죠. 건강에 너무 신경 쓰다 스트레스 때문에 몸이 아파지는 것처럼 말이죠. 시험과 성적보다는 공부하는 내용에 관심을 가져라. 그럼 기억이 자연스럽게 만들어진다. 그렇죠?"

역시 나래는 내 이야기를 잘 파악하고 있었다. 다른 아이들은 음식을 소화시키듯 내 이야기를 소화시키려 노력했다.

핀란드에서는 시험을 위한 공부를 하지 않는다. 핀란드에서 공부란 시험을 보고 나면 잊는 것이 아니라 생활 속에서 계속 활용되는 것이다. 그들은 시험만을 위한 공부가 얼마나 쓸모없는지를 이미 알고 있다. 그것은 낭비일 뿐이라고 생각한다. 그러나 재미를 느끼는 공부는 다르다. 시험이 아니라 재미를 느끼면서 의미 있는 것을 배운다는 생각을 자연스럽게 갖게 하는 것이 핀란드식 교육법이다. 시험 볼 때까지만 기억되면 되는 공부가 아니라 배움의 즐거움을 만끽하면서 평생 기억할 만한 것, 자신이 하고 싶은 일을 하면서 행복하게 살기 위해 평생 기억할 만한 가치가 있는 것들을 집중적으로 배울 수 있도록 하는 것이 바로 핀란드식 공부다.

이해하면 기억하고
암기하면 까먹는다

"이야기 구조 학습은 두뇌의 능력을 극대화시키는
방법인 것 같습니다. 공부한 내용과 과정 전체가 자연스럽게
회상되기 때문에 기억력이 크게 향상되었습니다." -이효정

"이제 제 상황도 진단해 주세요."

이번에 말을 꺼낸 건 나래였다.

"그래. 나래는 무슨 과목을 택했어?"

"저는 국사를 선택했어요. 제가 아무래도 우리나라 역사에는 약하기도 하고, 이번 기회에 국사공부도 좀 해보려고요."

나는 나래가 어떻게 공부를 했을지 눈에 선했다. 그리고 나래는 내 생각을 정확하게 확인시켜주었다.

"저는 국사가 암기과목이라고 생각해요."

나래의 말에 다른 친구들도 고개를 끄덕였다.

"그리고 암기과목은 제가 제일 자신 없어하는 부분이기도 하죠. 휴, 영조는 탕평책, 정조는 규장각, 장용영, 이것 말고도 많잖아요. 태종은 왕권강화, 다음은 세종. 세종 때는 훈민정음 창제. 다음은 문종, 단종,

세조, 경국대전……. 뭐 이런 식으로 국사는 외우기만 하는 거잖아요. 그래서 열심히 외웠어요. 근데 이게 조금만 지나면 다 까먹어버리는 거예요. 외우고 외우기를 반복하다가 사실 어제는 거의 포기했어요. 나는 정말 외울 수가 없구나, 하고 말이죠."

나래의 이야기를 듣던 나는 나래의 전제부터 잘못되었음을 알려주어야겠다고 생각했다.

"그래. 그런데 나는 국사가 암기과목이라고 생각하지 않는데. 물론 특정한 사람의 이름이나 명칭은 기억해야 하겠지만 국사는 암기과목이 아니야."

"네? 국사가 암기과목이 아니라고요? 아니에요. 국사는 암기과목이에요."

나는 다시 이야기를 이어나갔다.

"이렇게 생각하면 어때? 음, 영화를 본다고 생각해 보자고. 영화를 볼 때, 줄거리를 모른 채 등장인물과 배경을 기억할 수 있니?"

나래가 대답했다.

"줄거리를 모르면 주인공 이름 정도야 기억하겠지만 다른 건 기억하기 힘들죠. 연결도 안 되고 뒤죽박죽이겠죠."

나는 고개를 끄덕였다.

"국사도 마찬가지야. 나래가 외운 건 줄거리가 아니라 그저 등장인물의 이름과 배경 정도인 거지. 태종에서 세조로 이어지는 과정에는 분명히 줄거리가 있는데 나래는 그 줄거리를 생략한 거야."

나래는 눈을 동그랗게 뜨고 다시 물었다.

"거기에 줄거리가 있다고요?"

나는 빙긋이 웃으며 이야기했다.

"내가 줄거리를 이야기해 줄까? 태조 이성계가 조선이라는 나라를 세우지. 그런데 처음 나라를 세운 후에는 왕의 힘이 그렇게 강하지 않아. 나라를 세우는 데 도움을 준 신하들의 힘이 세기 때문이야. 그런 신하들을 개국공신이라고 부르지. 왕의 힘을 강하게 하기 위해서는 개국공신의 힘을 빼앗을 필요가 있지. 이를 왕권강화라고 하는데, 그 왕권강화를 이룬 인물이 태종이야. 왕권이 강화되었으니 이제 백성과 나라를 위해 일해야 할 거 아니겠니. 이때 훌륭한 임금 세종대왕이 나오지. 세종은 강화된 왕권을 바탕으로 여러 가지 일을 할 수 있었던 거야. 그런데 세종의 아들인 문종은 몸이 약해서 왕위에 오른 지 얼마 되지 않아 죽고 말아. 그러니 어린 단종이 왕위에 올랐지. 왕이 어리니 신하들의 힘이 더 세지겠지. 이때 나타난 사람이, 문종의 동생인 세조야. 자 이런 식으로 이야기하면 줄거리가 생기지."

나래는 고개를 끄덕였다.

"그런 이야기라면 이해할 수 있어요. 그럼 다음엔 어떻게 해야 하는 거죠?"

"다음엔 그 줄거리에 살을 붙이는 거야. 개국공신은 누구였지? 세종은 나라와 백성을 위해서 무슨 일을 했지? 이런 식으로 말이야. 이미 줄거리라는 뼈대가 생겼으니 거기에 개별적인 이름과 사건을 붙여넣는 건 한결 쉽지. 음, 그러니까 내 말은 무조건 외우려 하지 말고 먼저 이해를 하라는 거야."

그때 쫄면을 먹던 뽀가 나를 바라보며 물었다.

"그럼 외우기 전에 먼저 내용을 파악해야 한다는 건가요? 구체적으로 말하면 줄거리나 이야기 구조 같은 거, 뭐 그런 건가요?"

"그렇지! 바로 그거야. 보통 잘 이해되지 않으면 그냥 외워버리려고 하잖아. 하지만 그건 까먹는다는 것을 전제로 하는 것과 같아. 까먹을 공부를 왜 하니? 먼저 내용을 파악해서 이해하는 게 중요하지. 구슬이 서 말이라도 꿰어야 보배라는 말이 있잖아. 그렇게 무작정 외운 내용들은 꿰지 않은 구슬과 같아. 많은 구슬을 움켜쥐고 있다고 생각해 봐. 손을 조금이라도 움직이면 구슬이 새어나가잖아. 손을 펴기라도 한다면 구슬은 온 사방으로 쏟아져서 찾기 힘들 거야. 하지만 구슬을 하나의 줄로 꿰어서 목걸이를 만들었다고 생각해 봐. 그 목걸이를 차고 다니면 구슬을 잃어버릴 염려가 없지. 잠깐 목에서 뺐다가 떨어뜨렸다고 해도 목걸이를 집으면 모든 구슬이 따라오게 돼 있잖아. 공부도 마찬가지야. 내용적으로 완성되지 않는 토막 난 정보는 기억되지 않아. 여기저기 돌아다니다가 그냥 까먹고 마는 거지. 그러니까 기억하기 위해서는 무슨 말인지 알겠다는 느낌이 들어야 해. 그게 이해했다는 뜻이거든. 그렇지 않으면 두뇌는 그것을 지워버리게 되지. 영어단어를 외울 때도 마찬가지야. 보통 사람들은 그냥 한 단어 한 단어를 쓰면서 외우잖아. 그 단어는 꿰어지기 이전의 구슬과 같아. 하지만 문장을 이해하고 외우면 쉽게 잊어버리지 않게 되지. 문장을 통해서 단어가 구슬 꿰어지듯 이어졌기 때문이야."

뽀는 혼잣말을 하며 어묵 한 쪽을 집어들었다.

"구슬이 서 말이라도 꿰어야 보배라는 말이 학습법에서 나온 거구나."

뽀의 말에 우리들은 일제히 웃음을 터뜨렸다.

산삼 먹고 설사하기

"점점 긍정적인 생각으로 바뀌었습니다.
'복습하지 않는 암기는 죽음이다!' 이렇게 생각이 변화했습니다." -강지수

"아! 배불러."

뽀가 멋쩍은 웃음을 지으며 자신의 배를 어루만졌다. 하지만 친구들은 그 말을 믿지 않는 듯했다.

"그러고 나서 너 또 먹을 거지?"

비틀스의 핀잔에 뽀는 또 싱긋 웃으며 젓가락을 집어들었다. 떡볶이를 집던 뽀가 갑자기 무슨 생각이 났는지 젓가락을 놓고 내게 물었다.

"그럼, 제 공부법도 잘못된 건가요?"

"어떻게 공부했는데?"

뽀의 말을 비틀스가 가로챘다.

"뽀는 공부하는 거랑 먹는 거랑 닮았어요."

"하하하!"

아이들이 일제히 웃음을 터뜨렸다. 하지만 뽀는 얼굴이 홍당무가 되

어 있었다.

"자, 자. 우리 뽀의 말을 한번 들어보자고."

"맞아요. 나한테는 얼마나 심각한 일인데."

아이들이 조용해지자 뽀가 이야기를 시작했다.

"사실은 틀린 말도 아니에요. 저는 공부도 먹는 것처럼 했어요. 그러니까 가령 오늘은 챕터 1, 2, 3을 공부해야 된다, 뭐 이런 날이 있잖아요. 그런데 문제는 남은 자습시간이 1시간 정도뿐인 거죠. 그럼 저는 이렇게 생각해요. 이제까지 계획에 맞춰 진행해 왔는데 이게 조금 어렵다는 이유로 미루면 또 의지가 약해져서 다음날에 영향을 줄 거라고 말이에요. 그러면서 그날 1시간 만에 그것을 다 풀어버려요. 그렇게 하면 집으로 가는 길이 아주 뿌듯해요. 시간이 부족한데도 불구하고 나름대로 의지를 갖고 그것을 다 했다는 생각이 들거든요. 뭐, 그때, 머리에 남는 게 없으면 어떻게 하지, 하는 걱정을 안 한 건 아니었죠. 하지만 뭐, 오늘 할 일을 다 했다고 생각하니 마음은 뿌듯하더라고요. 지금은 피곤해서 그렇지 나중엔 다 기억날 거야, 하는 낙관적인 생각도 있었고요. 우선 필요한 진도는 나갔잖아요. 중요한 건 다음날 거기에 이어서 나가야 할 진도였으니까요. 근데 그게 정말 너무나 낙관적인 생각이었던 거예요. 정말로 기억에 남는 게 없더라고요."

뽀는 공부하는 사람이 가장 범하기 쉽고 또 피하기 어려운 함정에 빠져 있었다. 진도는 공부를 하는 데 있어 엄청난 유혹이다. 그것은 진도가 눈에 보이기 때문이다. 내가 얼마나 많은 것을 기억하고 있는지는 눈에 선명히 보이지 않는다. 하지만 진도는 내 눈앞에 너무나 선명하다. 그래서 사람들은 진도를 나가는 것이 공부를 하는 것이라고 쉽게 착각하고 만다. 하지만 그것은 너무나 분명한 착각이다. 나는 찬찬히 아이들의 얼굴을 돌아보며 이야기했다.

"우리, 공부의 목적이 뭔지 다시 한번 생각해 볼까? 어쩌면 공부는 기억하기 위해서 하는 것일지도 몰라. 아무리 많은 것을 읽었다 하더라도 머릿속에 아무것도 남아 있지 않다면 그건 아무것도 읽지 않은 것과 같잖아. 예를 들어 내 머릿속에 지우개가 있다고 생각해 봐. 그래서 내 기억이 모두 사라졌어. 하지만 나는 예전에 멋진 남자와 무척이나 아름다운 사랑을 했지. 하지만 기억이 없기 때문에 나는 그 남자를 봐도 아름다운 사랑이 떠오르지 않아. 그럼 나는 사랑을 한 것일까, 하지 않은 것일까? 공부도 마찬가지야. 나는 오랫동안 열심히 공부를 했어. 하지만 공부를 한 후에 머리에 남는 내용이 하나도 없어. 그럼 나는 공부를 한 것일까, 하지 않은 것일까? 공부도 기억을 만들기 위해서 하는 것이야. 문제를 푸는 것도 참고서를 읽는 것도 연습장에 써가며 공부하는 것도 기억하기 위함이지, 얼마나 진도를 나갔는지 확인하기 위해서가 아니잖아. 진도를 많이 나갔다고 뿌듯하게 생각할지 모르지만, 그건 그저 한순간의 만족일 뿐이야. 게다가 사람이 받아들여야 하는 정보의 양은 상상을 초월할 정도로 많단다. 진도를 충실히 나가도 결국은 까먹게 되어 있어. 그러니까 진도가 늦더라도 내용을 확실히 이해하고 소화하고 기억해야 해. 그렇지 않으면 모든 걸 잊어버리게 되지."

뽀는 자신의 공부법을 다시 회상하는 듯했다. 그때 나래가 손뼉을 쳤다.

"맞아요. 그런 만화를 본 적이 있어요. 〈도라에몽〉인가 하는 만화 있잖아요. 주인공 아이가 너무 많이 까먹으니까 도라에몽이 먹기만 하면 기억이 되는 물건을 만들어주었어요. 영어를 먹으면 영어가 기억되고 사회를 먹으면 사회가 기억되는 거죠. 이 아이는 기쁘고 신기한 마음에 마구마구 먹어버렸고, 결국은 시험 전날 아침에 설사를 하고 말아요. 그래서 다시 모두 까먹고 말죠. 너무 많이 먹으면 소화도 안 되고 배탈이 나잖아요."

"하하하."

나래의 말에 우리는 모두 웃을 수 있었다. 이제는 두뇌의 기억공식에 대해서 이야기해 주어야겠다. 두뇌의 기억공식을 이해하기 위해서는 먼저 기억에도 몇 가지 종류가 있다는 것을 알아야 한다. 날은 벌써 어두워지고 있었다. 나는 찬찬히 두뇌의 기억 시스템에 대해 설명했다.

두뇌의 기억 시스템

"두뇌에는 다양한 기억 시스템이 존재한단다. 그 첫 번째가 일화기억과 의미기억이야. 일화기억은, 쉽게 이야기하면 우리의 일상생활에 관련된 기억이라고 할 수 있어. 작년 크리스마스에 한 일, 작년 생일에 받은 선물을 우리는 잘 기억하고 있잖아. 하지만 이런 기억도 때로는 잘 떠오르지 않을 때가 있지. 길에서 어떤 사람과 마주쳤어. 얼굴이 눈에 익는데 어디서 만났는지, 누구인지가 기억나지 않을 때가 있잖아. 하지만 그 사람이 '우리 어디어디에서 만났잖아.'라고 하면 그때 일이 기억나기 시작하지. 이런 기억이 일화기억이야. 하지만 일화기억이라고 해서 모든 것이 기억되는 것은 아니야. 다른 기억들이 자꾸 쌓이면 일화기억은 밀려나게 된단다. 떠오를 듯 떠오르지 않는 추억도 그 때문이지. 기억상실증 환자는 이 일화기억을 잃어버린 사람들이야."

고개를 끄덕이던 뽀가 물었다.

"그렇군요. 그럼 의미기억은 뭐죠? 왠지 일화기억과 반대일 것 같은데……."

"의미기억은 우리가 가지고 있는 지식이라고 할 수 있지. 공부한 것, 책에서 읽은 것, 그런 기억들이 의미기억이야. 공부는 의미기억에 있다고 할 수 있지. 그런데 일화기억과는 반대로 의미기억은 쉽게 만들어지지 않아. 공부를 열심히 하면서도 잘 기억하지 못하는 것도 그 때문이야. 그래서 의미기억은 자꾸 반복시켜주어야 단단해진단다. 그건 관심과 같은 것이야. 관심을 가지고 어루만져주기를 반복하면 의미기억은 튼튼하게 자라나 시간이 지나도 쉽게 잊히지 않게 되지. 자신의 이름조차 잊어버린 기억상실증 환자가 영어를 구사하고 수학문제를 풀 수 있는 것은 단단한 의미기억 때문이야."

그때 비틀스가 한숨을 쉬며 말했다.

"아! 의미기억이 일화기억처럼 쉽게 만들어지고 일화기억은 의미기억처럼 쉽게 잊히지 않으면 얼마나 좋을까."

"맞아!"

아이들이 모두 맞장구를 쳤다. 하지만 비틀스의 이야기가 바로 내가 하려던 이야기였다.

"내 말이 그거야. 만약 일화기억과 의미기억을 동시에 이용한다면 기억은 더 튼튼해지지 않을까? 여기에 바로 기억을 잘하는 단서가 있지. 혼자서 공부하는 것도 좋지만 나는 선생님의 설명을 잘 들으라고 권하고 싶어. 설명을 들을 때, 선생님의 모습과 행동은 일화기억이야. 그리고 설명하는 내용은 의미기억이고. 두 기억이 합쳐지면 기억은 튼튼해지지. 다음은 적극적으로 수업에 임하는 거야. 왜, 질문을 많이 하는 친

구들이 공부를 잘한다고 하잖아. 그게 맞는 말이야. 질문을 하는 행동
은 일화기억, 질문을 하는 상황과 질문의 내용은 의미기억이거든. 그러
니까 두 기억이 합쳐진 거야."

그때 나래가 갑자기 손뼉을 치며 말했다.

"맞아요, 맞아. 핀란드에서는 그랬어요. 보통 프로젝트식 수업을 하
거든요. 그럼 누구나 수업에 자유롭게 참여할 수 있죠. 질문도 많이 하
고 토론도 하고 중간에 웃기도 하고. 하지만 한국에서는 그저 수업시간
내내 선생님 말씀 듣는 게 전부예요."

"핀란드에서는 그렇게 수업했어? 재미있었겠다."

아이들은 나래의 핀란드 경험을 처음 듣는 듯했다. 나래가 조심스럽
게 얘기했다.

"그게, 핀란드 이야기하고 그러면 왕따 당할까 봐."

"하하하."

왕따란 말에 아이들이 모두 큰 소리로 웃었다. 나래의 걱정도 이해가
되었다. 하지만 이 아이들과는 좋은 친구가 된 듯했다. 그리고 나래의
말은 아주 정확했다. 우리는 수업에서 일화기억을 만들 기회를 좀처럼
주지 않는다. 하지만 핀란드는 그렇지 않다. 적극적으로 수업에 참여하
며 기억을 만들어가고 있는 것이다. 나는 다시 이야기를 시작했다.

"자. 그럼 우리 또 다른 기억에 대해 알아볼까?"

아이들이 초롱초롱한 눈으로 나를 바라보고 있었다.

"또 다른 기억의 종류로는 단기기억과 장기기억이 있지. 말 그대로
단기기억은 빨리 잊어버리는 기억이고 장기기억은 오래가는 기억이야.
더 쉽게 설명하자면 단기기억은 3일 안에 물건을 찾아가야 하는 임시보

관창고 같은 것이고 장기기억은 스위스 은행에 보관해 놓은 물건처럼 언제까지라도 안심하고 보관해 놓을 수 있는 기억이란다."

"그럼 머리에 임시보관소랑 금고가 따로 있다는 말인가요?"

비틀스의 물음에 나는 다시 이야기를 시작했다.

"그럼, 물론이지. 다시 한번 생각해 보자. 임시보관소에 두는 물건이랑 은행 금고에 두는 물건이 같을까?"

"당근 아니죠."

뽀가 재빨리 대답했다.

"그래. 기억도 마찬가지야. 두뇌는 중요도에 따라 기억을 금고에 두기도 하고 임시보관소에 두기도 한단다. 그럼 기억을 잘하는 방법은 간단한 거잖아. 공부한 내용을 임시보관소 같은 단기기억 저장소가 아니라 금고 같은 장기기억 저장소로 보내면 되는 거지."

"저기, 질문이요. 무엇으로 중요도를 결정해요?"

뽀가 갑자기 손을 들고 질문을 했다.

"두뇌는 자주 사용하는 기억을 중요하다고 생각한단다. 그렇다고 한 시간 내내 한 단어만 외우라는 이야기는 아니야. 중요한 것은 사용하는 횟수뿐만이 아니거든. 사용 빈도와 스스로가 느끼는 중요도가 기억에 큰 영향을 미치지. 중요도는 일종의 비중이라고 할 수 있어. 예를 들어 볼까. 일 년에 한 번 만날까 말까 한 사람, 만나도 그리 반갑지 않고 스쳐 지나가며 인사만 하는 사람은 내게 중요한 사람이 아니잖아. 이런 기억은 두뇌가 금방 잊고 말지. 매일 만나는 사람은 두뇌가 기억한단다. 하지만 매일 만나는 사람 모두가 내게 중요한 것은 아니잖아. 매일 같은 반에서 수업을 받지만 친한 친구가 있고 친하지 않은 친구가 있는 것과 마찬가지지. 시간이 지나면 매일 만났어도 친한 친구는 기억이 나고 친하지 않은 친구는 기억이 나지 않게 돼. 그건 마음속에서 친한 친구를 그리워하고 만나지 않아도 생각했기 때문이야. 그게 비중의 차이야. 공부한 내용을 반복하면서도 그것이 중요하도록 여기게 해야 하는 거지.”

묵묵히 이야기를 듣고 있던 나래가 고개를 들었다.

“그런데 우리가 공부하는 내용은 잘 사용하지 않잖아요. 평소에 쓸 수 있는 내용은 거의 없어요. 핀란드에서는 실용적인 걸 많이 배웠는데…….”

나는 고개를 끄덕였다.

“그렇지. 우리는 대부분 시험만을 위해서 공부하니까. 그래서 공부한 내용이 단기기억에 그치고 말지. 그래서 전략적으로 반복하라는 거야. 무식하게 흰 종이 까맣게만 만들면 금방 잊어버리지. 그러니까 반복의 시기, 빈도, 시간차를 잘 조절해야 한다는 거야.”

매미와 하루살이

나래와 친구들은 희망을 안고 돌아갔다. 두뇌 기억에 대해 이야기할 때 아이들 눈에서는 빛이 났다. 나는 장기기억을 만드는 전략을 카페에 올려놓겠다고 약속했다. 손뼉을 치며 좋아하는 나래와 아이들을 보며 나는 가슴이 설레었다. 어째서 아이들에게 그런 이야기를 해준 사람이 여태 없었을까? 어쩌면 그것이 우리 시대 공부의 문제점인지 모르겠다.

적을 알고 나를 알면 백번 싸워 백번을 이길 수 있다고 했다. 하지만 지금의 공부는 그렇지 못하다. 내가 비판하는 전통학습법, 공부바이러스를 무작정 믿는 사람은 공부하는 자신을 모르고 공부 방법을 모른다. 그건 마치 아무런 전략도 없이 적진에 무조건 돌진하는 자살행위와 같다.

공부에 대한 뿌리 깊은 오해는 널려 있다. 대표적인 말이 '학교우등생이 사회우등생은 아니다.', '학교에서 공부한 거 사회에 나오면 써먹을 데 없다.'는 이야기다. 하지만 확률적으로 학교우등생은 사회우등생이 될 확률이 높고, 학교에서 공부를 잘한 학생은 사회에 더 잘 적응한다. 이 말에는 공부를 못하게 하는 바이러스가 숨어 있다. 써먹을 데 없다는 마음은 두뇌에게 그것이 중요하지 않다고 여기게 한다. 그것이 중요하지 않다고 여긴 두뇌는 그것을 기억하려 하지 않는다. 결국 공부란 시험을 위해서만 존재하는 것이라고 여기게 되는 것이다.

대한민국 학생들은 핀란드 학생들에 비해 학교수업 외에 거의 3배에 가까운 시간을 공부하는 데 사용한다. 그런데 성적이 뒤지는 이유는 무엇인가? 그것은 공부를 바라보는 가치가 다르기 때문이다. 시험과 성적에만 집착하는 공부와 내용에 관심을 기울이는 공부는 다를 수밖에 없다. 내용에 관심을 기울인 공부는 높은 성적을 선물하지만 시험과 성적에 집착한 공부는 오히려 성적저하라는 암울한 결과를 낳게 한다. 두뇌가 정말 중요하다고 생각하는 것이 무엇인지를 모르기 때문이다. 공부가 앞으로 내 삶에 꼭 필요한 것이라고 두뇌를 설득해야 한다. 그래야 두뇌는 그것을 기억한다. 시험만 끝나면 안 봐도 되는 거, 대학만 들어가면 안 해도 되는 거, 그런 마음을 가지면 두뇌는 그것을 기억하지 않는다.

서울대 법대 4학년생이 사법고시 수석을 차지한 적이 있었다. 천재들, 아니면 공부영웅이라 불리는 사법고시생 가운데서 재학생이 어떻게 수석을 차지할 수 있었을까? 그의 답은 간단하다. 재학생이기 때문에 큰 부담 없이 관심을 가지고 재미있게 했다는 것이다.

장자는 〈소요유편〉에서 이렇게 이야기한다. 들판에 나들이 가는 사람에게는 세 끼니 먹을거리를 준비하는 것으로 충분하지만, 백 리 길을 떠나는 사람은 밤새 곡식을 찧어 먹을거리를 준비해야 하고 천 리 길을 가는 사람은 석 달의 식량을 준비해야 한다. 자신이 가는 곳에 따라서, 자신의 지향에 따라서 사람은 준비해야 한다. 매미는 가을을 알지 못하고 하루살이는 내일을 알지 못한다. 매미는 여름 한 철이 세상의 전부인 줄 알고 하루살이는 하루가 세상의 전부인 줄 안다. 우리는 내 눈앞의 것이 아니라 저 멀리 있는 것을 보아야 한다. 지금 눈앞에 있는 진도가 아니라 더 먼 미래를 보아야 한다. 오늘 진도를 많이 나갔다고, 오늘 하나의 단어를 수백 번 반복했다고 해서 만족하는 것은 가을을 알지 못하는 매미나 내일을 알지 못하는 하루살이와 진배없다. 공부한 내용이 머리에 쌓이고 그것이 튼튼하게 기억되어야 공부가 잘된다.

공부를 하면서 장기기억을 만드는 것은 천 리 길을 가기 위해 석 달의 식량을 준비하는 것과 같고, 눈앞의 시험을 위해 시험이 끝나면 잊어버릴 공부를 하는 것은 천 리 길을 가면서 세 끼의 먹을거리를 준비하는 것과 같다. 천 리 길을 가면서 세 끼의 먹을거리만을 준비했으니 떠난 자는 다시 집으로 돌아올 수밖에 없다. 다시 길을 떠날 때에는 전의 일을 교훈 삼아 많은 식량을 준비해야 하건만 여전히 세 끼의 먹을거리를 준비한다면 또다시 처음으로 돌아올 수밖에 없다. 차근차근 식량을 준비하듯 공부한 내용을 나의 기억으로 만드는 것이 공부를 잘하는 길이다.

그냥 외우면 잊게 마련이다

공부는 기본적으로 기억이다. 기억하지 못하면 아무것도 공부하지 않은 것과 같다. 우리는 공부한 내용을 효과적으로 오랫동안 기억하고 싶어한다. 그러나 우리가 하는 공부는 그런 기억을 만들지 못한다. 그건 두뇌를 무시했기 때문이다.

☐ 공부한 내용을 잘 기억하지 못하는 것은 당연하다.

☐ 오래 기억하려면 열심히 암기하는 수밖에 없다.

☐ 공부를 하면서 재미를 느끼거나 의미를 찾게 되는 경우는 드물다.

☐ 학교에서 공부한 내용은 사회에 나오면 무용지물이다.

☐ 정확하게 이해하고 외우는 것과 그냥 외우는 것의 차이를 잘 모른다.

• 4개 이상 공부 바이러스에 중증 감염된 상태. 핀란드식 공부를 시도하지 않으면 공부를 중간에 포기할 확률이 높다.
• 2~3개 공부 바이러스를 스스로 퇴치할 수 있는 상태. 공부 거부감 유발요인을 잘 찾아서 해결해야 성공 가능성을 높일 수 있다.
• 1개 이미 핀란드식 공부를 하고 있는 상태. 주변의 훈수를 잘 물리치면 대부분 성공한다.

기억력 활용하기

Step 1 깨달음의 장

공부한 내용을 쉽게 까먹는 게 당연한가? 그것이 정상인가? 그것을 당연하게 여기는 것, 그것이 정상이라고 생각하는 것이 비정상이다. 자신이 열심히 외우지 않아서 기억하지 못한다는 생각은 틀렸다.

Q 1: 아무런 의미도 없이 그냥 나열된 정보를 기억할 때와 재미있는 이야기를 만들어 기억할 때, 차이가 있을까, 없을까?

☐ 없다.　　　　　　　　☐ 있다.

Q 2: 평생 기억할 만한 소중한 것이라고 생각하며 기억하는 것과 시험만 보면 아무런 쓸모도 없다고 생각하며 기억하는 것에 차이가 있을까, 없을까?

☐ 없다.　　　　　　　　☐ 있다.

바이러스의 유혹
차이는 무슨 차이. 생각해 보라고. 공부한 건 매일 까먹잖아. 원래 공부는 까먹고 외우고 까먹고 외우고의 반복이라고. 공부한 걸 어떻게 다 외워. 시험 때까지만 외워도 다행이야.

천사의 충고
너의 기억력은 충분히 좋아. 진심이야. 단지 제대로 기억력을 발휘하지 못했을 뿐이라고. 공부한 걸 까먹으면 얼마나 억울하니. 이제 기억할 수 있는 공부를 경험해 보자고.

Step 1 통과 자가진단

- Before 아무리 외워도 잘 기억되지 않고 기억한 것도 금방 까먹는 건 머리가 나빠서 그렇다고 생각한다. 또는 확실하게 외우지 않아서다.
- After 자신이 공부한 내용의 대부분을 까먹고 있다는 걸 알게 되고 다른 방법으로 공부하지 않으면 희망이 없다는 것을 깨닫는다. 많이 공부하는 것이 중요한 것이 아니라 조금을 공부해도 까먹지 않는 공부를 해야 희망이 있다는 사실을 깨닫는다.

Step 2 경험의 장

중요한 것은 스스로 기억을 경험하는 것이다. 어떻게 하면 기억이 잘되고, 어떻게 하면 기억이 잘되지 않는지를 스스로 경험하는 것이 필요하다.

다음 알파벳을 외워보자.

▶ 아무런 의미도 없는 철자의 나열인 상태에서 다음을 기억해 보자.

korjapengbtvnhkmbcbbcchi

▶ 이번에는 철자를 분해하여 우리가 이미 알고 있는 형태의 정보로 가공한다.

kor/jap/eng/btv/nhk/mbc/bbc/chi

▶ 다음과 같은 이야기에 포함시켜보자.

한국kor과 일본jap 그리고 영국eng의 방송국들이 앞 다투어 김연아 선수 특집방송을 준비했다. 하지만 가장 인기가 높은 방송은 따로 있었는데 바로 북경티비btv였다. 다음은 일본의 nhk, 한국의 mbc, 영국의 bbc 순이었다. 시청률 조사에서 가장 앞선 나라는 결국 중국chi이었다.

바이러스의 유혹

당장 급한데 무슨 이야기를 만들어. 다 필요 없어. 그냥 달달 외워. 그게 바로 정통 암기법이야.

천사의 충고

처음 공부할 때, 제대로 기억하는 방법으로 공부하면 그 다음부터 공부가 한결 쉬워진다고. 처음에는 시간이 걸리지만 쉽게 기억할 수 있는 방법을 찾아서 공부하는 게 오히려 가장 쉽고 빠른 길이야.

Step 3 실천의 장

두뇌는 공식을 가지고 기억한다. 아무거나 기억하고 아무거나 잊는 것이
아니다. 두뇌는 가치가 있다고 여겨지는 정보를 우선적으로, 그리고 오래
기억한다. 두뇌가 무엇을 잊고 무엇을 기억하는지를 알면 우리는 훨씬 강
한 기억을 만들 수 있다.

▶ 공부하는 순간순간 자신의 공부가 기억공식에 맞는지 점검한다. 그렇게
하지 않으면 이전처럼 그냥 외우려는 식으로 공부하게 된다. 그 순간은
기억된 것 같겠지만 그건 착각이다.

▶ 두뇌는 쓸 데가 많고 소중한 것이라고 생각하면 강하고 오래 기억한다. 그
러나 쓸모없는 것이라고 생각되면 그것을 쉽고 빠르게 삭제한다.
→시험만을 의식한 공부와 지금 당장은 아니라도 써먹을 데가 있다고 생
각하며 기억하는 것에는 차이가 있다.

▶ 알고 싶었던 것은 바로 기억하지만 억지로 기억해야 한다는 느낌이 들면
두뇌는 바로 삭제한다.
→스스로 질문을 만들어 궁금증을 유발한 상태에서 공부하는 것과 그냥
시험범위고 숙제라서 하는 공부에는 차이가 있다.

▶ 두뇌는 재미가 느껴지면 바로 기억한다. 그러나 따분하거나 지겹다는 느
낌이 들면 바로 삭제한다.
→뭔가를 알아가는 재미를 추구하는 공부와 하기 싫은 걸 억지로 하는 공
부에는 차이가 있다.

▶두뇌는 분명하게 이해되는 것은 쉽게 기억한다. 그러나 정확하게 이해되지 않는 내용은 대부분 완성된 기억으로 남지 않는다.

→하나하나 정확하게 이해하기 위해 노력하는 공부와 급하니까 일단 외우고 보자는 식의 공부에는 차이가 있다.

▶자주 간격을 두면서 오랜 기간 반복하면 기억이 잘된다. 그러나 한 번 보고 말거나 한순간에 반복하면 쉽게 잊힌다.

→꼭 기억해야 할 내용을 정리했다가 주기적으로 반복하는 공부와 한 번 집중적으로 외우고 다시 보지 않는 공부에는 차이가 있다.

▶조금씩 나눠서 제대로 기억하는 것은 OK, 한꺼번에 많은 내용을 기억하는 것은 NO.

→매일 조금씩 기억을 만들어나가는 공부와 잔뜩 미루었다가 시험기간에 몰아서 하는 공부에는 차이가 있다.

바이러스의 유혹

다 쓸데없어. 학교에서 공부한 거 사회 나오면 써먹을 데가 있는 줄 알아? 어른들이 자기들 유리한 내용만 모아 놓은 게 교과서라는 사실.

천사의 충고

사회에 나가서 써먹을 데가 없다는 말은 사실이 아니야. 써먹고 싶어도 기억이 나지 않아서 못 쓰는 거라고. 생각해 봐. 그렇게 열심히 외웠는데 금방 까먹고 써먹지도 못한다면 너무 슬프지 않아? 쓸 데가 얼마나 많은데.

Step 3 통과 자가진단

• Before 공부를 하면서 진도가 나갈수록 계속 공부에 대한 부담이 커져만 간다. 마치 역삼각형같이 부담이 늘어난다.

• After 진도를 나가면서 오히려 공부에 대한 부담이 줄어든다. 자연스럽게 기억으로 완성되는 내용이 많아지면 공부 부담은 정삼각형처럼 줄어든다.

■ 한국식 기억력이 약해지는 공부: 시험만을 의식하는 공부

□ 핀란드식 기억력이 강해지는 공부: 소중한 것을 즐겁게 배우고 익히는 공부

핀란드식 공부 원칙

1. 이해가 되지 않으면 이해될 때까지, 그것도 정확하게 이해될 때까지 공부한 다음 기억하기 위해 노력한다. 이해되지 않은 상태에서 암기하는 것은 자살행위와 같다.

▶ 좀처럼 이해하기 어렵고 그냥 외워야 하는 내용은 반복적으로 읽고 쓰면서 외우면 된다.

▶ 아무리 다급해도 정확히 이해되지 않는 내용을 그냥 외우려고 해서는 안 된다.

2. 한꺼번에 많은 내용을 공부하려 하지 말고 그날 진도 나간 것만 확실하게 기억하려고 노력하자. 공부의 주기를 살려서 기억한다.

▶ 하루주기

• 1차 수업시간에 공부한 내용이 다른 정보와 뒤섞여 약해지기 전에 가급적 빨리

• 2차 그날 진도가 모두 끝난 다음에 여러 과목의 내용이 뒤섞여 기억이 약해지기 전에 전체적으로 다시 한 번

• 3차 잠자는 동안에 기억이 만들어지므로 강한 기억을 만들어달라는 의미에서 한 번 더

- • 4차 잠자는 동안에 만들어진 기억의 정확성과 강도를 높이는 의미에서 다음날 아침에 일어나 한 번 더

▶주말주기 일주일 동안의 진도를 다시 점검하면서 약해진 기억을 찾아서 다시 보강

▶시험주기 시험기간이 되면 가급적 주관식으로 기억의 완성도를 점검하여 약해진 부분을 집중적으로 보강

▶방학주기 지난 학기에 공부한 내용을 총점검하면서 약해진 기억을 찾아 최종 마무리

3. 가급적 모든 감각을 동원해서 공부하고 반드시 표현을 해보는 것이 좋다.

▶단어를 외울 때, 그냥 쓰기만 하면 안 된다. 소리로 듣고 그 단어의 의미를 그림으로 표현해 보고 직접 발음해 보면 다양한 감각기관을 활용하게 되고 그만큼 기억의 강도도 높아진다.

국어(언어영역)

▶그 글을 통해 자신이 얻을 수 있는 것이 무엇인지 반드시 생각해 본다.

▶언어능력이 향상되면 정말 많은 혜택을 누리게 된다는 사실을 깨달아야 한다. 당장 기억에 남는 것도 많아지지만 더 중요한 것은 언어능력 자체가 향상되어 자신에게 필요한 정보를 언제 어디서나 누구보다 쉽고 빠르게 습득할 수 있게 된다.

수학(수리영역)

▶문제 풀고 정답 맞히기를 목적으로 하는 공부가 아니라 문제에 주어진 조건을 잘 활용하여 논리적인 과정을 설계한 다음에 가장 마음에 드는 사고의 과정을 반복적으로 연습함으로써 자연스럽게 자신의 사고방식에 스며들게 한다는 의도를 가지고 공부한다.

▶확률과 통계를 제외하면 직접적인 효용성을 느끼기 어렵다. 그러나 수학

의 가치는 논리에 있다. 논리적인 사고력을 키우는 데 수학보다 좋은 것은 없다. 세상 그 어떤 사람이 풀어도 정답은 같다. 또한 정답에 도달하는 과정에서 명쾌함을 자주 경험하게 되면 두뇌 발달에도 크게 도움이 된다. 논리정연하다는 말을 듣고 싶은가, 아니면 횡설수설한다는 말을 듣고 싶은가? 수학은 정말 소중하다는 생각을, 자신의 신념처럼 무장하고 공부하면 기억력이 강하게 발휘된다. 열 번 풀어야 할 문제를 한두 번만 풀어도 된다. 시간과 노력을 절약하면서 공부한 내용을 강하게 기억할 수 있는 가장 효과적인 방법이다.

영어(외국어 영역)

▶아무런 의미를 가지고 있지 않은 단어를 그냥 외우면 절대 안 된다.

▶내용 자체가 흥미진진한 지문을 찾아 반복적으로 크게 읽으면서 자연스럽게 암기되도록 한다. 그 다음 그 지문에 포함된 구문과 단어를 최대한 확장해서 공부한다.

▶시험 점수를 의식하지 말고 내 생활에 유용하다는 마음을 가져야 한다. 영어를 잘하면 크게 성공할 수 있다는 마음을 가지고 공부하면 두뇌의 기억력이 자연스럽게 발휘돼 해야 할 영어공부의 양이 빠르게 줄어든다.

불안을 떨치는 2:8 법칙

시험에 나오는 것보다 내가 알고 싶은 걸 먼저 기억한다.

20%: 재미있고 쉬워 먼저 잘 기억할 수 있는 20%를 기억한다.

80%: 20%의 확실한 기억을 이용하면 기억해야 할 나머지 80%는 점점 쉽게 기억된다.

나는 다시 병에 갇혔다

병을 깨고 나오니 밖에는 더 큰 병이 있었다

내 날개는 다시 금이 갔다

힘차게 날아오를 줄 알았는데

나를 다시 가둔

시험이라는 병

역

시

나는 안 되는 거였어

그래서 나는 날지 못하는

새

가

슴

그런데 너무 억울하다

아무리 새가슴도 새는 새잖아

날 수 있잖아

날 수 있는 거였잖아

저 병에 다시 갇히긴 너무 싫어

제 5 장

써먹지 못할
공부, 하지 마라

득점력 강화 프로젝트

아는 건데! 그 공허함이란

"시간 제한 없이 차근차근 풀어서 제가 틀린 원인을 찾아내니
거의 풀 수 있는 문제였습니다." -최재영

열어둔 창문으로 제법 쌀쌀한 바람이 드나들었다. 벌써 겨울이 오려
한다. 겨울은 사람을 움츠리게 한다. 잎을 떨어뜨린 앙상한 나뭇가지가
그렇고 차가운 바람이 그렇고 얼어붙은 땅이 그렇다. 하지만 눈이 온 뒤
에야 소나무의 푸름을 알 수 있다고 하지 않았던가? 무언가가 나를 움
츠리게 한다고 진짜 오그라들면 안 된다. 그럴수록 더욱 꼿꼿해져야 한
다. 겨울이 가면 반드시 봄이 오는 것이 세상의 이치 아니던가?

지금 나는 컴퓨터 앞을 떠나지 못한 채, 답답해하고 있다. 마치 혹독
한 겨울 창가에 매달린 고드름처럼 나는 컴퓨터 앞에 얼어붙어 있다. 이
답답함, 가슴 한구석에서부터 진동처럼 퍼져가는 이 찡함은 뭐란 말인
가? 나는 이미 답을 알고 있다. 추운 겨울을 이겨내야 하는 것은 비단
거리의 가로수나 겨울잠을 자는 개구리들만의 문제가 아니다.

내게도 겨울은 안타까운 계절이다. 추운 겨울은 한파라는 말로 표현

된다. 그리고 한파라는 말을 들으면 나는 자연스럽게 '입시'를 연상한다. 예전부터 입시가 있는 날은 모질게도 추웠다. 그래서 사람들은 '입시한파'라는 말을 쓴다. 하지만 그것보다 사람을 더 춥게 만드는 건, 입시에 대한 압박감일 터다.

내가 운영하는 학습법 카페에는 여러 가지 글들이 올라온다. 오늘은 대부분 모의고사를 치른 후의 이야기들로, 모의고사에 실패하고 어렵게 해온 공부에 회의를 느낀다는 내용이었다. 그 글들을 보며 나는 안타까움과 답답함을 동시에 느끼고 있다. 이 글은 카페에 올라온 한 학생의 글이다. 어쩌면 다른 사람들도 고개를 끄덕일지 모르겠다.

이게 제 운명일까요?

먼저 선생님께 감사의 마음을 전합니다. 하지만 이 글을 쓰는 지금은 선생님이 조금 원망스럽네요. 선생님이 알려주신 학습법은 제게 정말 큰 도움이 됐어요. 포기하려고 했던 공부를 다시 시작하게 됐으니까요. 나도 공부를 잘할 수 있을 거라는 희망도 품었죠. 하지만 이제는 그것이 저를 더 힘들게 합니다. 지금 제 눈은 너무 울어서 퉁퉁 부어 있습니다. 모니터의 글자도 잘 보이지 않아요.

오늘 모의고사를 보았습니다. 방금 인터넷으로 답을 확인했는데, 하늘이 무너지는 느낌입니다. 아니, 너무 억울해서 견딜 수가 없습니다. 제가 이렇게 서러운 건 모의고사를 망쳐서가 아닙니다. 틀린 문제 중 반은 아는 문제였습니다. 분명히 아는 문제인데, 틀린 겁니다. 모르는 문제를 틀렸다면 이런 글도 쓰지 않을 겁니다. 답을 맞춰보면서 제 손으로 머리를 몇 번이나 쥐어박았는지 모릅니다. 어떻게 아는 문제를 이렇게 이 학생은 가끔씩 자신의 공부일기를 카페에 올리던 학생이었다. 나는 공부일기를 보며 이 학생이 길을 잘 찾아가고 있다고 생각했다. 그런데 시험을 망친 것이다. 이 글을 읽으면서 나 역시 안타깝고 억울했다. 하지만 그 다음 느낀 감정은 답답함이었다. 그리고 자책이 들었다. 마지막 공부법을 조금 더 빨리 알려주었어야 할 것을……. 하지만 이건 말그대로 모의고사가 아닌가? 아직은 시간이 있다. 남은 시간 동안 마지막 방법을 이용한다면 다시는 울지 않을 것이다. 마지막 학습법, 그것은 바로 실전에서 실력을 발휘하는 방법이다.

시험이 모든 실력을 제대로 평가할 순 없다. 하지만 우리는 시험으로 실력을 평가받는 세상에 살고 있다. 시험을 못 보면 공부를 못하는 것이다. 아무리 많이 공부했어도 시험 점수가 낮으면 공부를 안 한 것이다. 사실 문제는 간단하다. 자신의 실력을 시험에서 최대한 발휘하면 된다. 많은 사람들은 평소의 공부가 시험성적과 곧바로 연결된다고 생각한다. 그러나 결과는 종종 다르게 나타난다. 머릿속으로 아는 것과 시험에서 성공을 거두는 것에는 차이가 있다. 그리고 시험을 잘 보는 방법은 엄연히 학습법 중의 하나다.

시험을 못 본 사람이 하는 공통적인 세 마디가 있다. 첫 번째는 "아는 건데", 두 번째는 "시간이 모자라서", 그리고 마지막 세 번째는 "긴장해서"다. 하지만 이 세 마디가 시험을 망친 원인이라는 사실을 아는 사람은 많지 않다. 이 세 마디가 바로 시험에서 성공할 수 있는 단서다. 이 세 마디 때문에 아프고 힘든 사람들, 하지만 시험을 잘 보고 싶은 사람들. 지금 그 사람들에게 가장 필요한 건 바로 시험을 잘 보는 방법이다. 실전에서 써먹을 수 있는 공부를 하는 것, 그것이 우리의 또 다른 목표다.

시험을 잘 보는 데도 요령이 필요하다. 또한 그것은 시험 속에서 살아가는 우리에게 중요한 학습법 중 하나다. 나는 실의에 빠져 있는 이들에게 댓글을 달고 편지를 쓰기로 했다. 밤이 늦도록 컴퓨터 앞에 앉아 글을 쓰면서 불현듯 나래 생각이 났다. 핀란드에서라면 나래는 시험에 실패하는 일이 없을 터였다.

핀란드에서는 공부와 평가가 분리되어 있지 않다. 배우는 것과 평가하는 것, 두 가지가 항상 동전의 양면처럼 함께 한다. 아니 핀란드에서는 평가라는 말보다 활용이라는 말이 더 어울릴지 모른다. 그건 시험이 아니라 활용하는 능력을 키워주는 것이고 내가 얼마나 잘 활용할 수 있는지를 측정하는 것이기 때문이다. 그래서 핀란드에서는 실력과 성적이 비례한다. 하지만 나래는 지금 성적지상주의 대한민국 사회에서 살고 있다. 배우고 익히는 것이 목적이 아니라 성적을 위해서 공부하는 대한민국에서 살고 있다. 성적만 잘 받으면 된다는 생각이 나래를 더 힘들게 했을 거란 생각이 들었다. 분명 나래가 경험한 것이 맞는데, 다른 방법을 강요당했으니 어찌 힘들지 않았을까? 어쩌면 나래도 시험 때문에 고생하고 있을지 몰랐다. 하지만 급하게 생각하지 않기로 했다. 나는 카페의 글을 다시 살펴보았다. 그런데 자꾸 앞에 보았던 편지가 눈에 어른거렸다. 나는 그 학생에게 쪽지를 보냈다. 사무실 주소와 연락처를 함께 보내며 직접 찾아와도 좋다고 했다. 그런데 쪽지를 보내자마자 바로 답장이 왔다.

"선생님, 사실은 저 나래예요. 내일 찾아뵈어도 될까요?"

이론의 황제에서
실전의 황제로

"계획도 세우고 목표량도 달성하고 제가 그토록 싫어하고
자신 없어하던 외국어 성적도 많이 향상되었음을 느낍니다." - 한가희

어김없이 돌아온 토요일 오후, 나는 땀을 닦으며 야트막한 고갯길을 종종걸음으로 오르고 있었다. 벤치 주위의 나무는 이미 많이 앙상해진 상태였다. 나래가 혹시 찾아왔는지 유진이에게 전화를 했다. 하지만 유진이는 아무도 찾아오지 않았다고 했다.

나는 추위에 고개를 숙인 채 걷고 있었다. 벤치에 한번 앉아볼까 하는 생각을 하다 그냥 지나치기로 했다. 이제 그러기에는 날씨가 너무 추웠다. 그때였다.

"선생님!"

나래가 사무실 앞에서 나를 기다리고 있었다.

"나래야!"

얼마나 오랫동안 서 있었는지, 나래의 볼은 발갛게 물들어 있었다. 나래는 어두운 얼굴빛을 하고 있었다.

"얼마나 오래 있었던 거니? 들어가서 기다리지 않고. 어서 들어가자."

나래는 왠지 머뭇거렸다.

"오늘은 선생님이 따뜻한 차 한잔 대접할게."

우리는 사무실로 들어갔다. 유진이가 우리를 반갑게 맞아주었다.

"어머, 볼 빨개진 거 봐. 밖에 오래 있었구나."

유진이는 나래를 걱정했다. 유진이도 요즘 자신의 경험담을 사이트에 올리느라 많이 바빴다. 나래가 탁자에 앉았다. 시험이 다가올수록 학생들은 초조해한다. 나래의 얼굴에는 초조함이 가득했다.

"자, 그럼, 내가 솜씨 한번 발휘해 볼까? 그래, 어떤 차를 줄까?"

"어머. 티백이 아니라 직접 타주시려고요? 나래야! 너 땡잡았다. 덕분에 나도 좋은 차 마시게 생겼네."

"그래요? 저도 차 좋아해요."

유진이 덕분에 나래의 얼어 있던 표정도 많이 풀어졌다. 나는 물을 끓이며 다기를 준비했다.

"좋아, 좋아!"

"깔깔깔."

유진이와 이야기를 나누며 나래는 금세 웃음을 터뜨렸다. 물을 끓이고 끓인 물로 찻잔을 덥히고 차를 우렸다. 차 향기가 퍼졌다.

"시험 망치고 힘들었니?"

"에이, 선생님은 처음부터 시험 얘기를 하고 그러세요. 시험이야 안 망치는 게 더 이상하잖아요."

유진이가 나래를 위로하려 했다. 나래가 고개를 끄덕이며 말했다.

"네."

나도 고개를 끄덕였다. 잠시 침묵이 흘렀다.

"괜찮아, 괜찮아. 나도 계산 실수하기, 마킹 잘못하기, 시간 모자라다 못 풀기. 아주 시험 망치는 데는 도사였어."

유진이의 말에 나래가 피식 웃음을 터뜨렸다.

"시험 망치는 이유는 다 똑같은가봐요."

나래는 유진이의 말을 들으면서도 고개를 푹 숙이고 있었다. 나는 그 마음을 알 수 있었다. 나는 잠시 기다리기로 했다. 조금 시간이 흐른 후, 나는 혼잣말처럼 중얼거렸다.

"이전에 풀었고 아는 문제였는데, 긴장해서 실수를 하는 바람에……."

나래의 눈이 순간 수박만큼 커졌다. 유진이가 맞장구를 쳤다.

"브라보! 그게 정답이죠. 시험을 망치는 3대 바이러스들 말이죠."

유진이의 말에 나래도 한마디를 거들었다.

"맞아요, 맞아! 그것도 바이러스구나."

나래는 빠르게 말을 이어갔다.

"정말 시험을 잘 볼 수 있었어요. 그런데, 너무 억울해요. 그게 왜 그렇게 된 건지. 어제는 분해서 잠도 잘 수가 없었어요."

나래는 다시 눈물을 흘렸다.

"팽!"

코를 세차게 푼 후, 갑자기 나래가 나를 빤히 쳐다보았다.

"참, 그렇다면 선생님은 이 문제의 해결방법을 알고 계신다는 거잖아요?"

나는 다시 빙긋 웃으며 말했다.

"그런데 나래는 축구 좋아해?"

나래는 답답해하며 나를 쳐다보았다.

"갑자기 왜 축구로 빠진담."

"그게 다 이유가 있지."

나래가 뾰로통하게 말했다.

"선생님, 전 급하다고요. 이리저리 말 돌리지 말고 말씀해 주세요."

유진이가 말을 하며 일어섰다.

"나래가 많이 급하긴 하구나. 하긴 시험이 얼마 안 남았으니. 선생님, 빙빙 돌리지 마시고 빨리 이야기해 주세요. 저는 시험에 우는 학생들에게 댓글을 좀 달아야 할까 봐요. 나래, 이따 봐!"

유진이가 방에 들어가자 잠시 정적이 흘렀다. 나는 다시 싱긋 웃었다.

"여학생들은 축구 싫어하지? 나래도 축구가 싫은 거구나."

나래가 정색을 하며 이야기했다.

"저 축구 좋아해요. 유진이 언니 말처럼 급해서 그런 거죠. 핀란드에 있을 땐, 챔스리그에서 유에파컵까지 다 챙겨봤다고요."

나는 다시 고개를 끄덕였다.

"그래, 그렇구나. 근데 나래는 축구를 잘하니?"

내 말에 나래는 고개를 가로저었다.

"뭐, 이론으로는 알아도 실제로 잘하진 못하죠."

"바로 그거야."

"네? 그거라니요?"

나는 다시 말을 이었다.

"축구의 룰, 전술을 줄줄 꿰고 있는 사람들은 많아. 축구경기를 볼 때면 사람들이 전부 감독이나 해설자가 된 것 같지. 이론상으로는 골을 넣는 방법이 수도 없이 많거든. 하지만 평소에 축구를 하지 않는 사람들이 조기축구회에 나가면 골을 넣기는커녕 10분을 버티지 못하고 헉헉대고 말 거야.”

“그거야 당연하죠. 그런데 축구랑 시험이 무슨 상관이죠?”

“그럼, 이런 건 어때? 머리로는 풀었던 문제인데 직접 풀지는 못하겠다.”

나는 나래가 멈칫하는 것을 알 수 있었다. 잠시 시간이 흘렀다. 나래는 내가 한 말을 되뇌고 있었다.

“머리로는 풀었는데, 몸으로는 풀지 못한다. 이론은 다 아는데, 실전에 적용하지 못한다.”

무언가를 골똘히 생각하던 나래가 갑자기 고개를 들었다.

“그렇군요. 시험과 공부는 또 다르다는 거잖아요. 시험은 실전이라는 것. 핀란드에서는 시험이니 실전이니 이런 거 때문에 긴장하지 않았는데, 한국에 오니 이게 정말 중요하구나, 여기서 삐끗하면 영영 다시 돌아올 수 없겠구나, 그런 생각이 들어서 너무 긴장돼요.”

하긴 그럴 만도 했다. 우리는 흔히 ‘연습은 실전처럼 실전은 연습처럼’이란 말을 한다. 하지만 정작 연습은 연습처럼 설렁설렁, 실전은 긴장해서 얼렁뚱땅하고 만다. 그건 시험에 압도되었기 때문이다. 연습과 실전에서 모두 똑같이 실력을 발휘할 수 있어야만 하는 것이다.

'비슷한 것은 가짜다.' 라는 말이 있다. 안다는 느낌과 정말 아는 것, 그저 아는 것과 정확히 아는 것에는 차이가 있다. 내가 알고 있다고 여기는 것이 정말 아는 것인지 스스로 의심하게 되면 잘못 알고 있거나 빼먹은 부분을 찾을 수 있다. 하지만 내가 그저 아는 것을 정확히 알고 있다고 믿으면 두뇌는 착각을 하게 된다. 두뇌 역시 그것을 정확히 알고 있다고 여기게 되는 것이다.

또한 두뇌는 자신이 이해하는 것에 그치는 일을 정말 할 수 있다고 생각하는 경우도 많다. 중계방송을 보면서 자신도 마치 그렇게 할 수 있을 것 같은 착각을 일으킨다. 단지 아는 것에 그치는 것과 실제로 할 수 있는 것은 두뇌의 다른 기능이라는 사실을 알아야 한다.

선생님의 설명이나 답지의 해설을 보면서 이해하는 것은 의미기억이라고 하며 문제를 읽고 해결할 수 있는 능력은 방법기억이다.

절세비급은 없다

"아, 참! 요즘도 무협영화 보니?"

"많이 못 봐요. 아주 가끔 한 번 볼 뿐이죠."

나래는 내가 시험과 관련된 이야기를 한다는 것을 알고 있었다.

"나래는 무협영화에 나오는 절세비급이 정말 있다고 생각해?"

"아니요. 절세비급이 어디 있겠어요? 있다면 좋겠지만, 아무래도 열심히 수련하는 게 비법 아닐까요?"

나래는 이미 답을 알고 있었다.

"하하하! 맞아, 맞아. 절세비급 같은 건 없어. 공부도 마찬가지고."

"하지만 절세비급이 없어도 무림의 고수는 있잖아요. 어떻게 하면 무림의 고수가 될 수 있죠?"

"나래가 무림에서 처음 무술을 배운다고 생각해 봐. 먼저 기본자세를 배우겠지. 이건 나래가 좋아하는 춤도 마찬가지고. 처음엔 정지된 상태에서 기본동작을 익히고 차츰 움직이는 동작을 배웠을 거야. 주먹을 지르는 방법, 발로 차는 방법, 그렇게 기본동작을 익히게 되면 좀더 어려운 동작을 수련하게 될 거야. 이단 옆차기나 팔목을 꺾는 동작 같은 거 말이야. 그렇게 반복해서 동작이 몸에 익으면 나래는 스스로 자신이 고수가 되었다고 생각할 거야. 그러던 어느 날 길을 걸어가다가 약한 사람을 괴롭히는 무리를 보게 된 거야. 나래는 혼자 생각하겠지. '약한 사람을 괴롭히다니, 나쁜 사람들 같으니라고. 내 무술로 이들을 벌하리라.' 그리고는 당당하게 나아갔어. '덤벼라! 악당들아.' 큰소리를 치고 나서 나래는 생각하겠지. '한 사람이 앞으로 오면 앞차기를 하고 옆에 오는 사람은 주먹으로 때리고 또 한 사람은 뒤돌려차기를 해야지.' 머릿속에서 악당들은 이미 모두 제압된 상태였어. 그런데 이게 웬걸, 앞에 있던 악당이 먼저 와야 하는데, 옆에 있는 악당이 먼저 나래를 공격한 거야. 나래는 먼저 한 대를 맞고 말았어. 그러고 나니 정신이 하나도 없는 거야. 그래도 나래는 수련을 게을리 하지 않았기 때문에 일방적으로 공격을 당하지는 않았어. 하지만 자신이 수련한 동작들을 제대로 쓰지는 못했어. 악당들을 때리는 것보다 얻어맞는 횟수가 더 많았으니까. 결국 나래는 실컷 얻어맞고 도망치는 수밖에 없었어. 그리고 돌아와선 눈물을 흘렸지. 내가 얼마나 오랫동안 그토록 열심히 수련을 했는데, 그런 3류 악당들한테 얻어맞다니. 말이 되냐. 이러면서 말이야. 너무 억울하고 슬펐어. 자신은 무술에 소질이 없다는 생각을 했어."

나래가 혼잣말을 했다.

"딱! 지금 내 상황이군."

"그래, 그런 거지."

나래가 다시 나를 바라보았다.

"그러면 어떻게 해야 하나요? 다시 용기를 가지고 수련을 해야 하나요? 하지만 그전까지도 무술을 열심히 배웠잖아요."

"수련은 꾸준히 해야지. 하지만 중요한 건 실전에 대비해야 한다는 거야. 나래는 수련을 할 때 항상 정지되어 있는 샌드백을 두드렸겠지. 하지만 실전에서 상대는 움직이고 있어. 그건 평소에 연습하지 않았던 것이야. 그리고 상대는 내가 생각하지 않은 방법으로 나를 공격하지. 그래서 필요한 게 대련이야. 실전처럼 아무것도 계산되어 있지 않은 상태에서 자신의 실력을 발휘할 수 있도록 연습을 해야 하는 거야. 머리가 아니라 몸이 느낄 수 있도록. 이게 바로 첫 번째야. 아는 것도 틀린다는 말은 여기에 해당되는 거겠지. 머릿속으로는 앞차기를 해야 할지 주먹을 써야 할지 알지만 정작 실전에서는 허둥대기만 하잖아."

"그럼, 시험처럼 문제를 풀어보는 연습을 해야 한다는 건가요?"

해결의 실마리가 조금씩 보이기 시작했다.

"바로 그거야. 답을 확인할 때나 설명을 들을 때는 아는 문제였지. 하지만 그건 내가 정말 아는 게 아니었던 거야. 안다고 착각을 했던 거지. 안다고 착각하는 거, 그게 바로 또 하나의 바이러스지. 이 바이러스는 최면을 거는 것처럼 확실히 알지 못하는 것을 안다고 착각하게 만들어. 그래서 문제가 되는 거야. 그건 시험만 잘 보면 된다는 생각 때문에 생기는 거야. 목적은 하나하나 정확하게 배우고 익히는 게 아니라 시험만 잘 보면 되는 거거든. 그래서 아는 것 같으면 그냥 넘어가고 말지. 그게 바이러스에 걸리는 지름길이야. 그래서 공부한 내용은 직접 문제를 풀어보는 과정을 거쳐야 해."

"그럼 문제를 풀면 해결되는 건가요?"

나래는 또다시 조급해하고 있었다. 나는 다시 설명을 시작했다.

"아니야. 그냥 문제만 푸는 건 의미가 없어. 스스로 계속해서 의문을 가지고 보다 정확하게 이해하고 익숙해지기 위한 과정이 필요하단다. 가르치는 선생님이 전문가라면 배우는 너희들은 초보자야. 그런데 초보자가 한번에 쉽게 이해하고 정확하게 익히기는 어렵거든. 조금만 겸손하게, 초보자인 자신에게 약점이 생길 수밖에 없다는 생각을 하면 좋을 텐데 말이야. 아쉽게도 너무 쉽게 안다고 생각하고 넘어가고 말거든. 그게 다 부실 공사야. 건물을 멋지게 세웠다고 혼자 좋아하지만 그건 착각일 뿐이야. 부실하게 세워진 건물은 와르르 무너지고 말지. 사실 정답은 나래가 핀란드에서 했던 공부에 있어. 나래는 핀란드에서 수업시간에 선생님 설명 듣고 바로 워크북을 통해 확인하고 조금이라도 애매하거나 어려운 게 있으면 바로바로 선생님에게 질문해서 해결했잖아. 그렇게 적극적으로 점검하고 보완해야 하는 거야. 그런데 한국에서는 어느 정도 어렴풋이 이해가 된다고 생각하면 다 안다고 착각하지. 핀란드에서 적극적으로 공부를 했다면 한국에서는 소극적인 공부를 하는 셈이지. 그러니까 문제를 대했을 때는 풀 수 없고, 설명을 들으면 아는 거였다는 생각이 들게 되지. 그럼 마음이 얼마나 아프겠어. 문제를 통해 정답을 찾아가는 훈련을 반드시 해."

나래의 얼굴은 점점 밝아지고 있었다. 나는 나래에게 사이트에 올라온 글을 하나 보여주었다. 그 글이 나래에게는 많은 위로가 되는 것 같았다. 그렇다. 사람들은 자신이 겪고 있는 문제를 자신만의 것으로 생각한다. 하지만 주위를 둘러보면 많은 사람들이 자신과 비슷한 문제 때문에 고민하고 힘들어한다는 것을 알게 된다. 그리고 위안을 받기도 한다. 하지만 중요한 것은 위안이 아니라 달라진 자신을 만들어나가는 것이다. 나래뿐만 아니라 시험에 좌절한 많은 사람들을 위해 내가 하고 싶은 일이, 내가 할 수 있는 일이 바로 그런 것이다. 아직 실패하지 않은 사람에게는 실패 확률을 줄여주고, 실패 때문에 괴로워하는 사람들에게는 실패 원인을 알려주어 다시 실패하지 않게 하는 것 말이다.

나는 다시 말을 이었다.

"하지만 문제를 풀어본다고 끝이 아니야. 문제풀이는 단순히 실전 연습을 해보았다는 것뿐이지. 문제를 푸는 것 역시 하나의 과정일 뿐이라고."

나래의 표정이 또다시 어두워졌다.

"아니, 그럼 또 다른 무언가가 있다는 거잖아요."

나는 고개를 끄덕였다.

지금 핀란드에서는?

핀란드에서는 공부한 내용을 적극적으로 활용할 수 있는 기회를 많이 제공한다. 그것이 바로 착각하지 않게 하는 방법이기도 하다. 자신이 무엇을 모르고 무엇을 더 배워야 하는지 스스로 깨달을 수 있는 기회가 다양하게 주어지기 때문에 자신의 공부에 어떤 문제가 있는지 정확하게 파악할 수 있다. 또한 수업에 있어서도 일방적으로 선생님의 말을 듣는 것이 아니라 능동적이고 적극적으로 수업에 참여할 수 있는 기회를 제공한다. 이는 학생이 수업을 주도한다는 느낌을 갖게 한다.
그리고 학생들은 선생님이 하는 수업을 구경하는 것이 아니라 직접 실습할 수 있는 기회를 갖는다. 충분한 실습 기회는 학생들에게 자신의 실력을 정확하게 파악할 수 있도록 하고 연습을 통해 공부의 허점을 해결할 수 있도록 워크북을 활용하는 것이다.

또다시 얻어터진 무술가

"시험을 치다보면 나도 모르게 자만하게 되어서 문제를
자세히 파악하지 않은 상태로 풀다 틀리는 경우가 많았습니다." -이연옥

눈을 동그랗게 뜨고 생각을 이어가던 나래가 푸념처럼 한마디를 했다.

"아! 정말 뭐가 이렇게 복잡한 거죠. 공부하고 문제 풀면서 연습하고, 그것도 힘이 드는데 또 뭘 해야 하는 거죠."

나래는 힘겨운 듯했다. 하지만 나래의 말에 이미 모든 답이 숨어 있었다.

"공부하고 문제 풀면서 연습하고, 그게 다야."

내 말에 나래는 어이없다는 표정을 지었다.

"선생님. 전 그거 다하고서 시험 망쳤어요."

나는 빙긋이 웃으며 이야기했다.

"내 말은 그걸 제대로 해야 한다는 말이야."

나는 눈을 지그시 감았다. 지금 마치 무술을 수련하고 있는 사부와 제자의 모습이 보이는 것 같았다.

실전에서 얻어터진 제자가 사부를 찾아왔다.

"사부님! 어떻게 된 것일까요? 저는 정말로 무술을 관두어야 하는 것입니까?"

제자는 무릎을 꿇고 울먹이고 있었고 사부는 뒷짐을 진 채 먼 산만 바라보았다. 이윽고 사부가 입을 열었다.

"너는 무엇이 잘못되었다고 생각하느냐?"

제자는 다시 고개를 떨어뜨렸다.

"제가 부족한 탓입니다. 연습이 부족한 탓입니다."

사부는 허허 웃으며 말했다.

"그래, 연습을 많이 하고 나니 문제가 해결되었느냐?"

제자가 다시 고개를 떨어뜨렸다.

"아닙니다. 움직이는 물체를 놓고 주먹지르기, 발차기를 했지만 소용이 없었습니다."

애처로운 듯 제자를 바라보던 사부가 입을 열었다.

"너에게 지금 중요한 것이 뭔지 아느냐?"

제자가 눈을 동그랗게 뜨고 사부를 보았다.

"바로 스피드. 상대가 움직이기 전에 가격하는 스피드. 그러기 위해서는 팔을 곧게 뻗고 다리는 무릎에서 차올려야 한다. 알겠느냐?"

사부의 말에 제자는 감격했다. 이제 모든 것을 얻었다고 생각한 제자는 절을 하고 다시 산을 내려갔다. 그로부터 또 얼마의 시간이 흘렀다.

어! 제자는 또다시 얻어터져서 얼굴에 커다란 혹을 달고 있었다.

"사부님. 저는 정말 이 길이 아닌가봅니다."

사부는 제자를 쳐다보았다.

"쯧쯧쯧."

혀를 끌끌 차던 사부가 제자를 보며 말했다. 사부는 아예 작심한 듯 이야기를 꺼냈다. 사부가 흥분하자 말투도 이상해지기 시작했다.

"나는 말이다. 저번에 네가 왔을 때 같이 연습해 보자고 할 줄 알았단 말이야. 그런데 말만 듣고는 금방 내빼면 어떡하냐고. 그게 말로 다 설명이 되냐? 직접 해봐야지. 이 사부가 하는 동작을 보고 네가 따라해 보고 그 동작에서 틀린 점을 이 사부가 다시 지적해 주고. 그래서 잘못된 부분을 완벽히 보완해야 그게 네 것이 되지. 말로만 듣고 어떻게 한다는 말이냐. 너 골프 칠 줄 아냐?"

제자가 눈을 동그랗게 떴다. 하지만 사부는 아랑곳없이 이야기를 시작했다.

"앞으로 500년 후에 유행할 운동이 골프인데 말이야……."

제자가 사부의 말을 가로막았다.

"제가 500년 후의 일을 어찌……."

딱! 제자의 머리에 꿀밤을 먹인 사부가 다시 이야기를 시작했다.

"이놈. 기본은 모든 게 똑같은 거야. 프로골퍼, 천재골퍼가 그냥 되는 줄 알아? 아무리 천재라도 그게 뭐냐, 시뮬레이션을 하면서 자기 폼을 항상 점검한다는 거야. 그런데 너는 말만 듣고서 어떻게 네가 제대로 된 폼을 가졌는지 알겠느냐. 그러니까 정확하게 소화를 해야 한다는 거야."

사부의 이야기를 듣고 제자는 자신의 잘못을 깨달았다. 그리고 제자는 사부의 말뿐이 아니라 동작을 직접 따라했다. 가끔 틀린 동작 때문에 꿀밤을 맞기는 했지만 제자는 사부의 교정을 받고 직접 연습하고 사부와 실전 대련을 하며 실력을 키웠다. 그리고 그는 무림에 우뚝 서게 된다.

"하하하. 근데 이야기가 너무 황당해요. 500년 전에 골프라는 운동을 이야기하는 것도 그렇고."

내 이야기를 들은 나래가 웃음을 터뜨렸다. 나는 이야기 속의 사부처럼 다시 말했다.

"그러니까 그게 말만 가지고 되냐고요. 직접 해봐서 정말 자기 것으로 만들어야지."

나래는 내 이야기를 듣고 고개를 끄덕였다. 그렇다. 요즘 학생들은 인터넷이나 피엠피PMP를 통해 쉽게 스타강사의 강의를 듣는다. 그건 쉽게 시범을 볼 수 있다는 것과 마찬가지다. 그리고 시범만 보고서도 그것이 자기 것이 되었다고 착각하고 만다. 심지어는 그런 고수의 시범을 보지 않으면 자신이 공부를 못하게 될 것이라는 강박관념에 빠진다. 시범을 보는 것은 순간적인 위안일 뿐이다. 마치 영화를 보면서 내가 주인공이 된 것처럼 착각하는 것과 마찬가지다. 자신의 수준은 동네 축구에서도 2진급이면서 프리미어리그가 아니면 보고 싶지 않은 격이다. 하나하나 자신에게 부족한 것을 찾아 연습하기보다 박지성 경기를 보면서 자신도 언젠가 그렇게 될 것이라는 망상에 빠지고 마는 것이다.

그건 정말 망상이다. 아는 것과 실천하는 것은 정말 다르다. 그러나 현실은 보는 것만을 강요한다. 제대로 하지 못하는 것은 제대로 보지 못했기 때문이라고 이야기한다. 아니다. 제대로 하지 못하는 것은 해보지 못했기 때문이다. 화려한 시범을 보여주는 스타강사는 대박이 나고 학생들 스스로 길을 찾을 수 있도록 도와주는 강사는 3류 취급을 당한다. 그게 바로 우리의 지금 현실인 것이다.

틀린 문제 다시 보기,
그곳에 해답이 있다

"제가 느끼는 가장 큰 변화는 문제를 틀리는 걸
기뻐하게 됐다는 것입니다." -박창익

나는 나래에게 물었다.

"나래는 혹시 오답노트 같은 거 쓰니?"

"오답노트요? 선생님도 참, 그건 기본이잖아요."

나래는 분명 오답노트를 기본이라고 했다. 그런데 가장 큰 문제는 기본에서 생긴다. 기본이 제대로 되지 않기 때문에 그 다음으로 나아갈 수 없는 것이다. 오답노트는 분명 기본이다. 사람은 틀린 것에서 배운다, 실패에서 배운다는 말은 시험에도 적용된다. 오히려 시험은 내게 더 많은 것을 가르쳐준다. 틀린 것이 많은 시험일수록 더 많은 것을 배우는 계기가 된다.

사람 중에는 자신의 잘못을 금방 깨닫고 그것을 고쳐나가는 사람이 있다. 하지만 또 어떤 사람은 자신의 잘못을 전혀 고치지 않는다. 고치지 않는 사람에는 두 부류가 있는데, 첫 번째는 자신이 잘못했다는 것을 알지만 고치려 하지 않는 사람이다. 그런 사람은 참 구제하기 힘들다. 자신이 틀린 문제를 보고도 그저 "나는 할 수 없어. 나는 안 돼." 하고 이야기하는 사람이 그런 사람이다. 이것을 바꾸기 위해서는 먼저 자신의 마음 자세부터 바꿔야 한다. 두 번째는 자신이 무엇을 잘못했는지 모르는 사람이다. 무엇을 잘못했는지 모르기 때문에 무엇을 고쳐야 하는지도 모른다. 이런 사람에게는 진지하게 그 사람의 잘못된 점을 이야기해 주어야 한다. 공부는 자신이 하는 것이다. 그래서 자신의 문제점을 철저하게 깨달아야 한다. 이건 교재나 학원을 바꾼다고 해결되는 문제가 아니다. 그건 마치 거울을 보는 것과 같다. 무언가 얼굴에 묻어서 거울을 본다. 그런데 얼굴을 닦을 생각을 하지 않고 거울을 닦는다. 그럼 어떤 거울을 보아도 내 얼굴은 깨끗해지지 않는다. 시험도 마찬가지다. 공부를 잘하고 시험에서 성공하는 사람들은 오히려 시험에서 배운다고 말한다. 하지만 대부분의 사람들은 자신이 무엇 때문에 실패했는지를 알지 못한다. 나는 그런 사람들에게 제대로 된 오답노트를 만들라고 한다.

대부분의 사람들은 오답노트의 중요성을 모른다. 알아도 제대로 만들 줄을 모른다. 사실 제대로 오답노트를 만들고 활용하기만 해도 시험에서 상당한 효과를 거둘 수 있다. 나는 나래에게 오답을 어떻게 활용해야 하는지 말하기 시작했다. 그것은 일종의 분석이다. 실전에서 상대가 어떻게 나올지 모르는 것처럼, 시험을 보는 사람은 출제자가 어떤 문제를 낼지 알 수 없다. 어떤 것이 함정이고 어떤 것이 진실인지를 헷갈리게 하는 것이 또한 시험인 것이다. 그것을 정확히 알아내려면 왜 이 문제가 나왔는지, 나는 왜 이 문제를 틀렸는지 정확히 알아야 한다.

"그럼 나래는 오답노트를 어떻게 쓰니?"

나래는 가볍게 대답했다.

"문제 쓰고 풀이과정 쓰고 답을 외우죠."

나는 고개를 가로저었다.

"가장 중요한 것은 그 문제를 풀었을 때로 돌아가는 거야. 그때 무엇이 떠올랐고 어떻게 생각했는지를 정확하게 떠올린 후에 눈앞의 해설과 비교해야 한다는 거지. 자신이 문제를 어떻게 풀었는지 정확하게 기억하지 못한 상태에서 그 문제의 올바른 풀이법을 그냥 이해하게 되면 아무런 소용이 없단다. 자신의 잘못을 깨닫게 되는 것이 아니라 전문가의 설명을 그냥 받아들이고 마는 것이지. 그 문제를 제대로 풀지 못하게 만들었던 이유, 정답을 간절하게 찾고 싶었지만 오답으로 갈 수밖에 없었던 자신만의 이유는 묻혀버리고 남들이 만들어놓은 길을 구경만 하는 격이야. 내가 지금 가고 있는 길을 고쳐서 바른 길을 만들어야 하는데 옆길을 보면서, 결국 자신은 갈 수 없는 다른 길을 보면서 그렇게 된다고 생각하면 정말 착각이라고 해야 하지 않겠니. 단지 남이 풀어놓은 방법을 따라가기만 하면 그 문제의 답만 알고 말지. 그건 큰 의미가 없어. 오히려 독이 되지. 마치 그 문제를 알고 있다는 환상만 심어준다는 말이야. 이런 환상바이러스가 틀린 문제 또 틀리게 만들고 공부한 내용도 방향을 조금만 바꿔서 문제를 내면 풀지 못하게 만드는 거야. 시험에는 똑같은 문제가 나오지 않잖아. 똑같은 답을 묻는 문제도 전혀 다른 방향으로 나오지."

나래가 박수를 치며 말했다.

"맞아요. 답은 똑같은 내용인데, 문제가 다른 방향에서 출제돼 틀린 적도 많아요. 그럴 때면 또 우울해지죠."

“그렇지. 그래서 틀린 문제를 소홀히 하면 안 된다는 거야. 그렇게 되면 틀렸던 문제를 또 틀리게 되지. 그러니까 이 문제가 어떤 방향에서 무엇을 묻는 것인지 알아야 해. 그렇게 문제를 분석하다 보면 어떤 각도에서 문제가 나와도 틀리지 않게 되지. 이런 부분만 고쳐나가도 시험성적은 상당히 오를걸. 단지 안다고 느끼는 건, 마치 얻어터진 제자가 사부의 말만 들은 것과 같아. 사부의 말만으로 실력은 향상되지 않잖아. 오답노트를 보고 그것을 완전히 자기 것으로 만드는 건, 사부의 동작을 따라하고 제자의 동작 중에 잘못된 부분을 고쳐가고 다시 완벽한 자세를 익혀가는 것과 같은 과정이라고. 그렇지 않으면 사부의 말만 듣고 모든 걸 깨달았다고 착각하는 제자가 될 뿐이야. 이해했으니 모든 걸 알았다고 생각하게 만드는 환상바이러스는 거기에 있지.”

나래는 내 이야기에 고개를 끄덕였다.

“결국 저는 안다고 착각한 거지, 알고 있었던 게 아니군요. 그러고 보니 그러네요. 처음 한국에 와서 스타강사 강의를 들은 적이 있거든요. 그때 저는 완전히 충격이었어요. 어쩜 저렇게 머리에 쏙쏙 들어오게 잘 가르치는지. 게다가 중요한 거 족집게처럼 알려주고. 핀란드에서는 그렇게 배워본 적이 없거든요. 그런데 이제야 그게 제 착각이라는 걸 알게 되었네요. 결국 핀란드에서처럼 제대로 이해하고 제대로 알고 넘어가는 것이 중요한 거였어요. 한국의 이상한 시스템이 저를 망쳤다는 생각도 들어요.”

“그래. 사실은 그게 현실인 거지.”

나래는 조금 슬퍼진 듯했다. 하지만 모든 새로운 시작은 바로 그곳에 있다. 잘못이 뭔지 깨닫는 순간 그 잘못을 고칠 수 있기 때문이다.

바둑에는 복기라는 것이 있다. 그것은 바둑을 다 둔 다음에 처음부터 다시 반복하는 것을 말한다. 복기를 통해 자신이 어디에서 실수를 했는지, 상대가 어떤 방법으로 바둑을 두었는지 되새긴다. 자신을 알지 못하고 상대를 알지 못하면 승리를 거둘 수 없기 때문이다. 시험도 마찬가지다. 나를 알고 상대를 알아야 한다. 틀린 문제를 다시 분석해 봄으로써 내가 어떤 부분에서 실수를 하는지 알 수 있고, 그것을 통해 다시 실수를 반복하지 않을 수 있다. 상대를 안다는 것은 출제자의 의도, 문제의 의도를 알아내는 것이다. 그렇게 하면 시험에서 두 배의 효과를 거둘 수 있다. 내가 실수하지 않으니 첫 번째 효과를 거두는 것이요, 상대의 의도를 알고 문제를 푸니 두 번째 효과를 거두는 것이다.

나래는 내 이야기를 충분히 이해하는 듯했다. 하지만 나래의 고민이 말끔히 걷힌 것은 아니었다. 나래의 얼굴에는 아직도 근심의 그림자가 남아 있었다. 그것은 내가 마지막으로 해주는 말이면 곧 걷힐 것이다. 먼저 입을 연 건 나래였다.

"하지만 떨리는 건 어쩔 수가 없어요. 어떤 언니들은 너무 떨려서 수능 전에 청심환을 먹기도 했대요."

실전의 바다에서 헤엄쳐라

"하나하나 알아가는 느낌, 문제를 맞힐 때의 짜릿함을 즐기며
공부를 하고 있습니다. 문제에서 배우는 거죠." -이재동

그렇다. 어떤 사람들은 과도한 긴장으로 시험에서 실패하고 만다. 자신이 가진 실력을 제대로 발휘하지 못해 슬픈 사람들. 사회에서는 또 그런 사람들을 '새가슴'이라고 놀린다. 하지만 우리 중에 긴장하지 않는 사람이 어디 있겠는가? 사실 우리는 모두 새가슴이다. 정도의 차이가 있을 뿐이다. 가슴이 콩닥거리는 것은 막을 수 없지만 그 긴장을 최소한으로 줄일 수 있는 방법이 없는 것은 아니다.

"나래는 시험 볼 때 많이 떨리나보지."

나래는 말없이 고개를 끄덕였다. 그리고 조용히 말했다.

"긴장이 되니까 갑자기 생각이 안 날 때도 있고, 어디에서 본 것까지는 알겠는데 내용이 생각 안 날 때가 있어요. 어떤 때는 집중이 안 되고 다른 생각이 막 떠오르기도 해요. 시험 잘 보면 엄마한테 칭찬 받겠지, 못 보면 엄마한테 혼나겠지, 이 시험을 잘 보면 얼마나 좋을까…… 온

갖 생각이 떠오르죠. 시간이 모자라서 다 못 푼 경우도 있고."

나는 좋은 예가 없을까, 생각했다. 그때 퍼뜩 떠오른 생각이 있었다.

"나래는 양궁선수들이 어떻게 훈련하는지 알아?"

"양궁이요?"

"그래. 양궁선수들 말이야. 한국 양궁선수들 훈련방법은 독특하기로 소문이 자자하잖아."

"그게 뭔데요? 활쏘기 연습 말고 다른 게 있나요?"

"양궁선수들은 말이야, 어떤 상황에서도 실력을 발휘할 수 있도록 훈련한대. 시끄러운 상황을 가정해서 야구장에서 훈련하기도 하고 비올 때 시합을 대비해서 일부러 비오는 날 훈련하기도 하고. 그렇게 여러 상황에서 훈련하다 보면 어떤 상황에서도 자신의 실력을 발휘할 수 있게 된다는 거야."

"그럼 비오는 날 문제집 풀고, 맑은 날 문제집 풀고, 시끄럽게 텔레비전 켜놓고 문제 풀고, 그러면 되는 건가요?"

나래가 고개를 갸웃거리며 내게 물었다. 나는 손을 가로저었다.

"아니, 그 말이 아니고 시험이라는 상황에서 긴장하지 않도록 연습을 해야 된다는 거야. 양궁시합과 달리 시험은 지정된 시간에 지정된 장소에서 치르잖아. 그럼 변수가 상당히 적은 거지. 우리 두뇌에는 안정모드와 긴장모드가 있어. 안정모드는 압박을 받지 않는 상태지. 보통 공부를 할 때는 크게 긴장하지 않지만 시험을 보게 되면 긴장하지. 그러니까 시험처럼 긴장해서 문제 푸는 연습을 하라는 거야."

"그럼. 문제를 풀 때마다 긴장하면 되는 건가요? 그렇다고 시험에서 긴장이 되지 않는 건 아니잖아요."

"음, 그러니까, 만약 중요한 시험이 있다면 그 시험을 보는 시간대에 똑같은 과목을 풀어보는 거야. 교실에서 시험을 본다면 교실에서 연습해 보는 게 더 좋겠지. 그럼 그런 상황에 익숙해져서 실전에 닥쳤을 때 긴장을 덜하게 되지."

"그건 모의고사잖아요."

사실 나래의 말은 틀리지 않았다. 모의고사를 보는 이유가 무엇인가? 입시와 같은 상황을 만들어 연습을 시키는 것이 모의고사다. 지금은 모의고사가 성적을 판단하는 척도이지만 모의고사는 입시를 대비하는 것이지 입시 자체는 아닌 것이다. 시험에서 긴장하지 않는 방법은 동일한 상황을 되풀이하여 시험 상황을 자신에게 익숙하게 만드는 것이다. '연습은 실전처럼, 실전은 연습처럼'이란 말도 있지 않은가.

나래는 고개를 끄덕였다. 창밖에는 벌써 어둠이 깔리고 있었다. 나래가 시계를 바라보았다.

"이제 가봐야 하겠구나. 그래, 불편한 마음이 조금이라도 풀렸는지 모르겠네."

"그럼요. 역시 희망은 절망 속에 있었어요. 그런데 참 이상하죠? 이야기를 들으면 어렵지도 복잡하지도 않은데 실제로는 이렇게 힘이 드니 말이에요."

그랬다. 모든 것들의 이치를 들여다보면 그렇게 복잡하지도 어렵지도 않다. 단지 그것을 깨닫기가 힘든 것이다. 하지만 깨달음을 거쳐 하나하나 실천해 나가다 보면 그것은 곧 내 것이 된다. 공부라는 것은 오늘 깨달았다고 단숨에 성적이 오르는 것이 아니다. 오늘 깨달은 것을 실천으로 옮기고 또 다른 것을 깨닫고 그것을 통해서 아는 것을 넓혀가는 것이 공부인 것이다. 안다고 느끼는 것이 아니라 정말로 알고 그것을 활용할 줄 아는 단계에 이르러야 한다는 것이다. 그리고 나는 단지 그것을 고통스럽지 않게 하는 방법을 이야기하고 있을 뿐이다. 해야만 하는 일이라면 즐겁게 해야 한다. 그것을 고통스럽게 하면 아무도 행복할 수 없다. 천재와 독종만이 공부를 잘하는 것이 아니다. 우리 평범한 보통 학생들이 모두 성공할 수 있는 공부법, 그런 행복한 공부를 해야만 하는 것이다.

나래가 자리에서 일어났다. 나는 나래에게 악수를 청했다. 사실 그 악수는 이 땅에서 공부 때문에 힘들어하는 모든 사람에게 청하는 악수와 같았다. 나래가 멋쩍게 손을 내밀었다. 그리고 내 손을 꽉 쥐었다.

"그래. 무엇보다 건강하고. 사실 공부, 그것쯤은 아무것도 아니야."

"물론이지. 나를 보라고! 나도 내가 공부 상담 아르바이트를 할 줄은 꿈에도 몰랐다니까."

어느새 유진이가 나타났다.

"맞아! 당연하지."

나는 일부러 힘을 주어 이야기했다. 나래가 내 말을 받아 이야기했다.

"그럼요. 공부 그것쯤은 아무것도 아니죠."

"하하하."

"호호호."

우리는 같이 웃음을 터뜨렸다. 한참을 웃더니 나래가 말했다.

"그런데 선생님 말씀을 듣고 나면 의지와 엉덩이로 공부한다는 친구들이 안쓰러워요. 21세기에 신석기 도구를 이용한다고나 할까요. 사실 요즘 제 꿈이 하나 있는데, 그건 공부로 성공하면 펼쳐 보일 거예요. 그때까지는 비밀이에요. 그럼, 안녕히 계세요. 참. 저는 이제 핀란드로 돌아가지 않아도 될 거 같아요. 이제 한국에서도 핀란드식으로 공부할 수 있다는 걸 깨달았거든요. 자신감도 부쩍부쩍 생기고요. 확실히 바이러스에 대한 면역력이 생겼나봐요. 고맙습니다."

나래는 꾸벅 인사를 하고는 문을 열고 나섰다. 나는 현관까지 나래를 따라나섰다. 나래의 모습은 어둠 속에서 사라져가고 있었다. 나는 그날 늦게까지 사무실에 남아 있었다. 시험에서 실패하지 않는 방법을 사람들에게 제대로 알려주고 싶었다.

학습법 삼천지교

교육, 하면 떠오르는 사람이 바로 맹자의 어머니다. 맹모삼천지교孟母三遷之敎. 맹자 어머니는 아들에게 좋은 교육환경을 만들어주기 위해 세 번 이사했다. 지금은 맹자가 살던 전국시대가 아니지만 나는 가끔 이 말을 생각하며 스스로 다른 해석을 내려보곤 한다.

수많은 사람들은 자신을 변화시키기 위해 의지와 각오를 다지고 철저한 계획을 세운다. 하지만 대부분 실패한다. 한편으로는 새로운 학습법으로 무장하여 다시 도전해 본다. 하지만 또다시 좌절하고 만다. 이유는 무엇일까? 한순간에 자신을 바꿀 수는 없다. 수없이 좋다는 학습법이 있지만 자신에게 맞는 학습법을 찾기란 쉽지 않다. 맹자 어머니가 마지막으로 이사했던 곳처럼 교육에 좋은 곳, 그런 학습법은 없는 것일까? 나는 그것이 두뇌학습법이라고 감히 이야기한다.

공부는 두뇌가 하는 것이니 두뇌가 좋아하는 공부를 하라는 얘기다.

그렇게 하면 맹자처럼은 아니어도 공부로 실패하는 일은 없을 것이다. 공부 때문에 고통스러워하는 일은 없을 것이다.

　나는 나래와 대화를 나누며 많은 것을 배웠다. 나 스스로를 정리할 수 있었던 것도 좋았지만 가장 중요한 것은 더 많은 사람들에게 희망을 줄 수 있다는 것을 다시금 깨달았다. 나는 또한 나래를 통해 핀란드식 공부를 소개할 수 있었다. 두뇌를 제대로 알기 이전에 만들어진 전통적인 학습법도 나름대로의 강점을 가지고 있다. 하지만 그런 학습법은 소수만이 성공할 수 있다는 결정적인 약점을 가지고 있다. 그걸 보완할 수 있는 학습법이 바로 두뇌기반학습법이다. 핀란드가 성공할 수 있었던 것은 공부에 두뇌기반학습법을 이용했기 때문이다.

　누구에게나 무궁무진한 잠재력을 가지고 있는 두뇌가 있다. 그 두뇌를 공부에 제대로 사용할 수 있도록 도와주는 사용설명서가 바로 두뇌기반학습법이다. 핀란드가 아닌 한국에서도 두뇌기반학습법으로 성공한 사례가 있다. 하지만 우리는 여전히 전통적인 방법을 찬양하고 소수의 영웅적인 스토리에 열광하고 있다. 그러나 그건 소수의 이야기일 뿐이다. 영화나 소설 속에서 일어나는 러브스토리지 평범한 일상에서 벌어질 수 없는 일인 것이다. 사랑은 영화 같고 소설 같아야만 아름다운 것이 아니다. 공부도 마찬가지다. 우리가 성공할 수 있는 공부가 아름다운 것이다. 자신의 두뇌를 제대로만 활용하면 공부를 잘하는 일은 특별한 성공이 아니라 지극히 당연한 결과가 된다. 누구나 사랑을 하듯 누구나 공부를 잘할 수 있게 되는 것이다.

　그후로 나는 나래를 다시 볼 수 없었다. 하지만 카페에서는 바리공주라는 이름을 항상 볼 수 있었다. 나래가 공부일기를 올리고 다른 사람

글에 댓글을 달며 용기를 북돋아주고 있기 때문이다. 어느덧 카페에서 나래의 인기는 한마디로 짱이 되었다. 그렇게 겨울이 가고 있었다. 새로운 한 해가 왔을 때, 나래는 사이트에 글을 많이 올리지 않았다. 가끔씩 다른 친구들의 글에 댓글을 달 뿐이었다. 또 한 해가 지나고 겨울이 왔다. 나는 종종걸음을 치며 사무실로 향하는 길을 오르고 있었다. 그런데 사무실 문 앞에 무언가가 반짝반짝 빛을 내고 있었다.

그곳에는 크리스마스트리가 놓여 있었다. 트리에는 수많은 카드가 주렁주렁 달려 있었다. 그리고 그 옆에는 여드름 가득한 얼굴의 덩치 큰 남학생이 서 있었다.

"저기요, 선생님. 안녕하세요. 제가 이 트리 가져왔거든요. 아! 이 카드 모아서 트리 만드느라고 얼마나 고생했다고요. 그리고 나래 누나라고 혹시 기억하실지 모르겠네요. 누나가 가보라고 해서 왔어요."

나는 이 이벤트가 나래가 만든 것이라는 것을 알 수 있었다. 나는 트리에 매달린 카드를 하나씩 펼쳐보았다. 카드는 한 사람의 것이 아니었다. 공부에 힘들어하는 친구와 그 과정을 통과한 친구들, 그리고 공부를 좋아하게 되어 공부와 새롭게 관계를 맺어가는 친구들의 것이었다. 카드의 내용은 짧지만 강했다.

"뿌미. 나도 공부 잘하게 해주삼. 삼가 엎드려 비옵나이다."

"샘 파이팅! 건강. 건강."

"우하하하. 저는 바이러스와 투병중입니다. 면역체계를 회복하면 찾아뵙겠습니다."

그리고 또 다른 카드를 펼쳤다.

저는 누굴까요? 혹시 절 잊으신 건 아니겠죠? 하하. 저 나래예요.
한동안 인터넷에 출몰하지 않아서 궁금하셨죠. 궁금하시긴 했나 몰라.
선생님, 제가 지금 어디에 있는지 아세요?
저 지금 핀란드예요. 시험에 실패해서 핀란드로 도망갔냐고요? 오,
노노노!
놀라지 마세요. 저, 교육학부에 진학했어요. 인정하긴 싫지만 선생님
의 영향으로 공부에 괴로워하는 저 같은 학생들에게 도움을 주려고요.
그래서 지금 방학을 이용해 핀란드 교육법을 실습하는 중이죠. 하하하.
선생님이 훌륭한 제자를 키우신 거라고요.
싸부님, 한국 가면 찾아뵐게요. 그리고 여드름 덕지덕지 난 녀석 좀
잘 키워주세요.
그럼, 안녕히 계세요! 건강하세요.

그건 나래가 보낸 카드였다. 나는 카드를 읽으며 계속해서 웃음을 짓
고 있었다.
"선생님, 뭐가 그렇게 좋으세요?"
나는 그때서야 나래가 보낸 학생의 얼굴을 자세히 볼 수 있었다. 왠지
나래랑 닮았다는 생각이 들었다.
"그래, 학생 이름은 뭔가?"

그 학생이 힘차게 대답했다.

"제 이름은 김이안드로메다라고 합니다."

"뭐! 안드로메다? 하하하."

슛! 헛발질 하지 말라

중계방송을 보면서 박지성의 플레이를 감상하는 것과 실제 자신이 축구 선수가 돼서 플레이를 하는 것이 같다고 생각하는 사람은 없다. 하지만 선생님의 설명을 들으면서 자신도 그렇게 할 수 있을 것 같다는 착각을 대부분 하게 된다.

- ☐ 평소에 한 번 푼 문제는 다시 풀 수 있다고 생각한다.
- ☐ 자신이 현재 알고 있는 개념이나 지식에 특별한 문제가 없다고 믿는 편이다.
- ☐ 공부를 하다가 어렵거나 이해가 되지 않는 경우, 시험문제를 틀린 경우에 왜 그런지 이유를 알려고 하지 않는다.
- ☐ 좋은 강의나 자세한 해설을 활용하면 성적을 올릴 수 있다고 생각한다.
- ☐ 가급적 진도를 빨리 나가고 문제를 많이 푸는 게 성적 향상에 가장 효과적인 방법이라고 생각한다.

- **4개 이상** 공부 바이러스에 중증 감염된 상태. 핀란드식 공부를 시도하지 않으면 공부를 중간에 포기할 확률이 높다.
- **2~3개** 공부 바이러스를 스스로 퇴치할 수 있는 상태. 공부 거부감 유발요인을 잘 찾아서 해결해야 성공 가능성을 높일 수 있다.
- **1개** 이미 핀란드식 공부를 하고 있는 상태. 주변의 훈수를 잘 물리치면 대부분 성공한다.

득점력 활용하기

Step 1 깨달음의장

자신이 알고 있거나 할 수 있다고 착각하고 있는 것이 얼마나 많은지 확인해 봐야 한다.

1. 자신이 이전 학년에 공부한 수학교과서를 펴고 자신 있는 단원의 핵심개념을 선정한다. 핵심개념의 정의를 직접 써보자.

Q1: 사전을 찾아 어떤 용어의 의미를 이해했다고 해서 그 내용을 정확하게 기억한다고 생각하는 것은 착각 아닌가?

☐ 그렇다.　　　　　　　☐ 아니다.

Q2: 자신이 재미있게 본 개그프로그램의 대사를 적어서 한 번 읽어본 다음의 느낌은 어떤가? 그대로 할 수 있다고 생각된다면 정리한 대사를 보지 않고 직접 해보자. 잘되는가?

☐ 그렇다.　　　　　　　☐ 아니다.

Q3: 자신이 좋아하는 노래의 가사라도 화면의 자막 없이 처음부터 끝까지 정확하게 기억하는 것이 쉬운 일인가?

☐ 그렇다.　　　　　　　☐ 아니다.

2. 푸는 데 시간이 많이 걸렸던 문제를 다시 풀어본다.

▶ 분명히 풀었던 문제인데 틀리는 경우는 기억이 약해진 것도 이유지만 처음 문제를 풀 때, 그 문제풀이의 핵심적인 사고과정에 익숙해진 것이 아니라 우연히 풀었을 가능성이 높다.

Q : 제한 시간이 있고 긴장되는 실전에서 평소에 충분한 시간을 두고 풀었던 문제를

풀 수 있다고 생각하는 것은 착각 아닌가?

☐ 그렇다.　　　　　　　　　☐ 아니다.

바이러스의 유혹

그걸 언제 그렇게 공부하고 있어. 대충 넘어가라고. 진도 나가야지. 중요한 건, 확실히 아는 게 아니야. 이 사람아, 빨리 진도 나가자고.

천사의 충고

아무리 많이 공부해도 오개념 투성이라면 너무나 억울하지 않니? 다 하지 못하는 한이 있더라도 공부한 것만큼은 정확하게 아는 게 중요해.

Step 1 통과 자가진단

- **Before** 진도를 열심히 공부하지 않아서 성적이 안 나온 거라고 생각한다. 진도만 제대로 공부하면 성적을 올릴 수 있을 것이라고 생각한다.
- **After** 진도를 아무리 여러 번 반복해서 공부해도 제대로 이해하고 정확하게 기억하지 못하거나 문제풀이 과정에 숙달되지 않으면 성적을 올리기 어렵다고 생각한다.

Step 2 경험의 장

전진! 전진! 전진만 한다고 공부를 잘하는 게 아니다. 앞으로 가는 것에 정신이 팔려 모든 것을 놓칠 수 있다. 뒤를 돌아보면서 놓치거나 잘못된 부분을 찾아내는 것이 핵심이다.

1. 진도의 차이는 눈에 보이기 때문에 경쟁심을 유발한다. 하지만 지난 진도에 대한 공부의 완성도는 눈에 보이지 않기 때문에 서로 비교할 수 없다. 그래서 눈에 보이는 진도 경쟁을 하게 된다는 것을 깨달아야 한다.

2. 틀린 문제를 놓고 그 이유를 정확하게 분석해 본다.
   ▶ 해설 강의의 화려한 문제풀이를 들으며 틀린 문제를 이해하는 것과 자신

이 그 문제를 어떻게 풀었는지에 대한 정확한 기억 속에서 자신의 문제를
확인하고 해설강의를 듣는 경험을 해야 한다.

바이러스의 유혹
남들은 저렇게 진도를 빨리 나가
는데, 도대체 뭐하고 있는 거야. 어
유, 지난 진도에 미련을 가지면 뒤쳐지고 만
다고.

천사의 충고
결국 진도는 모두 마친 상태에서
시험을 보게 되어 있어. 남들보다
진도 빨리 나가려는 생각이 바로 성적 향상
을 가로막는 함정이라 걸 잊지 않길 바란다.

Step 2 통과 자가진단

- **Before** 개념이 약하거나 응용력이 떨어져서 성적이 나오지 않는다고 생각한다.
- **After** 막연하게 생각하는 것이 아니라 자신에게 구체적으로 무엇이 문제인지 분석하는 것
  이 새로운 진도를 나가는 것보다 중요하다고 생각한다. 구멍을 찾아서 메우는 공부에 익숙
  해지지 않으면 아무리 진도를 많이 나가도 결국 점점 커지고 많아진 구멍을 감당할 수 없게
  된다는 사실을 명심한다.

Step 3 실천의 장

공부의 목적을 분명히 해야 한다. 목적이 분명치 않으면 나중엔 무엇을 위
해 공부하는지 잊게 된다. 득점력을 높이는 단계에서는 목적이 공부하는
매 순간 머릿속에 명확하게 자리잡고 있어야 한다.

1. 처음 진도를 나갈 때는 빨리 하는 게 중요한 것이 아니라 정확하게 이해
   하고 기억하고 있는지 계속 점검하고 보완하는 식으로 공부한다.
   ▶ 주마간산 走馬看山 이라는 말처럼 빨리 끝내려는 목적이 앞서면 당연히
   놓치거나 잘못 알게 되는 부분이 생긴다.
2. 한 번 공부한 진도를 다시 공부할 때는 그냥 처음에 공부했던 것처럼 하
   는 것이 아니라 자신의 약점이 무엇인지 정확하게 분석하는 시간을 충분
   히 가져야 한다.

▶전혀 모르는 내용이 아닌 상황에서 자신이 알고 있는 것과 정확한 내용을 하나하나 비교해 가며 자신의 약점을 찾아내려면 결코 서둘러서는 안 된다.

3. 시험, 특히 모의고사를 제대로 활용하는 공부를 해야 한다.

▶성적에는 전혀 신경을 쓰지 말아야 한다. 자신이 지금까지 했던 공부에 어떤 문제가 있는지, 왜 그런 문제가 생기게 되었는지 정말 치밀하게 분석해 봐야 한다.

▶모의고사를 통해 확인된 자신의 약점(점수를 깎아먹는 이유)을 모른다면 성적 향상은 기대할 수 없다.

바이러스의 유혹

오답 요인을 찾는 게 어디 쉬운 줄 알아? 괜히 하기도 힘든 공부 어렵게 하지 말고 마음 편하게 문제집이나 계속 풀어.

천사의 충고

한 권의 문제집을 풀어도 문제풀이 과정에서 자신의 부족한 점을 찾아 하나하나 보완해 나가는 과정을 거치지 않으면 네 노력은 성적으로 이어지지 않는단다.

Step 3 통과 자가진단

• **Before** 문제를 충분히 풀지 않았기 때문에 원하는 점수가 나오지 않는다고 생각한다.

• **After** 진도를 가급적 빨리 끝내려는 의도에 사로잡히면 결국 진도를 모두 나간 상태라도 다시 돌아와 처음부터 하나하나 공부의 완성도를 점검해야 하는 큰 손해를 입는다. 조금씩 오차가 생기는 것을 그대로 두면 나중에는 감당하기 힘든 상황이 벌어진다는 것을 깨닫는다.

■ 한국식 득점력이 엉망인 공부 : 자신의 문제점을 분석하기보다 학습량으로 승부하는
  공부
□ 핀란드식 득점력이 발휘되는 공부 : 자신이 직접 해보면서 부족한 부분을 찾아 미
  리 해결하는 공부

핀란드식 공부 원칙

1. 선생님이 주도하는 수업을 수동적으로 따라가는 것이 아니라 적극적으
로 활용하는 방법으로 공부한다.
▶예습을 통해 수업시간에 무엇을 배워야 하는지 미리 정리해 본다.
▶선생님의 설명을 무조건 받아들이는 것이 아니라 자신이 예습하면서
  생각한 것과 어떤 차이가 있는지 비교해 본다.
▶조금이라도 애매한 것이 있으면 반드시 질문한다.
2. 알고 있다는 착각에서 벗어날 수 있도록 자신이 알고 있는 것을 적극적
으로 표현해 볼 수 있는 기회를 만든다.
▶객관식 문제도 답을 가리고 주관식으로 풀어본다.
▶교과서의 핵심개념을 수정액으로 지워서 공부를 할 때마다 정확하게 기
  억하는지 점검한다.
▶자신이 잘 알고 있다고 생각되는 내용은 남에게 설명을 해보거나 교재
  를 보지 않고 스스로 핵심을 요약해 본다.
3. 문제풀이 과정에 대한 설명이나 해설을 들었을 경우에는 반드시 다음과
같이 정리한 다음에 필요한 부분을 집중적으로 연습한다.

▶ 선생님처럼 문제를 풀려면 무엇을 정확하게 이해하고 기억하고 있어야
하는가?

▶ 선생님처럼 문제를 풀려면 어떤 연습을 해야 하나?

- 이럴 때는 이렇게 한다는 식으로 반드시 정리를 해야 한다.
- 문제를 분석하면서 출제자의 의도를 파악하는 과정을 거친다.
- 시험지에 주어진 조건을 찾아내고 정리하여 논리적인 연관관계를 파악하는 과정을 거친다.
- 문제풀이 과정을 설계하고 정답에 도달하는 과정을 거친다.

4. 수능 출제 매뉴얼에는 수능 출제위원들이 문제를 만들 때 반드시 지켜야 할 원칙과 방법이 잘 나와 있다.

▶ 고득점을 원하는 수험생이라면 반드시 알고 자신의 공부를 거기에 맞춰야 할 법칙이다. 그대로 따르면 성적은 반드시 올라가지만 어기거나 무시하면 기대한 만큼의 성적을 올리기는 하늘의 별 따기다.

▶ 수능 출제 매뉴얼은 사격선수에게 과녁과 같은 것이다. 과녁도 없이 남이 시키는 대로 총을 쏘는 마구잡이 총잡이가 너무 많다.

국어(언어 영역)

▶ 읽기는 언어 영역 시험에서 가장 비중이 큰 영역이다. 여기에는 글을 읽고 내용을 이해하는 능력과 그렇게 얻은 정보를 활용하는 능력, 글의 구조와 내용 등을 재조직하는 능력이 포함된다. 나아가 문자 읽기뿐 아니라 다양한 그림 읽기, 표 읽기 등도 다룰 수 있다.

▶ 읽고 이해하는 능력이 핵심인데 그런 능력을 기르려면 말 그대로 많이 읽고 정확하게 이해하는 연습을 많이 해야 한다. 그런데 보통 수험생들은 많이 읽기 연습보다 강의 듣기, 문제풀기 연습을 더 많이 한다.

▶ 강의를 듣기 전에 반드시 스스로 읽는 연습을 해야 한다. 읽기 연습을 하지 않고 그냥 강의를 듣는 것은 연습을 포기하고 중계방송만 보는 축구선

수와 같다.

수학(수리 영역)

▶수학적 사고력은 크게 계산 능력, 이해 능력, 추론 능력, 문제해결 능력으로 구분된다.

　• 추론이나 문제해결은 차치하고 이해 능력만 보더라도 득점력을 기대하기 어려운 공부를 하고 있다는 사실을 확인할 수 있다.

▶이해 능력

　• 문제에 주어진 수학적 용어, 기호, 식, 그래프, 표의 의미와 관련 성질을 알고 적용하는 능력

　• 주어진 문제와 관련된 수학적 개념을 파악하고 적용하는 능력

　→이 문제를 풀기 위해 어떤 개념을 적용해야 하는지, 얼마나 연습했는가?

　• 교과서에 나오는 기본 예제나 정형화된 응용문제를 해결하는 능력

　• 주어진 문제 상황을 수학적으로 표현(수학적 용어, 기호, 식, 그래프, 표 등)하는 능력

　→ 주어진 문제 상황을 수학적으로 표현하기 위한 연습을 얼마나 하는가?

　• 수학적 표현을 교환하여 표현하는 능력

　→수학적 표현을 다른 표현으로 교환하는 연습을 얼마나 하는가?

▶남이 하는 것을 보면서 자신도 그렇게 할 수 있을 것이라고 생각하는 것은 분명 착각이다. 강사들은 하나하나의 능력에 이미 익숙한 상태에서 모든 능력을 연결하여 멋진 문제풀이 과정을 만들어 보여줌으로써 여러분들을 유혹한다. 하지만 여러분들은 그렇게 부분적인 능력을 연결시킬 완성 능력을 가지고 있지 못하다. 때문에 강의를 들으면서 이해할 수는 있지만 직접 할 수는 없다. 설명을 듣고 막연히 문제를 푸는 것이 아니라 각각의 문제를 놓고 수능에서 요구하는 능력을 보여줄 수 있는 실력을 키워야 한다.

영어(외국어 영역)

▶ 영어 영역의 시험에서 평가하고자 하는 내용은 다음과 같다.

- 실생활에서 사용되는 영어 대화나 담화를 듣고 이해하는 능력
- 문맥에 맞는 자연스러운 영어표현 능력
- 다양한 종류의 지문을 읽고 이해하는 능력
- 글의 구조 이해 및 요약 능력 등을 측정하는 쓰기 능력
- 의사소통 가능 중심의 유창성과 함께 정확한 언어 사용 능력

▶ 수능 출제 매뉴얼에서 영어 영역의 핵심은 듣고 이해하는 능력과 읽고 이해하는 능력이다.

- 스크립트를 외우면서 듣기 연습을 하는 것은 완전히 빗나간 것이다. 외우는 능력을 키우는 것이지 실제로 순수하게 듣기 연습에 투자한 시간과 노력은 거의 없다고 할 수 있다. 결과는 성적 정체로 이어진다.
- 읽기 능력도 마찬가지다. 자신이 직접 읽어야 하는데 하나하나 읽어주고 해설해 주는 것만 듣게 되면 결코 실력을 키울 수 없다. 해설로 알게 된 방법을 충분히 실습하지 않으면 역시 수능에서 요구하는 능력을 기를 수 없다. 김연아의 멋진 트리플 악셀을 김연아의 설명만 듣고 따라할 수 있다고 생각하는 것과 같다.

불안을 떨치는 2:8 법칙

처음에는 기본을 다지는 공부에만 집중한 다음에 고난이도로 확장한다.

20% : 기본적인 능력을 키워나가면 곧 고난이도를 정복하게 된다.

80% : 튼튼한 기초체력과 기본기는 80%를 정복하는 가장 큰 힘이 된다.

우리가 행복한 공부,
우리가 성공할 공부

소탐대실 小貪大失이라는 말이 있다. 작은 것에 욕심을 부리다가 큰 것을 잃는다는 말이다. 공부 때문에 힘들고 괴로운 사람들을 볼 때면 나는 이 말을 떠올린다. 사람은 눈앞의 효과, 눈앞의 이익에 눈이 멀게 마련이다. 하지만 다시 한번 곰곰이 생각해 보면 그것이 좋지 않다는 것을 알게 된다.

생각해 보라. 한 방이면 끝이라는 시골장터 약장수의 약으로 효과를 본 사람이 있는지. 한 방에 크게 돈을 벌 수 있다는 유혹에 돈을 번 사람들이 있는지. 그것들이 공허한 메아리에 불과할 뿐이라는 것을 우리는 알고 있다. 공부법도 마찬가지다. 사람들은 시골장터 약장수의 말에 현혹되듯 이 학습법 저 학습법을 찾아 헤맨다. 이게 좋다고 해서 이렇게 해보지만 효과가 없음을 알게 된다. 또다시 저게 좋다면 저렇게 한다. 하지만 그것 역시 효과 없음을 곧 깨닫게 된다. 이것저것, 이 방법 저 방법을 헤매고 돌아다닌 후에 깨닫게 되는 건, 자신이 시간낭비를 했다는 것뿐이다.

공부에 마법의 묘약은 없다. 그건 동화 속 이야기다. 불굴의 의지와 노력으로 성공하는 사람은 있다. 하지만 그런 사람들은 극소수일 뿐이다. 우리 대부분은 그런 극소수에 속하지 않는다. 천재는 천재기 때문에 그렇게 하는 것이다. 그런 의지를 가진 사람은 그런 이유가 있기 때문이다. 우리는 평범한 사람이다. 하지만 평범한 사람도 공부를 잘할 수 있다. 그 시작이 공부를 사랑하는 것이다. 사랑하지 못하겠다면 적어도 미워하지 않는 것이다. 그것도 아니라면 공부를 내게 꼭 필요한 도구로라도 생각해야 한다. 이건 공부를 왜 해야 하는지에 대한 답이다. 공부를 왜 해야 하는지를 알지 못하면 공부를 잘할 수 없다. 누가 시켜서 하면 아무것도 이룰 수 없다.

다음은 욕심을 버리는 것이다. 지름길을 찾으려고 이 길 저 길 다 돌아다니지만 모두가 지름길이 아니었다는 것을 알게 된다. 지름길을 찾으려고 하는 욕심 때문이다. 오히려 지름길을 찾기보다 욕심을 버리고 차근차근 실천하고 실력을 쌓아가는 것이 진정한 지름길이다. 시간이 지나면 알게 된다. 내가 지름길 찾아 헤매는 동안, 차근차근 나아간 사람이 얼마나 먼 거리를 갔는지 말이다. 이는 공부의 단계를 밟아가라는 말이다.

어떻게 보면 내 말은 당연할 수도 있다. 하지만 나는 단순히 무식하게 노력하라고 하지 않는다. 무조건 노력하라고 하는 것은 아무런 데이터나 준비 없이 연습을 시키는 것이나 마찬가지다. 논두렁에서 그저 열심히 뛴다고 해서 마라톤 선수가 되지는 않는다. 철저한 데이터와 훈련 방법, 스케줄, 그리고 코치의 노력이 있어야 한다. 내가 말하는 것이 바로 이것이다.

그러나 현실은 그렇게 쉽지 않다. 항상 사람은 유혹과 마주친다. 놀고 싶은 유혹, 게으르고 싶은 유혹. 공부를 싫어하게 만드는 것도 하나의 유혹이다. 나는 그런 유혹을 바이러스라고 표현했다. 이 바이러스가 공부를 망가뜨린다. 바이러스는 유혹이며 환상이고 착각이다. 우리는 본능적으로 공부를 하고 싶어한다. 인간은 그렇게 태어났다. 학습하지 않고서 인간은 살 수 없다. 하지만 바이러스는 그 본능을 환상으로 여기게 한다. 때문에 바이러스에 감염된 사람은 살 수 없게 되는 것이다. 인간이 가진 본능만 살려도 우리는 공부를 잘할 수 있다.

결국 내가 이야기하는 학습법은 본능을 활용하는 것이라고도 할 수 있다. 바이러스가 공부를 못하게 하는 것은 바이러스 본연의 임무다. 하지만 본능을 이용하는 것, 그래서 사람이 건강하게 살 수 있도록 하는 것은 면역체계가 할 일이다. 하지만 현재 학생들은 면역체계에 심각한 손상을 입고 있다. 그래서 백신을 투여하는 것이다. 나의 이야기는 그 백신 중 하나일 터다. 그러나 나의 백신은 새로운 면역체계가 아니다. 사람들의 속 깊은 곳에 자리잡고 있는 면역체계를 깨우는 각성제다. 스스로 가지고 있던 면역체계를 깨움으로써 자신의 면역력을 강하게 만드는 조력자일 것이다.

주저하지 말고 가자. 지금 우리 주위엔 다시 시작한 공부로 행복해진 친구와 선배들이 있다.

선생님 책을 읽고 강의를 처음 접하게 되었을 때는 정말로 신선한 충격

이었습니다. 지금까지 제가 해온 공부, 선생님께서 가르쳐주신 공부와
는 많은 부분이 달랐습니다. 처음에는 많은 고민을 했죠. 하지만 지금은
점수보다 중요한 많은 변화가 일어났습니다. 모든 면에서 생각하는 것
이 변했고, 그것이 생활태도에도 영향을 주었습니다. 그리고 이제는 공
부를 재미로 하며 즐기지 의무로 하지 않습니다. 정말 그 즐거움이 무엇
인지 느낌으로 알게 되어 불안감도 없어졌습니다. 전에는 긴장과 불안
으로 혼자서 연습하는 것조차도 불안해하며 문제를 풀었기 때문입니
다. 한 달 사이에 정말 많은 것이 변했습니다. 정말 놀라운 것은 어제 문
득 내가 새 학기를 어떻게 보내야 바르게 보낼 수 있을까 하고 한 시간
넘게 생각을 하게 되었는데 저도 모르게 저에게 맞는 공부 방법이 머릿
속에 저절로 그려졌습니다. 그래서 정말 행복하게 공부를 하고 있다고
생각합니다. 처음에 강의를 듣고 설레는 마음이 오늘 다시 느껴져서 이
렇게 글을 올리게 되었습니다. 참으로 기쁨을 느끼고, 감사합니다.

_박강태

안녕하세요. 주말휴식 취하면서 수강후기 적어봅니다. 제가 박재원 선
생님 강의를 듣고 재수를 시작한 이후 달라진 점들을 적어보겠습니다.
우선 가장 큰 변화는 일주일이 정말 즐거워졌습니다. 선생님께서 강의
중에 평일에 꾸준히 공부하고 주말에 복습하고 일요일에 마음껏 놀아
주고, 또 일주일을 그렇게 보내면 인생이 즐거워진다고 말씀하신 것처
럼 정말 재수를 하는 입장임에도 인생이 즐겁게 느껴집니다. 일주일 단
위로 쉬어주니깐 슬럼프가 올 걱정도 별로 없고요. 재학생 분들께서는
일요일 하루 공부 안 하고 놀면 다른 친구들에 비해 많이 뒤처지지 않을

까 걱정도 하실 텐데 반나절만이라도 맘 놓고 휴식을 취할 수 있는 시간을 갖는 게 좋은 것 같네요. 결론은 주말휴식이 수험생활을 정말 즐겁게 만들어준다는 것입니다. 그럼 새롭게 시작하는 월요일이 너무도 가볍게 느껴지실 겁니다.

두 번째 결론은 모의고사 점수에 크게 연연하지 마시고 틀린 문제들을 기뻐하는 마음으로 받아들여서 자신의 문제점을 고쳐나가는 데 주력하자. 뭐, 이 정도입니다. 이제 재수생활 한 달 정도 지났는데, 더 큰 변화를 느낀다면 또 글 쓰도록 하겠습니다.

_박창익

정말 선생님 강의를 알게 되었다는 게 행운이라는 생각이 듭니다. 강남구청에서 다른 강의를 찾다가 우연히 박재원 선생님 강의를 접하게 되었습니다. 그냥 호기심 반 의심 반으로 강의를 보게 되었는데 정말로 감동이었습니다. 저도 공부를 막연히 열심히 하면 되는 거라고 생각했는데 선생님 말씀 듣고 나니 공부도 작전이라는 생각이 들더군요. 시험은 전쟁이고 시험에서 좋은 성적을 거두려면 좋은 작전을 세워야 한다는 것을 깨달았습니다. 물론 작전은 공부계획이겠죠. ㅋ 예습과 복습 방법도 정말 좋아요. ^^ 저도 난생 처음 해보는데 그 효과가 엄청나더군요. ^^ 그리고 기억단계에서 '입력-저장-출력' 부분도 정말 재미있게 들었습니다. 아직까지도 선생님 강의의 감동이 남아서 공부하다 잠깐 쉴 때 혼잣말로 "해마를 설득하라." 라고 중얼거려요. ^^ 가르쳐주신 방법으로 열심히 하겠습니다. 수능 때 좋은 성적 거두면 꼭 글 쓰겠습니다. 수고하세요. ^^

_이준희

안녕하세요, 선생님. 선생님의 강의를 듣고 학습법을 수정하게 되었고, 아니 수정하기보다는 실천하게 되었다고 할까요? 하루에 끝낼 것들을 정해서 꾸준히 하고 있는데 정말 느낌도 달라지고, 문제를 대할 때, 그 느낌이 점점 변해가고 있습니다. 제가 태어나서 책상에 앉아서 공부해보기는 남이 시키지 않고 처음입니다. 무엇을 정해서 꾸준히 해나간다는 게 이런 느낌이구나 하는 생각이 들었습니다. 그리고 오늘 본 강의 중 외국어 비법에서는 제가 시행하고 있는 방법과 상당히 유사해서 정말 기분이 좋았습니다. 오늘의 할 일을 다 끝내서 조금 여유 있게 시간을 즐기고 있는데, 이 글을 쓰고 나서 또 과탐 과목에 대한 연구를 시작해야겠군요. 연구라는 말이 조금 거창한가요. ㅎㅎ 선생님의 책과 강의를 만나서 정말 사막의 오아시스를 만난 것과 같은 느낌을 하루하루 받으며 생활하고 있습니다. 정말 감사합니다. 나중에 또 인터넷을 통해서나마 찾아뵙겠습니다.

추신 : 점점 공부가 재미있어져서, 하루라도 안 하면 이제 찝찝할 정도입니다.

_김선호

핀란드 공부혁명

지은이 | 박재원 · 임병희

초판 1쇄 발행일 2010년 3월 12일
초판 4쇄 발행일 2014년 11월 17일

발행인 | 한상준
기획 | 이경민
편집 | 김민정 · 이현령
마케팅 | 박신용
디자인 | 양시호 · 디자인포름
종이 | 화인페이퍼
출력 | 경운출력
인쇄 · 제본 | 영신사

발행처 | 비아북(ViaBook Publisher)
출판등록 | 제313-2007-218호(2007년 11월 2일)
주소 | 서울시 마포구 연남동 567-40 2층
전화 | 02-334-6123 팩스 | 02-334-6126 전자우편 | crm@viabook.kr
홈페이지 | viabook.kr

ⓒ 박재원 · 임병희, 2010
ISBN 978-89-93642-13-1 03810